当代中国最具实力中青年作家作品选

阿宁中篇小说选

同一条河流

阿 宁 著

中国言实出版社

图书在版编目（CIP）数据

同一条河流：阿宁中篇小说选 / 阿宁著. -- 北京：中国言实出版社，2016.10（2019.1重印）
ISBN 978-7-5171-2016-2

Ⅰ. ①同… Ⅱ. ①阿… Ⅲ. ①中篇小说—小说集—中国—当代 Ⅳ. ① I247.5

中国版本图书馆 CIP 数据核字 (2016) 第 240883 号

出 版 人：王昕朋
责任编辑：胡　明
文字编辑：张凯琳
封面设计：水岸风创意文化

出版发行　中国言实出版社
地　址：北京市朝阳区北苑路 180 号加利大厦 5 号楼 105 室
邮　编：100101
编辑部：北京市海淀区北太平庄路甲 1 号
邮　编：100088
电　话：64924853（总编室） 64924716（发行部）
网　址：www.zgyscbs.cn
E-mail：zgyscbs@263.net
经　销　新华书店
印　刷　三河市华晨印务有限公司
版　次　2017 年 1 月第 1 版　2019 年 1 月第 2 次印刷
规　格　710 毫米 ×1000 毫米　1/16　16.75 印张
字　数　238 千字
定　价　42.00 元　ISBN 978-7-5171-2016-2

目录

病人的私事

猜一猜这个人是谁

在我们这个城市里，有人害怕夜晚。

他不是孩子。害怕夜晚不是从童年开始的，小时候他反而是个胆大的孩子。他害怕夜晚是从两年前，据他自己说，自从参加了一个晚宴后他就对夜晚有一种奇异的感觉，既盼望又拒绝，就好像进入青春期的青年，苦恼之中又有些迷恋。

这苦恼他只告诉了身边最亲近的人，实际上人们也都知道了，每个人都小心地守候着他的秘密。晚上没有公务，他会早早躺下。他让秘书在阳台放了一张床，他躺在那里看夜晚的天空，繁若春花的星辰。

就像一首歌里唱得那样，他数着星星。星河灿烂时他数不过来，月明星稀时他重复着来回数。三个小时后他把不多的星辰数了二十多遍，这时，星星们会像雨一样一颗颗落下来，天空中闪过一道道雨丝，这时他就该睡着了。

突然来了电话，或者来了一件紧急公务，他再躺下要重新一遍遍地数，直到星星再次像雨一样下落他才能入睡。你听明白了吗？他入睡时间至少要三个小时以上，他是一个典型的失眠症患者。

一到晚上他就把所有电话关掉，在他身边工作的人，也会替他挡掉一部分电话。有一个电话他不能关，那是一部红色的内部电话，人们习惯于叫作红机子。

假如这个电话响了，不管多么不情愿他也得爬起来。电话里的事情都处理清，星星雨往往不能如期而至，这就是他绝望的开始。

他躺在那里，再也无心数天上的星星。他回想自己一生经历过的许多事，星星再不能看到了，一张张脸会在空中出现，这些脸和他有关，在这些脸之后，往往会出现一张他最不愿意想起的脸，一个漂亮女人的脸。他极力逃避。并不是所有回忆都美好，他的手会揪住自己的头发，或者握住自己身体上的某一组肌肉，极力把思绪引开。

他想起白天路过市政府门口时，看到几百个人在那里围着，他们是为超人集团造成的污染上访。他让司机绕开大门，从另一侧进了大院儿。在那里，那个他不愿意看到的漂亮女人的脸出现了。她依然楚楚动人。她没有发现他，他完全可以悄悄进入，但他改变了主意，对司机说：不要停车。

他离开市政府，去了另一个地方。

不是患者，不是大夫，他算什么?

季月英的诊室永远是满满的，挂她号要提前一个月。她对挂号室说，每天不能超过八十个号，多了她就不看了。实际上她每天都看将近一百个病人，除了正常挂号，总有通过各种关系找到她的。他们拿着方方面面写来的条子，赔着笑脸。她不能正常休息，每天都要加班一个多小时，对一个中医大夫来说，这是成功，也是苦恼。

她的学生给她出主意，把挂号费再提高五十元。她拒绝了。她现在的挂号费是医院里定的，一个号五十元，这是医院里顶尖的。她激起了很多同事的嫉妒，如果再涨五十元就不是嫉妒而是恨了。

人们说她去了北京，挂号费至少要二百元。她没有去北京的打算，她习惯于把找她看病的人，称为我的病人。在她看来，北京没有她的病人。

一个穿西服的麻脸男人走进诊室，她的助手和学生纷纷站起来，她看了一眼，没有理睬。她正给一个病人把脉，那个病人唠唠叨叨地说着病因，大意是她的儿子本来找了个不错的对象，打算明年五一结婚。两周前突然吹了，他们没有吵闹，女方也没有出国或者到外地合资企业工作的打算。

在别人看来，这些根本算不上病因。季月英却饶有兴味地听着，季月英说：你为什么不问问你儿子到底为什么？

病人说：问了，他不说。

季月英说：为什么不让他爸爸问问？

病人说：我儿子跟我最知心，连他什么时候过的初夜我都知道。

季月英说：那就是说，这原因可能跟你有关。

病人说：我就是想不明白。

季月英说：想不明白就别想了。

病人说：当妈的哪能呵！我整夜整夜睡不着。

穿西服的麻脸在旁边听着他们的谈话，看到季月英在病历上简单地写着：思虑过度，焦虑。失眠约两周。月经不调，胸腹胀满，口苦消渴。接着又写了她的诊断：肝阳上亢，脾肾阴虚。

季月英的几个学生还站着，麻脸男人示意他们坐下。一片落座的声音。他饶有兴味地低下头看季月英写方子。他猜季月英一定会用柏子仁、党参、炙黄芪、川芎、朱砂之类的药，实际上他猜的那些药季月英一味都没有用。

他说：我永远搞不懂你。

季月英问：什么意思？

他说：病人失眠多虑，你给人家调理脾胃干什么？

季月英问：你看病吗？

他说：不不。

季月英又说：要不，你替我看几个病人？

他红了脸，说：我哪有那个本事。我同意，病人还不同意呢。

他红脸季月英看得出来，脸上的麻子红了。他们近似调侃地聊着，季月英已经开好了方子，病人千恩万谢地走了。病人并没有因为麻脸的质疑，就不相信这个方子。看着病人掬着躬的样子，麻脸感慨地说：大夫当到你这份儿上，真跟神仙差不多了。

季月英已经在招手叫下一个病人。

他说：等等，我有事跟你说。

季月英说：下了班再说吧。

他说：不行，我急。

季月英说：那你就赶紧说，快一点儿。

季月英已经把手指搭到了另一个病人的手腕上。他说：我得单独跟你说，这不是一般的小事，是大事。

季月英说：那你还得再等一个病人，我已经叫号了。

这是麻脸男人早就预料到的。他耐心地站在诊室里，看着季月英给人号脉，开方子。她身边围着四个年轻大夫，都是她的学生。其中一个还是通过他的关系进来的。他跟那个学生说：先停一下。那个学生看了看季月英，见季月英没有反对，停止了叫号。

诊室里的病人都走后，他坐到季月英对面的凳子上。这通常是病人坐的地方，季月英也习惯性地把手放在脉枕上。她用略带嘲讽的眼神寻问着他。

他说：你太累了。

这通常是他有求于她时最常用的一句话。

季月英说：要不，明天你来替替我吧。

他憨厚地笑了笑，说：病人都是傻子，他们只相信有名气的大夫。

季月英说：医院是病人和大夫待的地方，我有时候就纳闷，你不是大夫，又不是病人，天天在医院里干什么？我看你天天还那么忙。

他笑一笑：我的忙跟你的忙不是一回事。

季月英说：说吧，什么事？

他说：我跟你商量一下，把你的挂号费提高到八十。

季月英说：那别的大夫怎么办？

他说：你不用考虑这些，这不是我决定的，是市场决定的。

季月英说：算了吧。她已经冲助手示意，准备叫下一个病人了。

麻脸用手势制止了她的助手，说：你太累了，挂号费提高一点儿，你能减少点儿病人，别的大夫也能增加点儿门诊量，这对他们是好事。

季月英说：如果你要是问我，我就说不同意。

他问：为什么？

季月英说：我的病人花不起那么多钱，现在的挂号费我都觉得太贵了。

他说：要不，咱们把提成比例调一调，提高到百分之五十。

医院里规定，挂号费百分之四十归大夫，百分之六十归医院。提高到百分之五十，就意味着季月英每月收入能增加一万五千元，这消息让旁边的学生们兴奋起来，他们一齐抬头看着季月英，觉得这是天大的好事。

季月英问：为什么？

他说：因为你太累了，我不忍心。

季月英用最简单的话回答他：我不累。

他问：提不提？

她说：不提。

他说：你不提，别的大夫也不能提。

她说：我不管别人，我不提。她转过头对助手说：叫下一个病人吧。

助手看了看麻脸，见麻脸无可奈何的样子。

他说：你再考虑一下吧。

季月英说：不用考虑，我不为钱看病。

一个颤颤巍巍的老人走进来，他不好意思说自己的病症，只是不断地跟季月英说：老了，没出息。

扶着他的妇女说：我爸夜里不睡觉，我们说他也不听。

季月英按着脉问：是不是小便不受控制？

老人说：老了，没出息。早就该死了，每天早晨我都问自个儿，这是活着呢，还是死了，再一看，儿女都在旁边，活着呢。怎么想死的反而死不了呢？

季月英已经开好了方子，说：你吃了这儿服药，放心大胆地睡。社会天天进步，好日子还在后头呢，干吗要死！她对老人的儿媳妇说：他是怕尿了床。又对老人说：吃了这三服药，不行再让儿媳妇陪着你来。

妇女说：我爸就是信你。

老人颤颤巍巍地走了。季月英问麻脸男人：你还不走？

麻脸男人问：你怎么知道那是他儿媳妇？

季月英说：在闺女家，他就不怕尿床了。

麻脸男人对几个学生说：这就是好大夫呵，当一个好中医可不只是会开方子，得什么都懂才行。

季月英不高兴了，说：你要是再不走，就真影响我了。

麻脸说：我还有一件事要跟你说呢。

季月英放下笔：说吧。我知道你现在才进入正题了。

麻脸说：有个人想找你看病。

季月英：这事他用不着找你，自己来就行。我又不怕病人多。

麻脸说：不是人家找我，是我找人家。

季月英问：为什么?

麻脸说：这是个特殊病人，我是接到市政府办公厅的电话才知道的。他们问我咱们医院有没有好大夫，我推荐了你。

季月英说：以后你可别这么推荐了，没看我有多忙吗?

麻脸说：给他看病有好处。看到季月英脸上不满的神态，他立刻改口说：对咱们医院有好处。

季月英以为他要加号，她说：今天的号已经挂完了，最快也只能是明天来。

麻脸说：不是那个意思。他来不了，得咱们过去。

季月英说：过去?

麻脸说：就是咱们去市政府，我陪你去。

季月英说：你自己去吧，我不去。我这里的病人都看不过来，看他一个，得耽误多少人。你告诉他们，我从来不出诊。

麻脸说：这话我怎么说得出口。这是个特殊病人，是秘书长打来的电话。

季月英问：谁?

麻脸说：我现在不能说，见了你就知道了。

季月英说：咱们医院这么多大夫呢，你找别人去吧。下一个。

看到季月英坚决的样子，麻脸无奈地走了。

另一个办公地点

市里最好的酒店叫太谷酒店。

在这家酒店里，发生过许多故事，比如一个香港老板曾经长年包租了这里最高的二十三层和二十四层，使这里灯光辉煌，流光溢彩。

五年以前，公安部来了一个侦破小组，他们化装成澳门生意人住进了二十二层。三个月后一个特大赌博集团侦破了。从那以后，二十三层和二十四层正式对外开放。

前年，这里住进来一个银须银发的老人，身边跟着一个靓丽女子，老人说那女子是他的学生，女子却说她是老人的太太。老人对她的说法也不否认。他们住在一个套间里，还包了一个大会议室，除了带着那女人到外面游览，赴别人的宴请外，老人就在会议室里作画。

他说他今年已经八十三岁，有人开玩笑问，这个年岁还能让太太满意吗？老人笑而不答，女子替他回答：他各方面都很优秀。

据他自己说，他是齐白石的最后一个弟子，因为年轻时好色，齐白石发现后把他赶出了师门，不再承认他是学生，但他在画技上得到了白石老人真传，京城没有不知道他的，只是报纸上从来不宣传。

老人说他的画被美、英、法、意各国艺术馆收藏过，收藏证书由太太保存。看别人不信，那女子立刻拿了出来，众人不得不信服。年轻时的劣迹斑斑使他的这些成就一直被埋没，他对别人说：我为年轻时的好色付出了代价。

人们扫一眼他身边站着的靓丽女子，问：为什么现在仍然好色？

老人说：好色是一种基因，就像同性恋一样，是改不了的。再说我该付出的代价已经付出了，为什么还要改变？

老人说国家虽然不宣传他，但他的画作在海关是限制出境的，这只是海关内部掌握，没有对外公布。因为这个原因，他跟许多高级领导人有交往，有些还成了好朋友。他让女子拿出他的影集，跟他合影的都是身份显赫的人，市里许多人认为他不光是一个画家，还是一个有通天本事的人，他被这些人看成是资源。

轿车开进太谷酒店，他下了车。

昨夜的失眠使他眼圈儿发青。好长时间他不愿意来这个酒店，这里有他的房间，也在二十三层，他在最东边，画家在最西边。酒店老板特意把他安排到这里，希望他和老画家成为朋友。这自然是为他的升迁考虑。但市里另一位领导先他一步跟画家混在了一起，他不得不敬而远之。

有一次画家在电梯里对他说，要送他一幅荷花，画家说他身上有高洁的品行。他笑着对画家表示感谢。画家后来并没有真送他，他也没有找画家索要，发现另一位领导经常上二十三层后，他便不肯来这里住了。

市政府门前上访的场面，昨晚失眠时在脑海里反复出现，那个漂亮女人使问题复杂化了。他离开市政府到了这里。老画家已经走了，后来再没有在本市出现过。画家曾对那位领导说，可以把他提成副省级，条件是他要先拿出三百万，事成之后再付二百万。这几乎是天方夜谭，但他的影集和十几本收藏证书证明他有这个能力，领导没有说这不可能，也没有答应给他钱，本市一个企业家自告奋勇为领导出了三百万，领导默许了。

这个诈骗案破获后，那位领导被免去了职务。酒店的生意受到很大影响。他一直以为，是那个失足的领导救了他。如果不是因为对方先他一步跟画家交了朋友，他也会成为画家的朋友。

那位领导被免去职务后，他接替了领导的职务。他不但避了祸，还升迁了。一切都在一念之间，不能不承认冥冥之中有命运在主宰。履新职后他到省城看望一位老领导，老人谆谆教诲道：从政是个高风险职业，头脑要时刻清醒！

进到房间里，他立刻通知和大门口上访事件有关的人员到这里开会。他当时虽然躲开了，事情不能拖。一个小时后，由十三位有关部门领导组成的紧急工作小组成立了，散会后立刻分头开始了工作。他对自己的效率很满意。当下属们从这里离开，困意浮上来，但他不打算睡觉。

现在睡着晚上更难以入睡。他倒愿意在这时想一想和那个漂亮女人有关的一切。他们的相识是二十五年以前，每一个浪漫故事都是一个感伤的故事，这样的故事其实每一位年过五旬的人都愿意回味。

医院里的金木水火土

季月英的生活是两点一线，从家里到诊室，从诊室到家里。她不接受别人的宴请，慢慢别人也就不再请她。从一结婚她就没有做过饭，开始是婆婆做，婆婆去世后她爱人做，这几天她爱人到外地开会，她不得不自己做。她有特殊的做饭方式，把几种菜放到清水里煮了，蘸着酱油吃，另外再煮一个鸡蛋，或者一杯奶，就足以支撑她近百人的门诊量了。

走到单元门口，她看到麻脸在等着，手里提着一箱牛奶。她料定他会来这里，说：你也知道，我从来不到外面吃饭。她边说边往上走。

麻脸跟着她上楼，说：我没地方吃了，来你这里混一顿不行吗？

季月英说：恐怕不方便吧？我老伴儿在外地开会。

麻脸说：那有什么。你每天给我吃六十克枸杞，我都没坏心眼儿了。别忘了，我已经是快退休的岁数，在我老伴儿那儿早就退了休。

季月英的笑容一闪即逝，她默认了他的说法。她开了门，他跟了进去。

家里乱得一塌糊涂，到处是杂物，到处是书。麻脸一进屋就开始收拾，他把茶几上的沙发垫放到沙发上，把沙发上的水杯放到茶几上，把客厅横倒着的拖把放回卫生间，把卫生间的书搬到客厅的书架上。季月英不干了，说：你别动我的书。

麻脸说：别的地方我不动，只把卫生间里的书拿出来不行吗？

季月英不再反对。她说：其实你拿出来也没用，以后我还得拿进去。

麻脸说：我觉得老黄娶了你挺倒霉的，你不光不做女人该做的事，还像一个没有家庭卫生观念的孩子。

季月英说：我也这么想。我不会做饭，只会煮白菜，你真得打算在我这儿吃？

麻脸说：那当然，这是健康食品。我能把你各个屋的书，放到一起吗？

季月英说：不能，我已经说过了，原来在那儿放的，还放在哪儿。

麻脸说：好，好。

麻脸小心地把书拿开，用抹布擦去家具上的灰尘，再把书放回原来的位置。他说：老黄收拾一回屋子，比一般家庭妇女收拾一回还累。

季月英说：他不收拾屋子，只管做饭。屋子我一周做一次扫除。

麻脸做了一个不可思议的表情。后来他们不再说话，麻脸兢兢业业地打扫着，季月英在厨房里不知做着什么，麻脸不看也不问。他已经下了决心，不管季月英做出什么，他都要暴饮暴食一次。

看得出来季月英家不缺钱，用的东西都是高档的，将近二百平米的房子，换一个能干的主妇会收拾的温馨、舒适，到了季月英这里只不过多了一些放书的地方。她阅读很广泛，甚至在金庸的小说里也划了记号，有的还打了重重的问号，感叹号。床头放着一本毛泽东的《矛盾论》，是一九五六年版的那种小册子。麻脸拿着小册子来回看，觉得以前小看了这个女人，以前关于她的那些传说，不过是她故意涂抹出来的保护色。

在一个书架上，他发现了一包已经打开的卫生巾，他拿起来看了看。正好季月英出来，说：你这人怎么这么低级。

麻脸说：我是无意中发现的。

他看见季月英的脸红了，说：你真优秀，我们家那位不到五十就不用了。

季月英说：讨厌。

麻脸说：这种东西应该放在卫生间，别人看见，难免会想入非非。

季月英说：没人敢来我家，我今天本来就不该允许你进来。

麻脸说：你现在后悔已经晚了。

麻脸走进小餐厅，发现季月英不光煮了菜，还煮了一条鱼。他夹了一口鱼尝了尝，说：美味。想不到你还有这一手，真是人不可貌相呵。

季月英显出孩子般开心的笑容，她说：你今天从一进门就变着法儿夸我，都夸到妇女用品上了。说吧，想让我干什么？又是让我到市政府出诊吗？

麻脸放下筷子，沉下脸说：错了，我今天是来批评你的。昨天在诊室里当着你那些学生，我不好意思说你，回家想了一夜，觉得你有些思想是不健康的，对你也是有害的，我必须要跟你好好谈一谈。

季月英有些莫名其妙。

他说：你昨天说得那是什么话，我不是病人，也不是大夫，你的意思是说，我在这个医院里多余是吧？

季月英向他道歉。他说：这不是道歉的问题，是要改变思想观念，你带着这种思想成不了好大夫。

季月英笑了一下，心想，我是不是好大夫也不是你封的。

麻脸说：是的，我虽然也是学医出身，但已经将近二十年没给人看过病了，我不是大夫，但我在这个医院里并不是可有可无，你季月英看病，是让病人的机体有效地运转，阴阳相合，五脏六腑相互协调，对不对？

季月英不得不说：嗯，你还真懂中医。

他说：我是要让这个医院阴阳相合，每个医生各安其职，每个部门互相协调，医院里这么多科室，别说CT、核磁，X光，化验，大大小小十几个手术室，就是最不起眼的门卫出了问题都不行。麻脸说着夹了一大块鱼放到嘴里，嚼了嚼说：真他妈的好吃。

季月英看着他，心里想：他到底要干什么？

麻脸缓和了口气，继续说道：金木水火土，心肝脾肺肾，上中下三焦，十二条正经，八条奇经，十五条络脉，不光人身上有医院里也有，我得让它们相互配合，心往一处想，劲往一处使，医院没有你季月英行，没我这个院长一天也运转不下去。

季月英说：你说了这么多，不就是想让我出诊吗？

麻脸说：我今年五十八了，去年就过了退二线的年龄，上面不让我退是因为找不出能接我的人。我不指望升迁，我的孩子在德国，已经有工作了，我老婆退了休无欲无求，并不是我个人有求于市政府，是咱们医院需要大头儿的支持。住院部大楼人满为患，走廊里到处是躺着输液的病人，我想再建一座大楼，就得跟市政府要钱，你季月英再有本事，一下也挣不出这么多钱来。

季月英的笑容里有些嘲讽，但实际上她已经被感动了。她说：我要是出一趟诊，最快也得少看二十个病人，我不能为一个人，耽误二十个人看病。

麻脸说：我不强迫你，一切你自己决定。

季月英又说：我不愿意进市政府大院儿，我一辈子没进过那儿，也一样给人看病。

麻脸说：可以不进大院儿，但肯定不能来医院。要不，到太谷酒店怎么样？

季月英说：他到底是个多大的官儿。

麻脸说：你想吧，能想多大就是多大。不过，他是咱们本市的官儿。我这么说吧，在市政府里就是最大的了。

季月英疑疑惑惑地问：市长？

麻脸说：我一直以为你是个书呆子，来了家里才明白，你可不光看医书。

季月英说：我看别的书也是为了看病。到了我这个岁数，得医外求医。

麻脸说：好一个医外求医，你不妨把这次出诊，也看成是一次医外求医。

季月英无话可说。

为了不让她尴尬，麻脸转换了话题，他跟季月英探讨什么是最佳烹饪方式，清水煮菜可以使菜中营养成分损失得最少，但这种方式也有软肋，要依赖不同的汁料实现不同的味道。他没有说季月英桌上摆得三种汁料是不是最佳，只是把桌上的鱼和菜都吃了。

临别时他问季月英：我可以不可以理解为，你已经答应了我的要求。

季月英坚决地说：不可以。

我们都有年轻的时候

他包里放着十几份文件，都是急件，本来想在太谷酒店里安安静静地批阅。看到第五份文件时他站起来走到窗前。这是一份通报，本省另外一个市由于河道大面积污染，造成几千只鸭禽死亡，七个孩子到河里玩耍，两个经过抢救脱离了危险，两个没有抢救过来死了，另外三个还处在深度昏迷中。

国务院三部委组成了联合调查组，中纪委也提前介入，调查重大污染事件背后的腐败。国内大大小小几十家媒体进入了该市，一些国外媒体也随之潜入。

一个月前他曾经跟该市市长一起开会，对方原来也是常务副市长，刚刚提拔为市长就推出了宏大的发展规划，要在五年内让该市的经济总量翻一番。这自然是为下一步升迁创造条件，现在这么多媒体聚集到那里，他的升迁之路恐怕不会那么平坦。

他有些同情这位市长，排污企业并不是这位老兄批准兴建的，就像现在市政府门口的乱子也不是由他造成的，他是现任市长，出了大事就得免他的职。窗外灰蒙蒙的，一种叫 PM2.5 的微粒在空中超标悬浮着，市里抗议的人明天可能增加一倍，谁能说这位老兄经历的事情，不会在他身上发生呢?

他后来遇见过前任市长，对方说现在很好，无官一身轻，享受自由自在的生活，真是那样就不会说这种话了。失去权力的滋味很难受，无事可做的滋味更难受，许多人说超人集团跟前市长不是一般关系，他在外市当副市长时就一力支持这家民企，调到这里当市长时把这家企业也“带”了过来，市里人对他痛恨不已。

超人集团的老板是一个五十多岁的胖子，笑容可掬又满脸横肉。随着空中恶臭的味道越来越难以忍受，市里对这位胖老板和前任市长的关系也传得越来越邪乎，直到去年前市长被免职，传说才平息下来。

令人不可思议的是，真正的老板并不是那位胖子，换成了一位衣着华贵，容貌可人的漂亮女人。满脸横肉的胖子变成了谦恭的随从，大院里的干部们感慨，人家把城东的空气都搞臭了，真正的老板才浮出水面。

她刚才在市政府大院里站着，是等着和他见面吗？他们在公开场合见过，握过手，合过影，但他一直不肯在私下里会见她，她似乎也没有刻意要求过。双方都在回避。

他上高中时两家在同一个大院儿住，那时她刚刚上初中，彼此的吸引是不自觉的，他们忘了自己还是中学生。她比现在略胖一点，脸上一双大大的眼睛，黑黑的眸子看人很专注，脸色红润，像鲜艳的水果饱满而多汁，他在一本小说里看到过秀色可餐这个词，上课时常常浮现出来。

他生了病，整夜整夜睡不着，失眠的毛病就是那时落下的，很难理解那时对一个尚未了解的人会产生强烈的好奇，他有无穷的想象力，她身体的每一个暗处，皱褶，细密的毛发，流淌的唾液，都是他想探究的。在课堂上他脸色苍白，昏昏欲睡，她却越来越健康、乐观，发出没有缘由的笑声。

他们每天在操场见一次面，县二中正在搞基建，要借用他们学校的操场。上午十点，他留心看着初中的各个班级，她和她们班的同学一起迎面跑来，她看见了他，朝他笑一下，他还她一个笑，每天如此。

放学后才是他们的天地，父母们本来就是朋友，对他们经常在一起从不干涉，他们的借口很多，比如她要问他一道题，他要跟她借一本书，等等。她家房子多，总有一个单独的房间属于他们。本来不爱说话的他变得侃侃而谈。他突然发现了自己的才华，理想突然而至，目标清晰明确，世界呈现在他面前。

有时他们突然静下来，她不再问，他也不再回答，他们静静地相对而坐听着对方急促的呼吸声，那份安静中的激动是一生的享受，他们只要看着对方，千言万语就在空中流动着，回到家后，他久久平静不下来。

他在深夜里站起来，看着外面的星星。她的身体宁静、姣好，在空中飘浮着，有时像云朵，有时像棉絮。有时朝他缓缓漂过来，浓浓地裹住了他。

即将高考时，他的身体再一次出现问题，他记不住刚刚学过的单词，已经理解了的数学公式变得似是而非，他怀疑老师讲错了，又不敢举手问。

每天下午低烧，去过医院好几次，医生们查不出原因便说这是青春期现象。一个周末的下午，他的体温达到了 37 度 6，到医院后却正常了。从医院返回时，他看见她在一个小巷口站着，他不知不觉走过去，她朝他笑了一下，转身向小巷更深处走，他不知道怎么办，看见她在不远处朝他笑着，正在犹豫，她悄悄做了一个招手的动作，男人的勇气就是这么激发起来的，他忘了还要上课，忘了母亲还在家里等着，跟着她走进最里面的院子里。

他注意到她把院门随手锁上了，一切都是有预谋的。她牵引着他走进屋里。他手心里都是汗，她也同样。这是她表姐的家，表姐出国了，钥匙交给了她母亲。母亲觉得这里安静，却不知道是把无边的寂寞交给了她。

他随着她进到里屋，一张双人床迎面袭来，这种床在当时算豪华的，小县城里刚刚兴起，它的宽大是暗示，他看了她一眼，她的脸红了，他听见了自己的心跳声，像街头铁匠铺里打铁的声音。

离开时他带着强烈的负罪感，她却显得如释重负。她站在门口送他，歪着头的样子让他想看又不敢看。他的低烧从那以后就好了，体温总是 36 度 5。在学校两个人彼此躲着，他在操场上再也看不到她，就是看到了，她的目光也不再看他，有时能听到她的笑声，但那是笑给别人的。

一天晚上他又去她表姐家，听到里面有放音乐的声音，再敲门，音乐声小了，却没人给他开门。门上有个猫眼，他看见猫眼暗了一下，随后再也没有变化。他等了一会儿，离开了。失望使他的头脑变得正常，他用十分钟就背下了语文课上的木兰辞，数学题重新变得有乐趣，英语单词都用汉字标出发音，他总能轻松地在汉语发音和英语发音之间转换。他的脸色依然苍白，在教室里常常沉思，他在一个下午完成了由孩子到男人之间的转换，可惜没人承认，唯一一个应该承认的人正在疏远他。拒绝没有打垮他，使他变得深沉起来。

他上大三时，她考入一所中专院校，他们在同一个城市，两所学校相距不过三站地。一个偶尔机会他们见了面，两个人却像从来不认识似的。他们在别人的介绍下握了手，短暂的问候之后留下了联系方式。他以为她不会再理他，没想到她很快就到学校里找他了。

初中时她不过是个美人坯子，现在出落成了真正的美人。浑身散发出的成熟气息，似乎也不是她这个年龄应该有的。他有些陌生和胆怯。宿舍里的同学相继离开，一个同学朝他挤了挤眼睛。他有些不自然。

他早就期待着这次相见，想象中的亲昵没有如期而至，一切都是客客气气的，他问她为什么后来不理他了，她看了一会儿窗外，说：我怕影响你高考。

这句话让他感动了半生，一到夜深人静，或者在电视剧里看到某个情节，这句话都会跳出来。他相信这是真话。记得那次在她表姐家，她跪在床上仔细看着他身体的各个部分，当时他昏昏欲睡，她说：我要记住你的全身。

现在回想，她当时就决定要疏远他了，她抚摸着他，充满留恋。现在她坐在他对面的床上。他想过去和她并排坐在一起，刚刚站起来她就说我要回去了。

他送她。以往的感觉已经不在，似乎存在着某种障碍。后来他到她的学校里看望过她，她指着身边一个男人介绍说：这是我的朋友。

那人不是学生，一个成年人，他推断比她要大十几岁。尴尬在他脸上一闪而过，热情迅速覆盖了不快。对方却不冷不热的样子，他只好离开了。他听见她在身后解释说：就是一个老乡。从那以后，他再没有找过她。他们已经走在不同的路上。

最晚出现的“我”

季月英是个好医生，她把手放在我手腕上，只十几秒钟就盯视了我一眼，说：你没病！我告诉她，我是个失眠症患者。她说：你睡眠好得很，身体没有任何问题，也许你是心里有事吧。

我让她开几服药，她说，药都有毒，有病的人吃了治病，不需要的人吃了有害。

补药呢？

她说：补药也是药。

想跟她多聊会儿，她的目光已经转向了后面的病人。我在走廊里等着，等到她下班再邀请。我曾用这种办法等一位国企老总，如愿与他共进了晚餐，她却说她从来不在外面吃饭。再想多说她已经走了。这是个冷漠、无趣的女人。

晚饭是和院长吃的，我怀疑她这么拒绝我，和我是一个漂亮女人有关，我跟男人打交道基本都是成功的，差不多所有女人都排斥我，姿色平平的女人没有喜欢我的。院长说不是这么回事。

院长说：同性相斥的原则对她不灵，她算不上什么女人。女人该做的事，她一样都不会，不会做饭，不会收拾屋子，孩子是婆婆替她带大的，衣服从来都是丈夫洗。她只是一个好大夫而已。不过，她倒是能生孩子，生了一个。

我笑，仍然对她好奇。

院长介绍说，她在这家医院工作了三十多年，做过十年西医，调过七八个科室，跟所有领导都不冷不热。她叫不出院长的名字，一个已经调走两年的院长，她还以为仍然是她的领导。领导对她当然也不重视，所有的学习、进修机会都没有考虑过她，更不用说各种评奖，评先活动。现在的名医推介栏上，她的内容最少，但是找她看病的人最多，这是谁也没办法的事。

在中医最不景气的时候，她要求改中医。当时这位院长还连副院长都没当上，他们是同学，他问她为什么改行。她的理由让他觉得可笑：我只想跟病人打交道。她的意思是中医可以独自看病，不用求助别人配合。现在再想这话一点儿也不可笑，当一个好中医有一个脉枕就可以，用不着领导的支持。

她总有需要帮助的地方吧？我问。

院长摇头：她什么都不需要。

什么都不需要？不可能吧？

真没见她在乎过什么，她只需要病人，这又是她最不缺的。

这么说，这是个没有软处的人，我又偏偏喜欢找别人的软处。我自言自语。

那没用，她不缺钱，送礼对她没任何作用，平时她也不跟别人打交道。她唯一的爱好是看书，家里也不缺书。她油盐不进。

我没遇到过油盐不进的，只要是人，总有可以攻击的地方，我一边吃饭一边暗自想着，首先要把这位院长稳定下来。我问他：我能帮你什么忙？院长说：你不用考虑我，咱俩目标一致。你只要能让她给市长看病，就是对我最大的帮助。

他想给医院盖一栋住院大楼，投资差不多将近一个亿，一年多以前找到我，我告诉他现在有更重要的项目，一时还顾不上。市里好些市民要求我们搬迁，我再在这里投资还有什么意义？我没有把口子堵死，只是说要等一等再考虑。他肯定仍然希望我投资，正像他说得一样，我们的目标一致，我需要市长，他也需要市长。

我说：你组织医院的大夫到欧洲考察一下医疗机构吧！费用我出。院长摇头说：她对出国不感兴趣，以前组织过类似的活动，她从来不去。

她不洗衣服，送她一套洗衣设备好不好？

院长说：她家早就有洗衣机，还是名牌的呢。

我说得是那种豪华的，带烘干设备的。

院长说：这是帮她丈夫，对她没用。

帮她丈夫她不高兴吗？

你不能按常人的思维想她的事。

对了，她不是爱看书吗？我到古籍书店里，给她买一套宋版的线装医书。北京有一个大收藏家，专门收藏这类东西。

院长沉思着。

我说：十几万元一套的那种。

院长说：那得买对了，她从来没看过的书可以。

你知道她想要什么书吗？

院长说：我也不知道，她看得书，我都没有看过。

那我也有办法。我打电话给北京的办事处让他们负责这件事。二十四小时之后，他们告诉我，有明代的《外台秘要》，还有元丹贡布的《四部医典》，忽思慧的《饮膳正要》，和清代叶天士的《临证指南医案》。这让我有了信心。

我再找季月英时，仍然挂了她的号，但不再让她给我号脉，我告诉她，想自己学一学中医，以后给自己做一些调养。

她说：那我们不就失业了吗？

我理解她对我还有好感，不然不会跟我幽这一默。我说：我们再学，也代替不了职业医生，不过是懂一点养生知识而已。我家里有一些古医书，以前也看一看。她用怀疑的目光看着我，问：都是什么书？

我便把北京那边告诉我的几本书说了。她说：《外台秘要》不是明代的，是唐代的。后来不同朝代都有人整理过。《四部医典》的作者也不是元丹贡布，元是元朝，丹贡布才是真正的作者。我心里暗暗叫苦，北京那边工作不细心，让我现在出丑。

我给自己解释：我古文底子差，看得似懂非懂。也许你能看懂吧？

我不过是天天看。

我趁机说：哇，天天看？那这书真应该归你。

她说：《外台秘要》有四十多卷，一些卷我看过，还有十几卷没看过。不知道你有哪些卷？

我压抑住兴奋，说：我也记不得了，回去看一看告诉你。

她说：你不用再跑了，打我手机就行。

她把电话号码告诉了我。我大喜过望，但仍然说：你这么忙，怎么好意思打你电话。

她说：下班以后再打。

从医院出来，我把北京的下属狠狠批了一顿，告诉他们立刻把《外台秘要》全部买来，一本也不能少。我听他们口气有些犹豫。加重语气说：不管花多少钱都买，这件事要快，一两天之内办好。

院长听说季月英给我留了电话，显出钦佩的样子，说：太厉害了，到底是当老总的，就是比我们本事大。

我跟他说了事情的经过，请他配合。他说：一定一定，季月英要是问起来，我会把你说成中医世家出身。

我说：那也不用，只要说我某一位亲戚是北京的医家就行。

我们成了两个密谋的人，而且是针对一位一心为病人服务的女大夫，这有些不舒服。院长解释说：我们都是出于善良的目的。

胖子的多此一举

这里是贫困市，历届领导都不愿承认贫困，总想弄成经济强市。无奈这儿没有地下资源，边缘几个县倒是有一点点铁矿，煤矿，少得像胡椒面儿。

市民的致富热情并不低，人人都在做致富梦，一些县建起了小商品批发市场，农机配件市场，废旧汽车市场……周围农民进行相应的生产，一轮下来，富了一些人。可惜市场上假冒伪劣横行，很快又衰落了。

各县又用政策招商，减免各种税费，引来了一些小资金，大项目还是招不来。市领导下达招商引资指标，各县完不成的不光不能提拔，还要调离。土地的价值开始显现，有些县甚至提出了零地价，我白给你地，你在我这里建厂。

引来的仍然是小企业，看着其他市经济排名一步步往前走，领导们急呵！前任市长把超人集团引来时，人人都以为天上掉下了馅饼，几十个亿的大项目，听说真正的老板是香港的，胖子是中方代理。

那时谁看见胖子都觉得亲切，给市里解决了多少就业呵，一年上千万的利税，据说全部投产利税能达到近亿元，领导们觉得抱了个大金娃娃。

投产后，周围居民觉得臭。臭味儿丝丝缕缕，好像漂亮女人放了一个臭屁，羞答答、怯生生，装出与已无关的样子。投产两年后企业成了生育多年的老妇，屁放的公开、响亮、有恃无恐，臭味儿越来越不堪忍受。市民冬天没法儿出去散步，散步得戴口罩，夏天不敢开窗通风，开窗得等刮大风。

一家机构检测，发现地下水被污染，自来水管道里流出的水，合格率不到百分之三十，重金属超标几倍，这比臭还可怕。市民们听不懂专家们说的指标，不合格是一个抽象概念，就像都听说过鬼，谁也没见过鬼。总觉得危险像一个谁也没见过的怪兽，虽然凶猛，却离他们很遥远，直到周围有人得了癌症，得了白血病，人们才明白鬼真来了。

在超人集团厂区周围的居民开始上访，找市里，市里让找区里，找西市区，区领导让找西关办事处，西关办事处说要请示区领导。市民们掀起了一轮更大的上访。一些人决定到省里，市里自然要阻止，这些市民答应不再去省里，却在深夜上了通向省城的火车，第二天省信访办给市里打电话，区里派了几辆大轿车，带着面包、香肠、矿泉水，隆重地把上访市民接了回来。

前任市长派了最信任的一位副市长给市民们开会，告诉他们市里正在想办法解决，但协调需要时间。第二天，市委书记亲自过问，和前任市长一起进入超人集团，这次考察没有带新闻单位，有记者听说后赶了过去，市委办公厅严令他们回去。市委书记和前任市长一起把全厂的生产环节都视察了一遍，让他们百思不得其解的是，没有一个环节是排污的，所有排放都经过了处理，排出的废气和污水都是合格的。

两位领导当然明白怎么回事，都是久经沙场的老将，什么游戏没玩过。两个人互相试探，市长让书记先说，书记让市长先说，前任市长只好先亮出了底牌。

他认为应该由超人集团负责向市民们做好解释工作，由西市区组织市民代表，进入企业参观，企业高层亲自给市民讲解生产和环保流程。超人集团不领这个情，他们说跟群众越解释麻烦越多，跟领导解释清了就行。这让前任市长很不高兴。

市委书记是最后做指示的，他要求超人集团给市里写一份真实的报告，不敷衍，不说假话，把真实情况说清楚。他说：我们这几个领导好糊弄，群众比我们眼睛亮，如果你们仍然认为自己没有排污，我就从北京、上海请一个专家组来，让他们来考察，找出市里的污染源。据说超人集团的老板当时脸色就白了。

这话很快在市里传开，市民们对市委书记很有好感，说这是市委书记向老板的一次“亮剑”，他在市民中加了分，也把与市长的分歧公开化了。

胖子低头哈腰送走市领导，却没有按期向市里交报告，这个报告没法儿写，不如实写书记不饶，如实写只能招来更多专家。

市里催，他跟领导解释说，我们也在请专家帮助查找漏洞。虽然拖不是办法，现在只能拖中求变。胖子每天笑眯眯地接待各方领导，暗中却调动起上层所有关系，帮助市委书记升迁，市委书记当然不知道，但他们给书记做这种好事，是想让前任市长尽快提起来当这里的一把手。根本用不着市委书记知道。

三个月后，传来了市委书记要提拔的消息，前任市长的事却没有动静。这时胖子把老画家请了过来，介绍他和前任市长相识。几次交往后老画家为前任市长鸣不平，说你早该提成市委书记了，可惜你只懂实干，不懂跑官，老画家说了许多顺口溜，什么“不跑不送，原地不动”！什么“背心改乳罩，虽然是平调，位置更重要”等等，酒桌上笑声不断。

胖子就在这时候提出来：你上面那么多关系，也开发开发嘛。

画家在关键时刻不含糊，用广东话直白地说出来：你拿五百万，我给你搞定。

胖子说：把你的画儿送几副就可以，还要什么钱。

画家说：有人画可以，有人画不可以，要不你先付我三百万，剩下的用我的画。事成之后再给我二百万画钱。

前任市长矜持不语，做出要走的样子。胖子赶忙说：市长不干这种事，钱我给你。明天先给你划三百万，剩下的二百万你也朝我说。我这人愿意帮助朋友，朋友的成功就是我的成功。

这是男人的宴席，豪爽、义气，慷慨、豁达，想的都是大事，做的都是好事，这个世界没有算计，没有坑骗，没有尔虞我诈，没有弱肉强食，都是帮朋友的，没有拆台的，都是不求回报的，没有斤斤计较的，前任市长虽然不动声色，内心已经泛起阵阵感激。

老画家是怎么变成江湖骗子的，连胖子也搞不明白。他们认识了十几年，多次使用过这个老家伙，只要花到了钱没有不灵的。他知道他画的不是那么回事，所谓齐白石的学生，只是愿景，可是他在上面的确有些关系，他的画不怎么样，但拿着叫门还是能叫开一些的。这次怎么就不灵了呢?

本来是一个完美的设计，画家现了原形，后面就一塌糊涂了。胖子后悔多此一举，他本来可以自己办，为了在前任市长那里增加感情分，特意让画家出来唱戏，没想到戏唱砸了。

幸福家庭是什么样子

季月英在家里总是烦躁。她在医院里耗尽了耐心，每个病人都想多问她几句，多说一些症状、病因。听病人的主诉像在选矿，要从一大堆啰啰嗦嗦的废话中听出有用的来。季月英看似漫不经心，其实耳朵像雷达一样运转。

每天近百人的门诊量让其他大夫心生妒忌，对她却是无尽的消耗。家里的沙发旁边有一张躺椅，丈夫在上面铺了厚厚的被褥，她回到家就躺在那里，等着丈夫把饭做好了叫她。

这是一个倒置的家庭。丈夫在劳人局当了十六年科长，毫无升迁希望，他从来不跟领导一起吃饭，下了班就走一分钟都不耽误，因为他得给老婆做饭，以前有一任劳人局长曾经跟下属说过：两种人不能提拔，不孝顺父母的，怕老婆的，第二条就是对着他说的。后来的局长基本上都沿用了这两条。

季月英在躺椅上坐下，他走过去把遥控器递到她手里。季月英不发愁看病，却发愁找不到好台，太刺激的她不看，太贫嘴的她也不看。她对新闻节目没有兴趣，阿富汗和利比亚打仗她都不关心，那些从战场上抬下来的伤员是西医的强项，跟她没有关系。国内 GDP 的增长，物价指数的提高，她都听不懂，她从来不在外面买菜，涨不涨价跟她也不发生联系。

动物世界是个好节目，只是腻歪看动物交配的场面，空中飞的，地上跑的，水里游，土里爬的都做这种事干什么。人跟动物其实没多少区别，爱情是吃饱了撑的没事的人杜撰出来的，土憋虫也追求雌性，那也是爱情吗？

她知道自己有个好丈夫，但有一点儿不如意仍然火冒三丈，丈夫永远在迁就她，这跟爱情无关，却跟习惯有关。如果她有爱心的话，也是对病人的。她对自己的孩子都没有耐心，孩子跟她是淡漠的。她知道，没有丈夫，她无法过现在的生活。

丈夫极少到外地出差，偶尔出差也一定会把她吃的、用的准备好，告诉她都放在哪里。有时她躺在躺椅上幻想丈夫死了，她成了寡妇，这么一想她就很恐惧，对丈夫的依恋会浓浓地升起，心里升起许多歉疚。

现在她躺在那里，听着丈夫在厨房里传出的刀铲碰撞声，除了看病她没有生活，生活需要精力，从医院回来她哪还有精力。她的生活都是耳朵里的。炒菜的声音，做家务的声音，洗衣服的声音，是丈夫演奏给她听的。什么是爱情，能让她踏踏实实地看病就是爱情，能让她听到过日子的声音就是爱情。

丈夫心情不错，他第一次到张家界开会，回来两天了心情还沉浸在青山绿水中，他说：你真应该也去看看。

她说：卫生部应该让大夫在各地轮流上班，那样旅游就不耽误看病了。

丈夫说：那也不行，咱们市里有的是景点，你去过吗？

她说：我没时间。

她脑子里跳出那个漂亮女人，她不是看病的，也不像是来学医的，到底要干什么？虽然长得年轻，仔细一看怎么也得四十往上了，这个年纪的人不可能再当大夫，那她为什么天天在医院里转悠？世上没有无缘无故的事吧？不过她倒是很希望看到那套《外台秘要》，她手里有一个皮肤癌病人，她渴望在这些经典书籍中找出办法。

丈夫说：我们单位……看到季月英在听，他才接着说：过几天组织到黄山考察，每人可以带一个家属，这是不是太阳从西边出来了？

她说：没你的事，你刚从外面开会回来。

丈夫说：我也这么想，领导说第一个就是我，是赞助单位定的名单。

季月英认真了：点名让你去？

我猜他们不是冲着我，是冲着你的。我沾了你的光。

丈夫这么说是讨好她。季月英却猜出了大致的脉络。她问：什么地方赞助你们。

丈夫说：超人集团。那个胖子亲自找到局长。说不可能全去，一年去十个人，连家属二十个。

季月英说：你去吧，我不去。

丈夫说：去吧。天天出门诊太耗人了，你不想活动活动？

季月英说：病人等着我呢，我去了病人怎么办？

丈夫说：那么多大夫呢，没你地球就不转了？

季月英说：对你，没有我地球照样转，对他们不是，没我地球就是不转。

丈夫说：对我才是地球不转，对人家不是。

季月英说：你说得恰恰相反。

这就是季月英的思维。今天那个皮肤癌病人又找她了，说宁死也不做放、化疗，想高高兴兴地死，她的目标是给这个病人延长五年以上生命，至少在这五年里，地球照样转动，她能不重要吗？

这就是医家的自恋。

她又想起那个漂亮女人，她说可以给她搞到《外台秘要》，她记得在二十三册上有关于皮肤癌的方子，当然不叫皮肤癌，症状却跟现在的皮肤癌完全一样。她年轻时在一个老先生家里看过这本书，现在想不起来了。

记得那个老先生跟她说过，有一种恶疮很难治，这种疮长着嘴，如果把饭粒放在疮口上，一会儿就吞没了，甚至连肉它都能吃下去。老先生说：这种疮已经成了精，一百个郎中九十九个都治不好，他见过一个能治好的郎中，那人的方子是从《外台秘要》上来的。

从那以后，她就搜集《外台秘要》，可惜也只是看过二十几册。老先生死后家里的藏书很快散失了，他的孩子没一个学医，这些古书在他们眼里形同废纸。现在她寄希望于这个漂亮女人，又不敢表现的急迫。

对方看出急迫，会给她开出高价。

她猜这个女人是来卖书的。这类医书买家不多，有些医生不知道它的珍贵，知道的也花不起大价钱。她却想好了，不论多高的价她都要买下来。

手机响了，一个陌生号码。她本来不想接，今天心情不错就把手机拿了起来。对方声音甜美，像是在跟一个男人说话，季月英听出来是谁，猜想她这么说话可能已经习惯了。

季大夫，那套书我从家里拿来了。

噢，好。她尽量不兴奋。

这种书拿到医院不太方便，我们还没让自己家以外的人看过，我请你到一个茶室里，一起喝喝茶好不好。

季月英心跳起来，就好像当初有人通知她跟现在的丈夫第一次见面一样。她矜持了一下，说：我不习惯到别的地方，你来我家里好吗？

我当然愿意，只是不好意思到您家里打扰。茶室是我一个朋友开的，跟我从来不收费。你就全当出来散散心好不好？

季月英答应完就后悔了。她的学生说过，在高档茶室喝茶比吃饭还贵，对方说不收费也许是真的，但天下没有免费的午餐，这个道理她懂。

丈夫把饭端上来，对她说：我陪你去。

吃饭时丈夫说，他不后悔在科长的位置干到退休，还有那么多副科都没当上的人，跟人家一比自己不冤。不过他有时也在想，如果他提成了副局长、局长会怎么样，过去最大的失误就是仅仅把这看成是一个职务，却没想过这职务给人带来的横向，纵向关系。

他问：你觉得我还有提拔的可能吗？

季月英说：那你得改正怕老婆的缺点，你想改吗？

他果断地说：不想改！

就是想改也不能说出来，他老婆知名度越来越高，高层人士都在想办法结识，他怕了半辈子老婆刚怕出成果，现在说改不是傻吗？他说：局长说，超人集团出资让我们到黄山考察，是希望结识你。你同意去，就能给我在局里加分，这不影响我继续当一个怕老婆的人，局里人反而支持我怕老婆。

季月英说：别想让我用这种办法支持你，我离不开病人，这早就跟你说过。

这么说，你真不打算去。

当然。

局长说，超人集团这么巴结你，是希望你能给一个朋友看病。

那还不好办，挂号就行了。你给他写一个条子 ，拿着到挂号室挂号，要不，就早晨六点半以前排队。

他们不想去医院。

让我出诊？

丈夫点头。

季月英想起麻脸跟她说过的那个人，说那人是市长，怎么又成了超人集团的？

她说：市长让我出诊我都不肯。

丈夫说：那就算了，反正人家也知道我做不了你的主。

季月英笑了，她安慰地抚摸了一下丈夫的头，说：一会儿还陪我去喝茶吗？

陪你。丈夫永远是无怨无悔的。

这里是春来茶馆

漂亮女人把车开到楼下，季月英跟丈夫上了车，她不懂什么是高档轿车，但车里的宽大舒适她感觉到了。

这车很贵吧？她问。

漂亮女人一边打方向，一边说：劳斯莱斯。

季月英没再问，再问就显得没见识了，她不知道劳斯莱斯跟迈腾的差别。第二天她的学生告诉她劳斯莱斯的价格，她隐隐升起了反感。

现在她跟漂亮女人客气着，说：又不远，干吗还来接。

漂亮女人说：我对有本事的人永远敬重。

这话让季月英颇受用，她看了丈夫一眼，示意他记住这女人的话。

走进茶馆，迎宾小姐都是一样装束，却想不起来为什么这么熟悉，姑娘们轻声致意：欢迎光临春来茶馆。她想起来，是京剧《沙家浜》里阿庆嫂的装扮。

漂亮女人把她让进一个雅间，里面的空阔、雅致让她震撼，她跟外界真是隔绝太久了，诊室过一日，世上已千年。

一个怀抱古琴的男子走进来，朝他们轻轻点了点头。漂亮女人指了一下凳子，他便坐下弹奏起来。季月英急着要看古书，又不好意思表示。好在她听了几声，便跟着音乐进去了。小时候，她爷爷在家里弹古琴，这些曲子她不陌生，反而勾起了许多回忆。只是弹古琴的人穿着郭建光的衣服，让她觉得不伦不类。这个失误漂亮女人也发现了，她对手下人颇不满意。

她是学公关出身的，公关就像做一道大菜，一个细节的疏忽菜的味道就不对了。幸好季月英没有显出烦躁。她让手下人打听出来，季月英的爷爷是本市一位颇有名气的古琴演奏家，这一招看来奏效了。

一曲过后，她问：怎么样？

季月英说：还行。

以后想听了，您就打电话，我接您来这儿听。这个雅间我让他们长年给您留着，不安排别的客人。

季月英差一点答应了，她忍住，抬头看了看屋里，说：这屋子真大。

漂亮女人说：你在这里看病也行。

季月英警惕地看了她一眼，说：我是来看书的。

漂亮女人打了一个电话，一个穿着精干的小伙子捧着书送进来，书放在精致的檀木匣子里，漂亮女人打开时季月英有一种久别重逢的感觉，她不知怎么就认定，这就是她老师的那一套书。

进到屋里的所有不快烟消云散，郭建光从她脑海里消失了，哪怕让她到这里出诊，现在她都会答应。她拿起书的时候，先用茶几上的纸巾仔细擦了手，漂亮女人从匣子里拿出一副手套，那手套就像比着她的手做的，不大不小正合适，她戴上小心地捧起一本，慢慢地翻动着。

书的品相很好，所有字都清晰完整，虽然那里的方子有些是刻在她脑子里的，她仍然觉得有用。这不是书，是一个亲人。她已经不是在阅读，而是爱，用心地体味它的气息。

她问：多少钱？

她已经决定不管多少钱都要，还是做出太贵了就不买的样子。

漂亮女人说：这书是家传的，多少钱都不卖。停了一会儿，她又说：不过我愿意送给你。

她两手抱住自己的胸，不让激动表现出来，冷静地问：为什么？

这书是无价之宝，能让我出手的只有情谊。

我们认识的时间不长！

那没有关系，有些人交往了几十年，仍然不是朋友。朋友也有一见钟情的。

季月英开心地笑起来，她认可对方的话。不过，对方的意图也看得越来越清晰，她毫不松口，说：这么贵重的东西，你就是给，我也不敢要。我只是想查一查里面的一个方子。

漂亮女人说：那我借给你。你只管看，什么时候你舍不得还我了，我再送给你。

她认定季月英不会还她。

季月英说：谢谢，谢谢。

她无心再在这里喝茶，说：那我就告辞了。

漂亮女人让小伙子捧着檀木匣子，送他们上车。季月英再一次感受到劳斯莱斯的大气，安静。这车像在水中滑行一样，不一会儿进了他们小区。

太谷酒店的主人

白天他走进太谷酒店时，看到大门口搭起了脚手架。工人们正在把原来的太谷酒店四个字取下来。他没有在意。

午饭他让秘书送了盒饭。省审纪厅来了一位副厅长，商业厅来了一位巡视员，省发改委来了一位副主任，他都没有出面。要不出面就都不出面了，想自己在房间里吃了饭好好睡一觉。他眼窝是青的，忙碌了一上午显得更青了。批阅文件时他总是发困，真躺下要睡了又睡不着。打了一个盹醒来，再看文件，脑子清楚多了。

一连气批了四十多个“阅”，一个字一个文件，这些文件加起来约有十五万字。从政别人看着风光，那份压力、劳累、孤独得自己承受，有秘书，有司机，这些人一样要你操心，风险都在不经意间出现，一放松就滑过去了，再出现时已经不可收拾。

前任市长就是秘书给他安排跟那个画家见面的，他自己没有收胖子的好处，秘书收了一张三万块钱的购物卡，这就是前任市长倒霉的开始。

你当了官，还有可以信任的人吗？

下午三点是蜀津集团的开工仪式，他得出席，为了让超人集团搬迁，他们加大了引进项目的力度，大项目他都亲自出面。省里有关部门领导来了他不出去吃饭，大老板的饭他一定要吃。

二点半离开酒店时，看到太谷酒店四个字已经砸掉了，正在吊装的字他没看清楚，只看见漂亮女人在旁边站着。他问：怎么哪儿都有她？

秘书说：这儿现在是她的地盘。

怎么回事？

秘书答：画家出事后高档客户都躲着这儿，酒店经营不下去了，原来的老板只好退出，超人集团接了过来，要把太谷酒店的牌子摘了。

他问：改成超人酒店？

秘书说：超人集团名声不好，他们也不敢用。改成晋阳国际酒店。

他悠悠地说：一改国际就大了，你什么时候知道的。

秘书说：前天。

他说：前天知道了怎么不告诉我。

秘书无语。

他又说：市里天天有人上访，他们知道我在超人集团的酒店里办公怎么看，你一点儿政治敏感都没有。心里想的是，他不会也收了人家的购物卡吧？

秘书跟了他六年，最大的优点是话少，最大的缺点也是话少。他对秘书说：一会儿我上台讲话，你过来把我的东西搬出来。

秘书答应着。

他当了八年常务副市长，曾经为不能升迁苦恼过。前任市长太干练，像金钟罩一样罩着他。人家升不上去他还有什么戏！熬到后来他都死心了，直到两个一把手矛盾公开。

市委书记和市长一有矛盾，常务副市长分量就重了。他是市委常委，在常委会上可以用明的、暗的方式力挺书记的主张。在市政府，市长的许多思路要靠他来落实，他可以让市长的意图落到实处，也可以让市长的想法泡了汤。

大部分市，书记和市长都有或明或暗的矛盾，就跟两口子一样，天天表达着亲热，天天有摩擦。常务副市长要在里面拱火，没个挑不起事儿来的。

这是把双刃剑。表面上两个一把手有了矛盾对常务有利，矛盾公开了也不好办，左了不是，右了不是，搞不好火能烧到自己身上。常务的下一步就是转正，转不转正，两个一把手都有很大影响。书记的态度最重要，市长要是坚决反对，事情也弄不成。两个人有了矛盾能尽量不激化，这才是常务副市长的明智选择。

他与前任市长相处得很好，这个人爽快能干、思路清晰，有了问题敢拍板，出了事情敢负责，只是跟超人集团关系有些特殊，开始说前任市长儿子在国外的费用都是超人集团支付的，后来又说超人集团里有前任市长的股份，他对这些话不太相信，又不敢完全不信。

内心里他赞同书记的主张，常委会上却没表态。把一个大企业搬走了拿什么补这个窟窿？人们都说环境重要，GDP 也是环境，经济总量上去了省里另眼看待，老百姓钱包鼓了，闹事的就少。群众看不明白就认为里面全是腐败。人们说不是有特殊关系，超人集团怎么会给画家一下子支付五百万？

纪委调查的结果是，前任市长跟超人集团没有经济关系，他儿子没出过国，是某市国税局的公务员，把超人集团所有股东都查了，都跟前任市长没有关系。胖子多事，前任市长垂下眼皮没有表态，本来一帆风顺的命运就变了。

前车可鉴！

上级领导说，交友要慎，尤其不要跟老板交朋友。新项目是从成都引来的，不交朋友也不行，几十亿的资金人家投到哪里都成。第一次见面他就喝多了，在卫生间里吐的一塌糊涂，他当然没真醉，表现的是诚意，那么大的国企老板比他级别还高，不喝行吗？人家看见你的弱点才能放心你。

回到办公室，一位副市长告诉他，超人集团来了一位新总裁，是个女的，身材妖佻，容貌姣好，刚来就想拜访他。他说：现在没时间，以后再找机会吧！

他们还是见了面，不过不是在他的办公室，是在一个公开场合。人没有到，香气先悠悠地飘过来，他握住这位漂亮女总裁的手，软绵绵的，柔若无骨。没说话先笑了，笑得跟铃铛一样，是小姑娘的笑。再仔细一看，他出汗了。

认识。

笑还是原来的笑，长得还有原来的样子，只是气质变了。两个人彼此客气着，谁也没有挑破。她也认出了他，或者说早就知道他在这里，这么一想，就觉得紧张了。

今天的开工仪式这女人也来了，明明记得是他先离开酒店的，当时这女人还在指挥工人换酒店的招牌，结果比他到的还早。他想起来，中间他停下办了点儿事。

他在台上讲话时，她在下面看着。她仰着脸的样子让他想起中学时代，那时他们每天在操场上向对方展示一个笑容。多么纯真！彼此除了好感没有别的！

仪式结束后，他看见她在路口站着，他猜她是在等他。他故意跟别人多说了几句话，希望把她错过去。她仍然在那里等着。他只好走过去。

市长好！

你好！

我来半年了，早想去看望市长，只是市长太忙，没给我机会。

你们也忙，这不也见面了吗？

我想单独跟市长汇报企业的一些情况。

噢，另外约个时间吧。他轻轻地推掉了。

他接任市长职务已经快一年了，超人集团仍然每天在排放臭气，地下水的污染没有改观，据环保部门汇报，她来了以后超人集团的排污量不但没有减少，反而增加了。

他说：我原来一直以为胖子是超人集团的老板，你什么时候上任的？

她说：我是集团董事长兼总裁，他是这个分公司的董事长兼总经理，他给市里惹了乱子，我把这个分公司的董事长也兼起来了，他仍然是总经理。

噢，好呵，好呵。

他一边说着，一边往车里走，她在旁边小跑着追赶，他喜欢这种感觉，愿意让市里人看到他对超人集团的冷淡。他相信，市里人很快就传开了。

前任市长出了事后，上访潮下去了，人们相信他能公正地处理污染企业。

上访也有好处，能给领导下决心的理由。上访平息了，他没有直接处理超人集团，而是加大了招商的力度，想在下一轮上访前把经济总量抓上去。

他知道会有一次摊牌，只是需要时间，需要契机。市委书记是新来的，他们在一起交换过意见，跟他的思路完全一样。只是见到这个女人后，他反而犹豫了。

他上了车，看到她在外面频频招手。这个小巧的女人有多大能量！她怎么走到今天这一步的？看着柔柔弱弱，其实从来都是她在操控别人。他们在一起完全是她主动，她说：我怕影响你高考！一句话就化解开了疑问。后来分开也是她的选择，连解释都没解释。当初站在她身边那个长着浓密胡须的老男人呢？

也许只是她路边的一道风景，他的命运其实一样。很难想象过去的她会成为今天的样子，仔细一想又毫不奇怪。她总在决定别人。

这一次恐怕要别人决定她了。

市政府门前聚集着越来越多的人，他想原谅她都不可能。内心里他害怕事情闹大，同时又在渴望给他一个理由。

车开了，漂亮女人又几步抢到车窗前，他放下车窗问：还有事吗？

听说你睡眠不好？

是呵，年轻时就有失眠的毛病。

她笑了。他后悔，干吗要这么说。

她说：我认识一个不错的中医，让她给你看看吧。我有一个茶室，很清静的。

再说吧。这就是他的拒绝。

她却不依不饶，追着车说：回头我跟你的秘书联系。

车开走了。

名医都不是书呆子

上楼时，季月英对丈夫说：明天上午你有要紧事吗？

丈夫说：有个短会，然后就自由了。

季月英说：散会后你跟领导请个假，到外面买一台复印机，要质量好的那种。

丈夫问：往哪里放？

季月英说：当然是家里。

丈夫问：干什么？

季月英说：让你买，你买就是了。把复印纸也买上。

她从书里查到了好几个方子，哪一个有效还得试。有些药现在没有，比如说金汁这味药，你到哪里找去？

古书上说这药清肠胃之火有奇效，实际是把健康人的大便放在一个罐子里，埋在土里经过三个寒暑再倒出上面的清汤服用。这听起来荒诞，其实不过是古人的细菌培植法，健康人的肠道里有若干有益菌，用这种古老方法培植后再服下，可能会对患者有效，但这药现在没处找去。季月英只能让患者服她的药时，补充一些酵母或者多酶片。

有一些是剧毒药，蝎子、蜈蚣、毒蛇，还有的是重金属药，朱砂、雄黄、铅丹，她每次做这种冒险都很谨慎，光是中医的阴阳五行理论远远不够，需要现代科学知识。

这让她产生了好奇与兴奋，她埋在书里看到深夜三点，毕竟是快六十岁的人了，早晨起来头不舒服。她给自己冲了一杯中药粉，喝了以后好多了。

冲剂里是四味中药，用粉碎机打成粉，简称四物汤。每个病人都得精神饱满地看，脑子不能糊涂。

三天后，漂亮女人再一次给她打电话，请她到茶室里坐坐。她去的时候让丈夫捧着那个檀木匣子，丈夫把局里的公车开回来，直接拉着她去了茶室。看他们捧着匣子进来，漂亮女人略略显出惊讶。

她说：这么快就看完了？

季月英说：大部分我都看过，没看过的只是十几本。

她说：那也够快的。

季月英一笑。

她又说：我不是说过，送给你了吗？

季月英说：我也说了，不敢要。

两个人都笑了一下，都不自然。

她说：万一你以后还需要查什么呢？

季月英说：我有办法，顶多再找你借就是了。

这一次弹古琴的换了装束，中式对襟上衣，扣子是手工盘的襻儿，头发梳的光洁锃亮。《高山流水》是个老曲子，现在还在弹，可见从古至今知音都是难觅的。她回想起市长当年离开她时目光里流露出的不解，那个男人比她大十六岁，脸上是横七竖八的疙瘩，胡子却浓密旺盛，他嘴里浓重的气息让她难以忍受，时间一长也就习惯了。那个时候她有雄心，但是没有实力，她有青春，但是没有机会，阿基米德说给我一个支点我能撬动地球，没有人给她支点。

谁能给她支点，谁就是她的丈夫。这个男人能给。她看中的是他内心的软弱，精神的苍白，这个拥有庞大企业集团的男人，看起来成功，其实却离不开她的抚慰，可惜周围都是敬佩他的人，却没有抚慰他的。

他是出车祸死的，死前她已经把所有财产过到了自己名下。她接任董事长顺理成章，公司里没有不认可她能力的，他有三个孩子，她视同己出，对他的前妻也一样关照，他死了，公司依然是完整的，家庭也依然完整。

许多人追求她，她不想再嫁了。再嫁她在公司里还有什么凝聚力？婚姻是个工具，已经起到了该起的作用。她解决性的方式是去做美容，躺在那里让面膜爱抚她，有时她睡着了，大部分时间她都睡不着，似睡非睡，她会回到自己的青年时代，回忆自己交往过的男孩子，这时候财产变得不重要了，反而成了她恨的对象。

一曲终了，她问季月英还要不要再弹一曲。季月英点头。这是个优秀大夫，成功的方式是几十年如一日的生活，一点点积累，一点点推进，直到病人认可。她受不了这种方式。她的成功是快速的，方式是不择手段地追逐，眼花缭乱地变身，她们谁更幸福？她比大夫钱多，大夫比她多了一个捧着匣子的丈夫。

她要让这位大夫改变原来的生活，让她知道外面的世界，改变她的两点一线，让她有欲望，有野心。这跟她的计划无关，只是想做一个试验。

古筝必须在心静的时候听，现在她听不下去了。她挥一挥手，演奏者下去了。走上前的茶艺师很漂亮，表演的是茶道。

她的婚姻是由一连串机谋构成的，支撑这些机谋的是欲望，她的欲望和对方的欲望。其实谁不是这样呢？欲望支撑了世界。死去的丈夫明白这一切。

自从他们结了婚，他总是喜欢自己开车。恋爱的过程自始至终是她主动的，她猜他后来对前妻充满了负疚感，前妻比她更聪慧，她比前妻更有进取心。前妻的大度是一把无影剑，时间越长，伤口越深。跟那些哭天抢地、跳楼上吊的女人一比，这才是杀人于无形的高手。他开车狂飙，不过是他忘掉伤痛的一种方式。

想到这里，茶艺师已经表演完毕。

她做了个请的手势，季月英端起茶盏放到唇边闻着，茶香清淡、悠长。季月英轻轻地点一点头，说：真好。

茶艺师说：这是明前的西湖龙井。

季月英说：怪不得。

她说：您很懂品茗之道呵。

季月英说：哪里？我不过是怕失眠，晚上不敢多喝，只敢闻一闻。

她说：怎么不早说。又对茶艺师说：给我们换普洱吧。

茶艺师有些不舍，说：这么贵的茶，五千呢。

她说：请刚才那位演奏古琴的先生品吧，他演奏的很好。

茶艺师换了普洱。

季月英却警惕了：为什么请我喝这么好的茶？

她说：因为我钦佩你，我对各种专家都尊敬。

季月英说：那太多了，你尊敬不过来。

她说：像你这样的不多。看起来都是聪明人，能做到极致的有几个呢。

季月英：我也算不上。她抬起眼看一下匣子，说：没看过的书还很多呢。

她说：我说过，这书归你。

季月英摇摇头：你这么帮我，一定是想让我做什么。说吧。

她说：想让你给一个人看病。

季月英猜出是谁了，说：让他挂号。

她说：当然可以，但是，他不能在你的诊室里看，我们选一个时间，请他来这里喝茶？你也来，好不好。

季月英：他为什么这么特殊？

她说：当然特殊，因为咱们只有一个市长。

季月英：我们院长跟我说过，我没答应。我这里没有市长，只有病人。我来这里给他看病，一来一往，要浪费好些时间，我的病人在诊室里等着我。

她说：为什么要在上班时间呢？我们约在晚上，比如现在这个时间段，我们不说是来看病，就是聊聊天，你给他把一把脉，开个方子。这是一种业余活动。

季月英差不多被她说服了。

她又说：其实，我还不只想让你给他看病，更主要的是，想让你跟他成为朋友，通过不断地来往，给他提供一种理念。

季月英问：噢？什么理念？

她说：讲一讲你的经历，讲一讲你这些年做出的牺牲。不论是一个人，还是一个城市，发展总是有代价的。没有人做出牺牲不行。

季月英很认同她的观点，说：是呵，天上掉不下馅饼来。

她拍着腿说：就是这个意思。

季月英说：我到现在还不知道你是谁，只知道你去诊室里找过我，你家里有一套好书。你开的车不一般。我猜你大概很有钱。

她说：你把我看成一个女人就行，一个跟你谈得来的女人，一个愿意帮助你的人。我是超人集团的董事长，你叫我赵总也行，叫我小赵也行。

季月英问：别人怎么叫你。

当然叫我赵总。

那我叫你小赵。

她一怔，笑了。说：这才是你，与众不同。

季月英说：我猜你喜欢别人叫你小赵。

她说：当然。真能留住以前那个小赵才好呢。可惜留不住了。什么都有代价。我成了现在的我，但是小赵没有了。

季月英听出来，她还是愿意让别人叫她赵总。她说：赵总，我挺想答应你，不过，我答应不了。每个行业都有每个行业的规矩，我没有在诊室之外看病的先例。

她用手把匣子推到漂亮女人前面，说：谢谢你借给我这么好的书。

出大事了，你摊上大事了

事情是这样的。超人集团附近五个小区的居民准备到省里上访，西市区领导知道后，向每个小区派驻工作组做疏导工作。他们说：超人集团的问题，一定要解决，但需要给领导时间，超人集团的员工有两千人，公司

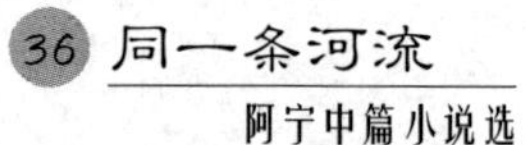

一下停产，这些人怎么办？搬迁到外地，搬到什么地方，这些员工是跟着走，还是失业，都需要解决。

居民们把五个危重癌症患者抬到了会议室，他们说：我们受了十年害，从第一次上访到现在已经过了八年，八年时间抗日战争都打胜了，还解决不了一个污染问题吗？超人集团比日本鬼子还难对付吗？

区领导向市里汇报，居民们在市政府门口等着消息。过了半个月没结果，他们组织了一个单车旅游团，两千人骑了两千辆自行车，沿着省道向北京进发。

离开省境后，每辆单车上打出一面小旗帜：××市××区抗议超人集团污染请愿团。消息很快传回本省，到了省市领导的办公桌上。市里紧急组织了几百名干部，坐着几十辆大巴车追赶到了省道上。

他们赶到时居民们正坐在路边吃面包、香肠，喝矿泉水，对领导们的到来他们并不奇怪，这是预测到的结果，也是最好的结果。他们并不想把事情闹得特别大。

在规劝他们返回时，一个干部态度粗暴，跟一位居民互相纠住脖领子，旁边的人很快参与进来，演变成一场干部与居民的群体冲突，幸亏区领导当机立断，宣布给予那个干部纪律处分，居民们的情绪才平息下来。

省领导对这一事件很重视，两位主要领导都做了批示。

事件发生的这么突然，市长的失眠症加剧了。如此大规模的上访在本市还是第一次，是一个重大维稳事件，市委召开常委会，决定立刻向超人集团派出检查组，具体落实交给了市政府。

市长知道，如果派出一个像以前一样的检查组，可能又是一个模棱两可的结果。他决定新的检查组由技术人员组成，知名环保专家要占三分之一，这些专家主要从北京、天津等外省科研机构聘请，行政人员只负责组织，不干涉他们的检查结论。宁可慢一些，也要把工作做细，做扎实。

消息传得很快，许多市民给市委市政府打电话，对市里的决定表示感谢。

当天晚上，漂亮女人给市长打电话，约他到茶室喝茶。他叹了口气说：我晚上不喝茶，怕影响睡眠。漂亮女人说：我知道你常失眠，只是借用一下那里的环境，想跟你在那里坐一坐，听听音乐。我请了一位中医，据说她治好了不少失眠症患者。

他说还有别的公务，推辞了。第二天她又打电话，他答应了。

他们肯定免不了有一次见面，既然有一位大夫在，他觉得也很好。到了那里，发现根本没有大夫。他问：你说的那位大夫呢？

漂亮女人有些尴尬，说：她原来答应来，我去接她，说家里临时有事，今晚来不了。真对不起。

演奏古琴的师傅悄然进入，漂亮女人要请他演奏。市长挥了挥手说，算了，我桌上还堆了好些事，咱们聊聊天就走吧。你找我肯定有事吧？

她说：是为派检查组的事。

他说：那不是好事吗？

她说：好事？要是这样派检查组，我们超人集团只能从本市撤出。

他问：为什么？

她说：我们不可能达到规定的排污标准。达到规定的标准，需要再上五千万治污设备。最悲哀的是，花了这五千万我们也没法儿生产，因为再生产的话，要比现在的市场定价高出六分之一，我们坚持生产，要么卖不出去，要么降价，降价就意味着赔钱。

他无语。

心里想，这个责任不该由市政府负，当初你们申报项目时所有排污指标都是达标的，市里每次检查，你们都信誓旦旦地说，你们从来没有排污，你们的废水是处理过的，废气是过滤、净化了的。为什么要欺骗市民？

当面指责毫无用处，他的责任是让她理解市政府的难处。他说：你也听说了，几千市民集体上访，这是重大维稳事件，我们不认真处理，省里也会认真处理。让省里来处理，你们集团更被动。

什么集团，你也相信我们是什么集团吗？只不过是把同样的工厂办了三个。这些企业都不是我建的，是我老公活着时建的。他死了，他们家的人把董事长的帽子扣到我头上，这些企业完蛋了，我就是他们家的罪人。他们家的人饶不了我。她说着要哭。

你只想你们家的人，为什么不想想全体市民。他们一代一代要在这里生活下去，他们都希望健康，长寿。他却不好意思这么说，只是说：超人集团只有一条路，就是让企业达标，时代不同了，全体市民都有了共识，我就是想保护也保护不了你们。

她说：政府想保护，总有办法保护。过去你们保护了，为什么现在不能？

他想说：那不是我，现在我是市长，我得为市民负责。

他把话又咽了回去。

她说：我知道，你首先得保自己，你保护了我，自己的官帽子就没了。

他说：我没想过自己。

她说：那你想谁？想老百姓？笑话，我还没见过想别人的人，更没见过想别人的官。人人都是为自己的。

他说：那你为什么要求别人想你？

她说：我没要求别人，是要求你。难道我们过去的感情不算了吗？

他说：这跟工作是两码事。

她说：只要是人，就不是两码事。

他看着她！

她说：过去的事，你忘得了，我忘不了！你知道我为什么结婚，知道我的感情属于谁，知道我真正爱的是哪一个！这些年我是怎么过来的，是靠一遍一遍回忆过来的。

他想站起来走开，很后悔来了这里。她拿过桌上的纸巾，一张一张地抽着，不停地抹着汹涌而出的眼泪。他终于还是没有站起来。

大学毕业他分到省城一家建材公司，在办公室接电话写公文，对一个底层出身的孩子这已经是相当不错的结局，他满足，心里隐隐又有些不甘。一个周末，她突然来到公司。那时她已经开上了自己的捷达车，穿得珠光宝气的样子。

在他简陋的宿舍里，她告诉他，你不该是现在这个样子，这家公司天地太小，公司办公室主任才是科级，你天天看一个科级干部脸色能有什么出息，你应该有自己的未来，别自暴自弃，想办法到一个更大的天地里。

他苦笑。一个县城出来的孩子能有什么办法，能进入这家公司已经不错了。

看着他为难的样子，她说：没路子是不是，你不用管，一切交给我。

他没有说感谢的话，压根儿不相信。想到她为了一个老男人弃他而去，就觉得她所有承诺都毫无意义。快到吃饭时间了，他说：我请你到外面吃饭吧。

她摇头，说：我知道，你恨我。

他别开脸。

她上前抱住他，把脸贴到他胸前，说：别恨我，总有一天你能明白我。

他漠然地看着窗外，唤不起丝毫热情。

她说：人是有等级的，有国王，就有乞丐，有公主，就有女佣，有领导，就有百姓。世界像一个金字塔，下面的人承受着最重的重量，上面的却活得最风光。我年轻，还有几分姿色，这是爹妈给的，我不能让人在上面压着我，我不这么选择，只能在下面被压死。

他笑。

她说：你笑？为什么？他是老，是丑，可是他能改变我，他在这个社会的上面。我不可能不付出代价，我不牺牲给他，也一样牺牲给别人。

他想，这是什么样的女人呵！

她仰着脸看着他，亲吻着他，说：别看不起我，我的心是你的，我有你，比别人得到的也不少。她们有爱情，我也有爱情，我也什么都有。

她一边说一边流泪，用柔软的胳膊搂着他的脖子，一点点地把他的身体弯下来，她亲吻着他，脸上的泪水流进他的嘴里。

她的话震动了他，这么赤裸裸的人生宣言，不是特殊关系不会这么说，不知道为什么，他在不认同的情况下也产生了感动，这个女孩子比他想象的要苦。

她在他的宿舍里待到第二天凌晨，四点钟他还在沉睡，她叫他，他醒不来，她说：快醒醒，我要走了。

他说：天还黑着。

她说：我得早早走。

他却又睡着了。

她把他抱起来，把乳头塞进他的嘴里。他一会儿又睡着了，实在是太累了，太困了。她用冷毛巾给他擦脸，他仍然睡着。她有些无奈，就抱着他让他睡。后来她一遍一遍地亲吻着他，从头亲吻到脚，把吻印满他的全身。

他终于醒来。

将近两个小时里，他们不知疲倦。他觉得身体好得很，他有时说很粗野的话，她仍然笑着，抚摸他的脸，用手指拭去他额上的汗。这情景后来让他一次次回忆，心痛如割。

六点钟她走的时候，他又睡着了。她吻了吻他的脸，把灯拉灭，轻轻地关上了门。他一直睡到下午三点才醒来，一睁眼发现她不见了。宿舍里收拾得干干净净，桌上放了一张请柬，上面写着她婚礼的日期，时间却已经过了。

在他沉睡时，她刚刚举办了婚礼。他后来想，她实际上是提前把婚礼举办了，这让他在痛苦中感到些许安慰。这是个什么样的女人？他想不明白。但他知道，她不爱她的丈夫，根本不爱。

半年后，省委组织部通知他到省委政策研究室工作。别人祝贺他时，他显得有些愕然，他事先一点儿不知道。后来他想起她曾经说过：没路子是不是，你不用管，一切交给我。

他高兴不起来。

这次调动改变了他的命运，他在省委大院工作了三年，被派到一个县当县委副书记，算是走上了从政之路。离开省城时，曾经想过要跟她告别一下，毕竟这是至关重要的帮助，想到上一次在宿舍里的告别，他打消了念头。

一个带着压抑感从政的人，爆发出的上进心是惊人的，没他吃不了的苦，没他受不了的累，没他经受不了的委屈。有一次，地委一位领导到他所在的县检查工作，酒席间倒了满满一茶杯白酒，足足有半斤，领导说：你把这杯酒喝了，检查就算通过了，不喝你们的检查通不过。

领导当然是开玩笑，可谁说玩笑不会当真呢？领导就是领导，他说开玩笑就是开玩笑，他说不是开玩笑，就不是开玩笑。

他端起茶杯喝了，一道火舌滑进胃里。送领导走的时候，他东倒西歪、满嘴胡话，领导后来跟别人说：这小伙子实在，要好好培养。一年后他当了县长，听说是那位领导力荐的。

那位领导调到另一个地区当地委书记时，把他要了过去，提拔成了县委书记，这两步都挺关键。他一直怀疑领导这么器重他，不是因为他喝酒实在，是另有原因，但领导自始至终没说，他也没问。直到领导退了，他也没问。

没听说那个领导跟她有什么联系，但许多事都是私密的，谁又说得清呢。

他有个信念，不论谁帮，都离不开自己干得好。什么叫干得好，吃苦多，受委屈多，就是干得好。能忍别人不能忍，就是干得好。只要能给县里引来项目，老板他也可以礼让三分，只要能给县里要来资金，在部、省的处长、科长面前，他一样可以弯腰掬躬。他在三个县当过县委书记，每个县经济都搞上去了。

本来要提拔到市里，老领导一退，又放下了。他能做到不怨，不忿，不消极，别人给他鸣不平时，他说：我能当到现在这个职务就不错了，已经超过了我的能力。

选拔副市长时，内定的人并不是他，但那个人犯了作风错误，被女方的老公堵住了，做了许多工作，女方不再告，把那人调到了市里另外一个局。虽然是平调，政治前途却彻底葬送了。人们都说这家伙太傻。

他不会犯作风错误，有一个女人已经让他知道了什么是女人，就像在酒席宴上大吃了一顿，再看见肉都反胃了。

他也不贪财，她是为了财变成这样的，他知道那叫异化，如果跟她一样，他这一生还有什么价值？以前他听别人说过，女人是男人最好的教科书，他信。她帮助他改变了命运，也给了他最大的屈辱，想到她的命运，他并不恨她。

从在这个市一看见她，他的失眠症就犯了，人们说回忆是美好的，对他不是，回忆是一把剑，在原来被刺痛的地方，做着重复的切割。他彻夜难眠，为自己，也为她。鲁迅说悲剧是把人生有价值的东西毁灭给人看，她亲身向他证实了。

现在她在拭泪。看得出来，她一直在克制。想到别人随时可能进入茶室，他有些不安。走又不合适，把一个正在流泪的女人留下，人们议论更多。不过她很快止住了眼泪。她到卫生间里补了妆，再回到茶室跟平常完全一样。

她的确与众不同。她的善解人意和自制力远非一般女人可比。在她有克制的宣泄面前，他想过退让，但他知道不行，他身后站着几十万市民，人家允许他退吗？一个女人有再大的魅力，也不能跟几十万市民比。

现在，到了该离开的时候了。

他说：就这样吧，我还有事。

她说：你再考虑一下，为我考虑一下。

他说：我不敢答应你，就是答应了也不算数，这是市委常委会研究决定的。

她说：具体执行是你呀，一切都在你。市里的事终究还是领导说了算，再大的专家也是听领导的，有时一个暗示就能解决，只要你想帮我。

他想，怎么可能，几十万老百姓都不是傻子。但他不说话。

她说：我们三家企业面临一样的问题，当年我的先生不会做别的，我们来这里是你们请来的，那时把我们当成了金娃娃。我们给这个城市贡献了好些利税，怎么能忍心一脚踢开。如果是你们一家这样我也认了。这里的垮了，另外两个企业也办不长。我怎么办？

他仍然不说话。

她说：看来，我真是老了。老得没人愿意管了。

她又要流泪。

他觉得该说一些话，真诚的话，他想了想说：过去的事我没忘过，你说你是靠回忆活过来的，我也是一路失眠过来的。我在夜里一遍一遍地数星星，一遍一遍地念12345，我的家在省城，我一直不肯让老婆到这里工作，我有家，却大部分时间是单身，我选择聚少离多的生活，你觉得我幸福吗？

她看着他。

他说：想一想你是怎么过来的，就能体会我。

她说：你够冷酷的。

他说：不是冷酷。市里以前给了你们机会，你们放弃了。许多事不是一个人能定的，再大的领导也不行，任何人都得跟着时代走，你要么彻底治理，要么离开。

她说：那我们几十年辛苦挣来的这份家业，就彻底完了。我能甘心吗？你忍心让我破产吗？

他站起身，提起桌上的包。

她拦住他，说：就算我求你不行，你的儿子求你也不行吗？

他说：儿子？

她说：要不要我把他叫来，跟你见一面？

他又坐下了。

市长没事，就是累的

市长在开会时突然晕倒。

进入八月，本市连降大雨，昨晚市长从茶室回到市政府大院，暴雨突然倾盆而至。他在雨声中几乎彻夜未眠，想那个女人说的儿子，他相信是真的，一个女人不可能拿这种事胡说，她应该早点告诉他，如果不是企业面临关停，他可能永远不知道，她是怎么让她老公打消疑虑的？

雷声越来越大，闪电蛇一样从窗前闪过，暴雨打在玻璃上噼啪作响，他站起来看着窗外，在密密的雨帘里，看见大院里的积水越来越多。这雨到了农村怎么样，还有山区，暴雨的面积有多大，有多少县遭了水灾？

深夜四点他让办公室值班员给市气象局打电话，市气象局说，这场暴雨几乎遍及全省范围，本市的降水量最大，其中市区和市区东边的一些县降水量达到120多毫米，为十年来最高的一次。一些县已经形成了灾害。

凌晨五点他起来布置救灾工作，把有关局室领导从被窝里叫起来，由他牵头组成救灾领导小组。雨一直下到早晨九点，市区主要路段严重积水，交通阻塞达三个小时，有些领导是蹚着水徒步赶到市政府的。

市政府办公室报来的情况是，有六个山区县遭受严重洪水袭击，其中一个县城，四个乡镇受灾严重，三十多个村庄被冲毁，受灾群众达三十几万人。

市政府紧急跟驻军联系，解放军和武警部队在第一时间赶到灾区，为灾民送帐篷、被褥，方便面、矿泉水，因为山区交通设施不足，部分路段被冲毁，救援的车辆被阻在半路，他召开紧急救灾电话会进行协调，刚刚布置完，突然倒在了会议室里。

消息很快传开了，一些干部群众给市政府打电话，寻问市长的病情。市政府秘书长说：市长没事，就是累的。一时感动了很多人。

卫生局听到市长晕倒，立刻组织专家到市政府大院，专家们会诊的结果是，市长没有大的器质性病变，只是因为睡眠不好又加上太累，导致短暂休克。

西药治疗失眠没有好办法，市长已经吃过太多的安定、利眠宁，而苯巴比妥、速可眠、安眠酮又容易产生耐药性，甚至成瘾，专家建议用中药调理。

卫生局长问麻子院长：你们医院的季月英不是治失眠不错吗？让她过来。

麻子院长面有难色。

秘书长说：让我的司机开车去接。

麻子院长只好说出实情：季月英从不出诊。

秘书长指着他的鼻子说：你这院长也当得太窝囊了吧？连个大夫都调不动。

麻子院长说：你说我窝囊也行，其实别人当院长也一样。别说她退休了，不退休也没人请得动她，退了休外面有八十家私立医院等着请她，我们好容易把她返聘回来，天天拿两只手捧着，生怕让人家抢走了。

秘书长问：那怎么办？

麻子院长说：不管是谁，想看病就得去她的诊室，还得挂号。

秘书长跟麻子院长在走廊里说，市长在里面听到了，喊他们进去，问怎么回事。

秘书长说：中医院有个叫季月英的大夫，我们想接她给你把把脉，院长还为难。一个普通大夫，院长硬是调不动。

院长脸上的麻子坑儿都红了。

市长说：那就去她的诊室好了，这有什么。不过，今天我得去灾区，来不及了，明天我去。

市长这么大度，感动的麻子院长不知说什么好。

市长其实并不真打算去诊室。昨晚，漂亮女人说要把季月英请出来，大夫推托家里有事，没有去。漂亮女人说，打算今天晚上把季大夫请到茶室里，到时候，他的儿子也会在茶室里出现。

许多官方途径做不到的事，民间能做到，大夫不拿院长当回事，不见得不拿企业家当回事。至于她用了什么办法，她不说，他也不想问。请一个大夫看看病，本来也算不了什么事。他想，如果晚上在茶室里看了，白天就不用去诊室了。

两个护士进入市长办公室，准备给市长输液，市长说还要去灾区，秘书长只好临时给市长换了一辆七座的面包车，让护士到车上扎液，市长到了灾区，差不多正好输完。市长同意了。

他其实更相信中医。西医无非是输一些能量合剂，治不了本。救灾关键时刻，一点儿觉也睡不了，他怕顶不下来。

昨天夜里他一夜没睡，不断地回想同事家的男孩子，亲戚家的男孩子，想象即将见到的孩子长什么样。他脑子里闪过一个个帅哥。女儿降生时他喜欢的不得了，跟老婆说女儿比儿子好，女儿是爸妈的贴心小棉袄。现在他渴望见到儿子。车在市区行驶，他看着车窗外的大街，路边走过的每一个男孩子都让他神往。

他的胳膊上还输着液，一个护士一个大夫守在他身边，女孩子不停地笑着，男大夫显得沉稳些，他希望他的儿子像这个女孩子一样快乐，又像这个男大夫一样做事沉稳，不卑不亢。车进入县里，沿路看到许多被雨水倒伏的庄稼，一些冲毁的路段无法行驶，司机只好小心地绕开，护士紧张地用手扶着输液瓶子，他问用不用把针拔掉，护士看着大夫，小伙子果断地说：不用。他站在护士旁边，两个人扶着。

车窗外一个小伙子刚刚从地里出来，大大咧咧地唱着歌，听得出来，学得是腾格尔的调子。他打开车窗问：你们家的地受灾严重吗？

小伙子说：你看吧，有不严重的不？

他问：那你还唱。

小伙子说：那我也不能哭。

他问：为啥？

小伙子说：男人哭，女人咋办？老婆在那边看着呢。市长哭我都不哭。

他问：你咋知道市长哭？

小伙子说：上头有大官看着他呢，再受两回灾，他就升不上去咧。

路边几个农民笑了，车里的护士也笑。

他关了车窗，苦笑。

那一路他跑了三个受灾最严重的县，下午四点，她给他打电话，问晚上能不能在茶室见面。他说：今天赶不回去，明天吧。

第二天晚上到茶室，她已经在等着他。他问：大夫呢？

她说：儿子去接了，马上就过来。

他心里热乎乎的。

他不说儿子，跟她说了市里的受灾情况，她说：今天上午我们集团开过会，董事会决定，向灾区捐款二百万元。

他说了声谢谢，心里想的是，有这钱为什么不把污染彻底治理一下，想用钱改变超人在市民中的形象是不可能的，公司排出的废水污染了双龙河，洪水一冲死鱼冲到了岸上，农民家的狗吃了死鱼在院子里口吐白沫，二百万不算少，却减少不了农民对超人集团的仇恨，解决不好，仇恨会转嫁给政府，转嫁给市领导。

他说：尽快把污染问题解决了，让市民看到你们的诚意，这比什么都好。

她说：我们准备立刻进行整改，市里能不能先不派检查组？

他想，那又为什么？既然想改，就没有怕检查组的道理，显然又是一个拖延战术。他说：派检查组是市委常委会定的，我怎么能改变？你不要以为我是市长就能决定一切。

手机响了，她拿起来问：接到了吗？对方显然说没有接到。她说：那你先上来一下。

他紧张起来，觉得心在跳。深深呼吸了几次才让自己平静下来。迎宾小姐领上来一个小伙子，长得很帅气，高高的个子，清秀的脸庞，他从那张脸上真得看出跟自己相像，她没有说谎，这是他的儿子。

她介绍说：这是妈妈年轻时的朋友，咱们市的市长。

小伙子说：市长您好。

她说：不，你应该叫大大。

这里人的方言，管伯伯叫大大。

小伙子说：大大您好。

他说：你好。他拍着旁边的沙发说，坐下吧，你多大了。

小伙子说：二十八了。

他说：成家了吧？

小伙子说：还没有。

母亲说：他去年刚从英国回来，我严令他不能找外国人，一定找咱们中国人。

他说：有朋友了吗？

小伙子说：有一个，我妈不同意。

他说：噢，为什么？现在恋爱自由嘛，当然，也要征得家长的同意。

母亲说：我这么大的企业，儿子的婚姻可不敢掉以轻心，一定得找一个可靠的，品行端正的，容貌还得说得过去。

他对小伙子印象不错，这也算富二代了，一副知书达理的样子，没有一点儿狂狷气，他母亲当年多么任性，孩子却谨慎老实，他在性格上应该更像父亲。

母亲问：怎么没接来季大夫？

小伙子说：她说她不出诊。我告诉她是市长，她说晚上有事。

母亲说：她那天明明答应了我的。

小伙子说：她说，破了这个例，以后就没办法拒绝别人了。

母亲说：好，那你下去吧，妈妈跟大大说事儿。一会儿我们走的时候给你打电话。

小伙子冲他点了点头，轻轻地走了。

他不由地站起来，真希望这个孩子不要走。她冲他做了个手势，让他坐下。他又坐下，望着小伙子的背影在门后消失，他好长时间说不出话来。心底里升上来的温暖几乎融化了他，突然对眼前这个女人不恨了，埋藏了几十年的疑虑荡然无存，反而生出一份感激。

她不容易。

所有成功都要付出代价。把孩子生下来需要勇气，培养成人也得处处小心，她老公身边那么多人，没人怀疑过吗？所有艰难她没有说，也许对她来说，已经习惯了吧？他转过头看她，发现她在拭泪。

他不问了，再问让她伤感，也没有意义。

她站起来去了卫生间。

回来她已经补好了妆，显得很平静。年轻时她就比他敢想敢为，现在她似乎更有信心了。自古就有母以子贵的说法。坐在他面前的，现在已经是两个人。

她说：我只有一个儿子，集团将来肯定要交给他。

这是在逼迫他。

她说：我把儿子养大了，得把他培养成人，让他继承事业，还得把事业发展起来。

他说：靠现在的企业不可能发展，污染企业没有出路，不光是你，别人也一样。

她说：总得给我们时间吧。

他不说话。他知道，跟她说什么都没用。人不可能改变对方，却可以坚守自己。他不是白白失眠的，在不眠之夜里他已经想好了出路。他可以向省里写辞职报告，以严重失眠为理由，要求调到别的地方工作。

省里会安排他到二线岗位，不过，这也等于断送了升迁之路。

他说：你死了这份儿心吧，专家检查组不可能取消。

她问：为什么？

他说：我失眠症严重，无法在市长任上继续工作，就是答应了你，也没有用处。

她有些慌：失眠又不是大病，可以治呀！

他说：西医治标不治本，对付失眠没好办法，除非我能摆脱开繁重的工作。我已经准备辞职了。

她说：那就中医，让季月英给你治。

他说：我一个市长，不可能天天去她的诊室，你能让她到市政府来吗？

她不说话，猜测他的意图，是不是在拒绝？

他说：你看，一个医生尚且不肯改变自己，何况我是市长！

她说：在我眼里你不是市长，你是县中学的一个高中生，建材公司的一个小职员，穷县城里的一个小县长，还是……

他站了起来。

她说：不就是出一趟诊吗？我能让她出来！

《外台秘要》的价格

第二天她去了季月英家。

事先她没打电话，站在外面敲了半天季月英才开门，脸上显出不认识的样子。问：你找谁？

她说：季大夫，忘得好快呵。

季月英说：我天天见得病人多，记不住。

她不相信季月英忘了，说：还记得那套《外台秘要》吧？

季月英显出想起来的样子，说：噢，请进。

一个大夫的门都这么难进，时代真是变了。季月英甚至没给她倒一杯水，只是坐在那里看着她。她看见客厅里放着一台复印机，是日本松下的，好像是新买的。她想，都以为这个大夫是书呆子，其实她不是，只是不按规矩出牌罢了。

她说：那套《外台秘要》还是送给你吧，我不搞医，在我那里放着没用。好东西应该给真正用得着的人。我儿子在下面，我打电话让他拿上来。

季月英说：我已经用不着了，那上面最想知道的两个方子，我已经抄了下来。

她说：以后，难免还会在上面查些什么，你不用客气。

季月英说：我帮不了你什么。你要是看病，只能到我的诊室，我一定尽心看。

她把路堵死了。

她说：我需要你的帮助，帮助我就是帮助全市的人。现在正是抗洪救灾的关键时刻，市长天天夜不能寐，他怎么工作？

季月英说：你不是超人集团的董事长吗？什么时候成了市政府的。

她说：我跟市长是私人朋友。

季月英说：私人朋友？就算是我的私人朋友，我也不能破坏自己定下的规则。我也犹豫过，可我答应了你，还怎么面对我的病人。

她说：跟你直说了吧，那套《外台秘要》是我花大价钱买来的，就是为了跟你认识，为了让你帮我这个忙。

季月英说：那时候还没下雨吧？

她被问住了，说：是。那时候还没有洪水，不过，市长那时候就失眠，我跟他是私人朋友，想帮他。

季月英问：那套书多少钱？

她看着季月英，不说。

季月英说：你不说我也知道价格不菲。私人朋友，这个忙帮得也代价太大了吧？市长出来看一次病，就这么难？

她说：价格不菲我也送给你。

季月英说：我不要，无功不能受禄。说着季月英站起身说：对不起，你先坐一下，我去吃点儿药。

季月英进了里屋，过了十几钟，季月英仍然没有出现。季月英的丈夫从里屋走出来，对她说：赵总，月英有些不舒服，你先回去吧！

她站起来：我能到里屋看看她吗？

季月英的丈夫说：她让我告诉你，要还是原来的事，就不要再来了。

她说：打扰了。

离开季月英家，她心情很不好。她是不是操之过急了？因为洪灾，市里暂时还顾不上超人集团的事，听说专家已经联系好了，只等市长一句话。市长再忙也等不了多少时间，她必须让他尽快改主意。

儿子开着车，问她去哪里？她说回公司。快到公司时，她又给季月英打电话。

季月英说：你已经说清你的意思了，我也回答了你。

她问：为什么？

季月英说：我也跟你说过了。

她说：你看不起我可以，难道连市长也看不起吗？

季月英说：在我这里没有市长，只有病人。他真想把病治好，不会在乎来一趟我的诊室。他要不想治，就是我去了他的办公室也一样治不好。

她问：不想治？是不是市长跟你说过什么？

季月英说：我不认识他，我说得只是一个道理。

她问：那部《外台秘要》，你大概复印了吧？

季月英问：你怎么知道？

她说：我看见你家有一台复印机，是新买的。

季月英说：是，我复印了。

她说：《外台秘要》是孤本古籍，你没有经过我同意就复印，这怎么说。

季月英停顿了几秒钟，问：你说怎么办？有什么条件你可以提，我都答应你，但是出诊除外。

她心想，我才不会提出诊的事呢，出诊要你主动提出来。

她说：我的条件是你把这套书买下。

季月英说：可以。你说价儿吧。

她说：八百万。

她知道季月英挣钱不少，八百万晾她也拿不出来。

季月英说：八百万？你是超人集团的董事长，这么讹诈别人不怕有损你的声誉吗？

她说：这钱我不要，直接捐给灾区，怎么会损害我的声誉。

季月英口气缓和下来，说：我付不起你这么多钱，你可以提别的条件，咱们再商量。

她说：我没别的条件，有别的办法，你提。

季月英说：那好，只有一个办法，你到法院起诉我，让法院解决。

沉默。

她说：你觉得走到那一步，有必要吗？

季月英说：书是你的，我有什么办法！

她说：那好，你等着吧。

车停下，她下车，进入集团大楼。

董事长办公室在十六楼，站在办公室窗前能看见市政府大楼，市长楼在市政府大楼后面，是一座普通的灰色小楼。

企业刚刚建成时她悄悄来过一次，市里没人知道她来，公司内部也只有高层几个人知道。那时她就站在这里看着市政府大楼。她知道他在这里当常务副市长，她不出面，是为了他的安静。

当初要不要到这里发展，她也曾犹豫过。并不想再见到他，也不想让他庇护什么。现在他当了市长，到了从政的黄金时节，她的企业却遇到了最大的危机。不是生死攸关，她怎么会把儿子的事说出来。

这个秘密她是准备带进骨灰盒里的，说出来，是逼他出手相救。

想到这里，她恨那个姓季的大夫。

季月英的妙方

赵总走后，我也失眠了。

治失眠的大夫失眠，是不是挺好笑？其实很正常，病人得的病医生一样得，医生能把病人治好，却不一定能治好自己的病。

从一见到这个漂亮女人，我就觉得她不一般。她目光飘忽不定，走路快捷轻灵，看得出来，她脑袋里同时动着七八个念头，别人说一句话，她心里有四五种反应。她说话并不快，跟她的动作正好相反。动作反映了她的天性。我小时候，大人告诉我不能嫁这样的男人，这种男人心太活，靠不住。她说话慢却是长久修炼的结果。不是干大事的女人不会用这种语速说话。

她眼睛挺亮，一闪一闪的。她看着我时，我觉得眼睛后面还有一双眼睛，为什么会有这种感觉我不知道。我天天接触七八十个病人，什么样的眼睛没见过？平时我不怎么注意眼睛，更注意舌头，各种舌象印在我脑子里。不过，这样的眼睛我是第一次见。当时她问我能不能到外面看病，我拒绝了。

说起来是我不好，不该复印《外台秘要》，那是人家花大价钱买来的，我实在是太需要它了。我知道怎么得到它，从她一跟我提起这本书，就明白她的意思。

谁让我出诊都不行。为什么我说不清。出一趟诊没什么了不起，就算是耽误一点时间也能想办法补回来。我就是不出诊。

丈夫问我：出去就低了你吗？

我说不是低不低的事，医生地位高不高全在你看病。看不好病，在诊室里坐着也是低的，看得好病，出诊也是高的。我不出去是我的习惯。一个人什么都好改，习惯不好改。

她走后，我后悔复印了她的书，我愿意赔偿她，八百万显然是个笑话。她说八百万是想逼迫我，我一辈子没向病认过输，也没向人认过输。为此我付出了代价，没有后悔过。

我答应把复印的那些也交给她，她说：我怎么知道你复印了几份？

这难住了我。不过，越是这样我越不出诊。这件事院长跟我说过，丈夫跟我说过，后来这个漂亮女人又说。听说市长天天失眠。失眠原因很多，肾虚、阴虚都会失眠。最大的原因是心虚，心虚又跟血虚有关，血不养心，心当然会虚。我心虚，是因为复印了不该复印的东西，人家不答应自然焦虑。一般医生治疗失眠都从思虑过度上用药，我用养血的办法比别人有效。其实，最好的办法是找到心症。如果能找到一个办法，不用我出诊，市长也看了病，这比什么药都有效。市长何尝不是如此！

那一夜我凌晨四点才睡着，早晨八点上班。我走进诊室时，丈夫就出了事。

他在机关里上班可以迟到，我离开家后他才骑着电动车出来，走过一个弯道，一辆奥迪突然从左侧超过来，他刹不住，电动车撞了奥迪的后腰。

中午回到家时，他一瘸一拐的。

交警判他全责，我没觉出有什么不对。奥迪的司机给了他五百块钱，让他自己修一修电动车。人家走后，他才想起自己腿疼。到医院里拍了一张片子，左腿胫骨上有一条裂缝。五百块钱连修车带修人，肯定不够。不过，在交警判了他全责的情况下，奥迪司机还给了他五百块钱，我觉得这司机还不错。

午饭是我自己做的，我不能让一个腿骨折了的人给我做饭，现在得我伺候他。他伺候了我这么多年，我正想有一个机会告诉他，我是把做饭的机会让给了他。吃饭时他告诉我，司机说那辆奥迪是超人集团的，我就觉得不对了。

事情能这么巧吗？

晚上漂亮女人又给我打电话，没有提我丈夫被撞的事，只是问我能不能出诊。我告诉她，我丈夫腿骨折了，我得照顾他，不光不能出诊，诊室我都去不了。

实际上我不可能不上班，再大的事都不能让我不看病。我母亲去世那一天，我仍然出了半天诊。我离不开我的病人。

上班时我一直惦记着丈夫，我用十二味中药熬制了一罐子药膏，一天两次抹在他腿上，不到一天他就能在地上走动了。上午看到三十个病人的时候，我给家里打了电话，他说他的腿已经不疼了。中午他能做饭。

那天夜里，他说敷药的地方痒得厉害，我把药揭开，给他换了一帖新药。我在原来的药膏里加了一味新药，再敷上问他怎么样，他说虽然还痒但是可以忍受。

我们说话时，听见客厅里一声巨响。我奔到客厅，看到玻璃碎了，一块砖头从窗外扔了进来。我走到窗前往楼下看，外面黑漆漆的，什么也看不见。丈夫问怎么了？我说没事。让他接着睡。

我把客厅的灯熄灭，继续往楼下看。过了十几分钟，一辆黑色轿车开走了。

丈夫从里屋走出来，问怎么回事？我说没什么。我拿出手机，打了110。民警听我说了经过，说他们很快过来。

等民警时，我跟丈夫并排坐在沙发上，我们两个人紧紧靠在一起，彼此的手紧紧握着。我有些难过，一切都是我惹出来的，丈夫没有埋怨我。我除了看病什么都不会，在这个家里，他像一个大人，我像一个孩子。有孩子任性的时候，没有大人任性的时候，有孩子不讲理的时候，没有大人不讲理的时候，我给这个家里惹了祸，承受这一切的是他。

我问他：你后悔吗？

他问：你说什么？

我说：娶了我，你后悔吗？

他说：不后悔！谁后悔谁是小狗子！

我们都笑了。

来了两个民警，一个瘦高个子，一个矮胖子，他们看了现场，问我：这些日子你们是不是得罪了什么人？

我坚决地说：没有！我是个大夫，除了看病，跟别人没有来往。经我看过的病人，没有不感谢我的，我给他们看好了病，怎么会得罪他们？

瘦高个儿民警说：实话跟你说，你要是提供不出什么线索，这案子真不好破。砸一块玻璃对你们家是大事，到了我们局里就是小案子，杀人的还有三起没破呢，哪有时间管这些小社会渣子的事。

我流了泪。

矮胖子安慰我说：不过也没事，有时破了别的大案，顺便也能把小案子带出来。我们留心就是了。

他们走后，丈夫问我为什么不提超人集团的事。我说：提了又有什么用？说不定提了案子更不好破了。

丈夫不再说什么。

我一直等着那个漂亮女人再给我打电话，当晚却没有打。我以为她死了心。没想到第二天下午三点她打来了电话。我正在上班，还是接了。我说：我一直等着你的电话。

她说：你怎么知道我会打。

我说：当然知道。

她说：那我也不客气，还是原来的事，求你出诊。

我说：我不出诊，谁求都没用！别说砖头，就是拿刀求也没用！

她说：你说哪儿去了，我听不懂你的话。

我说：你能懂，当然懂。说完我把手机断了。

下午五点半，也就是快下班时，院长陪着市长来到诊室。我从来不看电视，不知道他是市长。我正在把脉的一个病人看到他们进来，站起来，说：市长来了，您先看吧。

我终于等来了他。在他后面，我看见除了我们院长，还跟着两个男人。再往后，站着那个漂亮女人。她看见我看她，冲我笑了一下。

我没笑，把眼神收回来看着市长。市长的脸是青的，眼圈儿发黑，眼睛里闪着几道血丝。我示意他把胳膊放到脉枕上，他的脉象迟而涩，困扰他的远远不止是失眠。我让他伸出舌头，舌体胖大，舌苔厚腻，这种舌象绝不是简单的补就能改变。

我说：市长，你来得太晚了。

市长说：怎么？难道我的病治不了吗？

我说：那倒不是，只是病积累的多了，光吃几服药就不行了。

市长说：你让我来几次，我就来几次。

我给市长开了药，告诉他不要让药房里煎，最好自己在家里煎。

市长说：我这里没有家。

漂亮女人笑着接过话头：我给你煎。

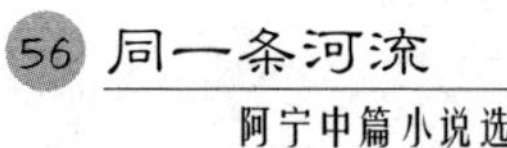

我看着市长，想说：不要让别人煎。话到嘴边我改了，说：还是自己煎好。你要是信得过我，我晚上给你煎也可以，让我的学生给你送去。

市长说：那怎么好意思？我的秘书能煎。他煎和我煎一样。

站在他后面的小伙子，接过了我手里的药方。

市长却不走，看着我，问：我的病能治好吗？

我说：当然。一个市的病都能治好，何况一个人的病。

市长低了头，我知道他在想什么。他又问我：能不能告诉我，为什么从来不出诊？

我说：习惯。出一趟诊就少看二十个病人，我不能为一个人耽误二十个人。另外，我还想告诉市长一件事，我的老伴儿被车撞了，接着我们家深夜飞进来一块砖头，随后一辆黑色轿车驶出我们小区，小区的门卫告诉我们的车号，竟然跟我老伴撞的是同一个车号，你觉得奇怪吗？

市长一怔，说：有这种事？他扭头对身边的人说：通知公安局，查一下那辆车。

我看着那个漂亮女人，说：谢谢市长。我看到她的脸色很不好看。

市长说：不用谢，你不肯出诊，不会是不喜欢我这个人吧？咱们市里，不喜欢我这个市长的人多吗？

我说：在我这里无所谓市长，我只有病人。你来了我这里才是我的病人，你不来，就不是我的病人。

市长看着我，听着。

我又说：从我一参加工作，就因为固执显得不合群，领导都不喜欢我。那时候我夜里也失眠，我在深夜里对自己说，我是大夫，领导喜欢不喜欢不要紧，病人喜欢就行。

市长说：是呵，这就不容易。他站起来，跟我握手，说：我是病人，我喜欢你。

我说：你有了自信，失眠自然就好了。

茶室里，最后一次见面

案子很好破，因为是市长布置下来的。

大街上有监控，季月英住的小区里也有监控。调出来一看就明白是同一辆车，车是超人集团的，把司机请到公安局里一问，知道那两个时间段他没有开车，把车交给了老总的儿子。

事情汇报给了局长，局长请示市政府。秘书长说：市长有话，依法办事。

想不到这个文文静静的小伙子，心这么黑，手这么狠，干警们吃得也是自来水管道里的水，呼吸的也是本市的空气，对超人集团早就恨透了，听到是漂亮女人的儿子，自然要照顾一下。

办案不能打人，把他跟谁关到一起却是干警的权力。正好刚刚抓了两个惯犯，从监狱里刑满释放不久又犯了抢劫罪，干警把小伙子推进那个房间时冲两个惯犯使了个眼色，两个人就全明白了。

儿子被抓，漂亮女人坐不住了。她赶到看守所，看守所不让探视，花了很多钱，请客、送礼，终于见到了儿子，她一看儿子满身的伤痕就哭了。

到了这时候才明白钱没用，花多少钱都摆不平市里人对她的仇恨，所有干警对她都客客气气的，都为她的儿子惋惜，都劝她别着急，都说这孩子不该这样。她买了九千块钱一条的烟，人家当着她撕开了抽，却说放是不可能的。你就是给我们抽二十万一条的烟，我们也不敢枉法。

钱没用，市长有用。

当晚七点她去了茶室，在那里给市长打电话，无论如何要见一面，不见我活不下去了。

市长问什么事。

她说：你快来，电话里说不清。

市长姗姗来迟，有省里的领导，有北京的客人，有浙江的老板，他都要接待，赶到茶室已经晚上十点了。漂亮女人觉得每一分钟都熬不下去了，她像温水里的青蛙，随着水温的上升以秒计算着时间。市长走进茶室时她的眼睛已经哭肿了，到卫生间快速补了妆，出来刚刚跟市长说了两句，泪水又把妆冲了，她索性不再补妆，就这么肿着脸跟市长说着经过。

市长直直地望着她，好长时间不明白她说什么，那个清清秀秀的小伙子，甚至有些腼腆，有些拘谨，他把砖头砸进别人家窗户里，把人家的腿撞到骨折，他怎么会这么干？

他问：谁让他这么干的？

漂亮女人不说话。

他又问：他是个孩子，心怎么这么狠，是谁让他干的这种事。

迟疑了半天，漂亮女人终于说：我。

他又问：为什么？就因为季大夫不肯出诊？

漂亮女人说：做企业哪那么容易？

他说：这跟做企业有什么关系。

漂亮女人说：靠正常手段，连百分之五十的问题都解决不了。

那谁容易？你以为当大夫容易，当老百姓容易？他们在家里看着电视，在街上走着路，祸从天降！他们老实本分地活着，腿好端端地骨折了！

她笑了：你说什么都晚了，儿子进去了。

谁的儿子？

你的。

我没有这样的儿子，这世上也少见你这样的母亲。你指使自己的孩子犯罪，天下有这样的母亲吗？

你不就是想说，我不是人吗？我不是人，也不是从现在开始的，几十年前就不是了。从嫁给那个老头子起，我就不是人了！

那你是什么？

我是动物，我是要钱、要势的动物，你满意了吧？

他不再理她，心里想下一步怎么办？难道真把那个孩子送进监狱吗？可是，他能让一个罪犯逍遥法外？他有这个权力吗？

漂亮女人看着他流下眼泪。她说：从我结婚那天起就不是人了，但我在你面前是人，因为我真心爱你，我在儿子面前是人，因为我真心爱他。

他站起来走到窗前，看着茶室外面的天空，看着满天星斗，他细细数着天上的星星，不一会儿就数乱了，他听见她在身后抽泣。

他故意不理她，让她哭吧！她把这个城市的空气和水都搞坏了，让市里好些人得了怪病，自己发了财。她指使自己的儿子犯罪，把孩子推进了看守所。她告诉你，她心里有爱，她爱自己的儿子，还爱……你。你相信吗？

相信。

他相信那个在床上抱着他的女人真心爱过，当时他困得眼睛都睁不开，她把乳头塞进他嘴里，让他吸吮。她在凌晨给他留下一个婚礼的请柬就走了，她的爱什么时候变了味儿呢？

她走到他身后，从后面抱住他，把脸贴到他宽阔的后背上。他想起来，中学的某一天就是这样，当时他感觉气氛不对，她不说话，用火一样的眼睛盯着他，目光中有一些咬牙切齿。他站起来说：一会儿还得上课，我走了。他走到门口，她突然扑上来从后面抱住他，他能感受到两个乳房在他背上，她呼出的温暖气流吹着他后背最敏感的部位，随着泪水一滴滴地落下来，他的身体在变化，某些地方膨胀了。

他爱过吗？

爱过。那一瞬间他转过身，把她拥到怀里，觉得自己病好了，觉得无数次的寻医问药，就是为了等候这一次治疗。觉得身体里憋屈了一个世纪的力量，蓦地打开了一个缺口，终于可以汹涌而出了。

当他相信这是神圣的爱情时，她却忽然离开了。她只是给他留下了一个奇迹，使他迅速成长为男人，爱却无影无踪。

他说：你这样没用。

她松开了他，说：你要怎样？

他说：我不是以前那个中学生。

她说：儿子的事你也不管吗？

他说：那是故意伤害罪，已经到了司法机关就要依法办事，我无能为力。

她说：瞧瞧你这副嘴脸，多么大义灭亲！你这个态度，我就也不管不顾了。我打算把脸扔了，不要脸了，我去跟他们说这是市长的儿子，是我跟市长的儿子。

他说：我的儿子不会是罪犯。

她说：那就做个鉴定。

他说：我在任，没人敢做这种鉴定。

她说：那我也有办法，我发到网上。我把所有经过都写出来，我像别的女人那样写一篇自传体小说。

他看着她，相信她做得出来。他张了张嘴，很想说一句有力的话，却没有说出来。他说：我知道你有这个本事，按你说的做吧。

这话好像打了她一个耳光，她突然跪在地上抱住他的腿恸哭。她说：别怪我，我已经无路可走，别让我失去控制，你把我逼到这个份儿上，只能鱼死网破。

她的发髻顶着他的下体，鼻涕眼泪涂到他腿上。他往后退了几步，她用手揪着他的衣服不肯松开。她终于下了决心，说：我答应你，把超人集团所属企业都关掉，我们搬走，再不给市里排放污染，只求换回我的儿子。行吗？

他说：那当然好了。

她问：什么时候能接回我的儿子？

他说：……我不知道。

她问：你……什么意思。

他说：告诉你一个秘密，明天我就不是市长了。

新闻：我累了

一个黑影从楼里走出来。

不是普通的楼。那栋楼在市政府办公大楼后面，是一座六层小楼，俗称市长楼。时间是凌晨五点，大院里只有一些安保人员，不远处有几个提前上班的保洁工，他们经常看到市长在院子里散步，也没人在意。如果不求他办事，人们其实都躲着市长。

他在院子里走走停停，一会儿望望天空，一会儿望望外面的马路。一个保洁工悄悄议论：市长大概又睡不着了，说是市长，其实也挺不容易的。

他不容易什么？你不容易才是真的。

市长似乎听到了他们的话，扭身回到楼里。上午九点钟，秘书长找市长请示工作，却发现找不到市长了。

秘书长也迟到了，他凌晨五点才躺下，醒来就到了八点多，到市长办公室时还怕市长责怪他。他拿着一份文件敲了半天门，却不开。问市长的秘书，秘书说：我刚才推门也不开，大概是睡着了，我就没再敲。

秘书长说：这儿有一份省政府的急件，得叫醒他。

秘书用钥匙打开门，却发现里面没人。市长难道飞了？再一看，桌上放着一封信，是写在一张打印纸上的，只写了几个字：你们不用找我，我累了！！！

秘书长手在哆嗦。“我累了”三个字很大，一笔一画写得很工整。最后是三个很大的惊叹号。他不知道市长在写这封信前，其实还写了很多，后来都销毁了，只留下了这三个意味深长的字。

他的第一个决定是封锁消息，怎么可能，下午就有媒体记者赶到了。市长不可能平白无故消失，只有一个解释，是他自己躲到了什么地方。秘书长想到了马航，想到了失联，但他不愿意用这个词，他对媒体的解释是，市长长期承受着巨大压力，患有重度抑郁症，可能在什么地方休息。

压力从何而来？为什么抑郁？记者们穷追不舍。

秘书长说不出来。他回想起昨晚十一点，市长突然给他打电话，让他陪着找一个大夫。这么晚到哪里去找，他又不认识那个大夫家。打听了市中医院的一个亲戚，让人家带着找到季月英家，时间已经是深夜十二点了，季月英很不高兴，不过看到是市长，脸色平和了。

她说：我不在家里看病。

市长说：不是看病，是来跟你商量事。

季月英听了半天终于听明白，市长想让她从公安机关撤回那个案子。秘书长不明白这案子对市长有什么要紧，不过市长求季月英，他也跟着求。

想到请季月英出一次诊都那么难，市长并不报什么信心，他不过是在尽一个父亲的心而已，查办此案的指示是他下的，撤回的话他不能说，他只能想办法让受害者和犯罪者达成晾解，人犯放出来,《外台秘要》归医生。

如果季月英问为什么，他该怎么回答？承认自己的心事，他恐怕没有那么大勇气，只能说这件事不解决，他的失眠会更严重。

季月英却什么都没问，只是说：我答应你。

事情就这么意外地解决了。

市长说：太谢谢了，我还怕你不同意呢。

季月英说：本来就是因为我复印了人家的书在先，也不能全怪人家。再说，毕竟是一个年轻人，送进监狱就毁了。

市长点点头。

看到事情这么容易解决，秘书长松了口气。市长脸色很不好，在苍白的日光灯下闪着绿光，笑得也很不自然。他陪着市长回到办公室，两个人又聊了好长时间。他不知道这个案子跟市长有什么关系，对方是超人集团老总的儿子，市里早就传说市长跟超人集团有什么关系，不过这种话前任市长在任时就这么传过，他根本不相信。看到市长的样子，他心里明白了七八分，但市长不说破，他也不问，他们扯了一会儿市里别的事情，市长说你回去吧。

他走了，到了家里，已经快到凌晨五点。

他走后，市长把该批的文件都批了，把要处理的几件事都写清楚，最后他打算写几封信，写给自己的妻子，写给自己的女儿，写给同事，写给朋友。当然，最主要的一封信是写给那个漂亮女人的。

那些信他一封也没有写出来，他到楼下转了一圈儿，还是写不出来。写出来的，总不是他想说的，他的心事永远不会被人知道，即使知道，也不可能被人理解。废纸篓里扔满了他写的纸头，最后都扔到碎纸机里粉碎了。

他回忆自己的一生，发现那些真正忘不掉的都无法诉说，许多重要节点的回忆都是失败，是一次次失败叠加起来，成就了他今天的地位。他唯一的成功是掩盖了这一切。他本来以为季月英会拒绝他，想不到一说就同意了，现在回味，那才是一个胜利者的大度。

他写道：我累了！！！

大鱼

1

公司不大，在这座二十三层的大厦里占了三间房。一间总裁室，一间财务室。还有一间稍大些，是汤晓洋所在业务部的办公室。业务部四个人，用玻璃隔成四个隔断。老板不允许他们上班时间闲聊，他们大部分时间在电脑上打游戏，种菜。累了，就站在窗前朝楼下看，远处是一座塔吊在缓慢地移动着长臂，近处，对面的另一座大厦里，爬出来像虫子一样的人。从高处看下去，真像虫子。

她来公司一年多，一直不知道这个公司是做什么的，一年里，老板让她做了三个文案，一个是关于建材业的，一种隔热材料；另一个是和输变电有关的，能够在用电高峰期进行自动切换的仪器；还有一个是关于热轧钢板的。三个项目行业毫无关联。除了这三个项目的文案，就是跟老板一起出去吃饭。

跟老板吃饭的朋友也不固定，干什么的都有。有政府官员，区法院法官，大学教授，乡党委书记，五花八门。吃饭时他们很少说业务，倒是常说些浑段子，开男女那种事的玩笑，他们开起玩笑来才华横溢，个个绝顶聪明。汤晓洋不想笑，却让他们弄得忍俊不禁。

有时他们也在饭桌上说些社会新闻，都是人与人关系的那种，后来，就明显听出对她和老板关系的暗示。朋友们笑，老板不笑。汤晓洋就装着听不出来，低着头吃饭。

她一直想问问老板，公司到底做什么，不敢问。两个人在一起时，老板从来不开玩笑，一直绷着脸。这让汤晓洋对他很有好感，也有点儿好奇。

他们虽然是三间房的公司，老板也开着宝马，来往都是开着奔驰、劳斯莱斯的人。老板对她不错，中间给她加了一次薪，让她自己都觉得不好意思。那次老板走到她身后，当时她正跟一个女友在QQ上聊得热火朝天，说些偶爱你之类的废话。听到身后有动静，飞快地下了线，一扭头看见老板在身后站着，老板绷着脸说：你来我办公室一下。

她去了，老板却没有说什么，只是告诉她从下个月起加薪。她当时差点儿哭了。

她跟冯光一起租了一套一室一厅的房子，她在里面睡，冯光在厅里。晚上她跟冯光说加薪的事，冯光脸上很不好看，说她月薪本来就低，早就应该加了。她却觉得自己在公司并没有什么贡献。

跟她相比，冯光命运挺不济的，他在超市当过服务员，给快递公司送过快递，也在公司当过保安。平均半年换一次工作。现在他在一家物业公司当保安，一天工作十个小时。下了班有时还要留下，帮助物业服务员打扫卫生，通下水道等等。

她的加薪让冯光心情很不好，只是不愿意说出来。她知道冯光心里想的是，她这么顺利跟她长得漂亮有关，她自己也这么认为，但老板的确对她很规矩，她从来没做过对不起冯光的事。

她跟冯光在一起租房两年多了，开始只是为了省钱，两个人约好各付各的房费，她在里间，冯光睡客厅，谁也不许乱窜房间。她这么规定，自己也没想冯光会遵守，冯光却真一次没动过不好的念头。难为他天天晚上在客厅的长沙发上躺着，在最闷热的时候也没想过要到里屋待一会儿，里屋毕竟有空调。

汤晓洋觉得，他这么老实是因为他工作不如意。他工资最高的时候，也达不到她工资的三分之二。调薪以后，汤晓洋一下涨到了八千元，冯光才三千九。冯光本来一只手搂着她的腰，听这么高，手就松了。

她说：今天，咱们到外面庆贺一下，我请客。

冯光说：算了吧。

她问：怎么？

冯光：以后用钱的地方多着呢。

她感觉到冯光情绪低落，说：那咱们自己做一顿美食，庆贺一下。

两个人一起到外面买了菜，买了鱼，还买了虾。冯光抢着付钱。她买了一瓶红酒，还买了四个高脚杯，那杯子很贵，他说两个就够了，她坚持要买四个，说以后来了朋友还要和朋友一起欢聚。

她说：你要有发展眼光。我刚到北京时，做梦也没想过月薪八千，我爹在县里工作了一辈子现在也不过两千多，比你的工资还低呢。只要努力，梦想肯定能实现。

最后这句话是老板对她说的，她不知不觉变成了自己的话。

回到住处，她让冯光在客厅里看电视，自己像个贤惠的主妇一样，不一会儿把一桌子菜摆齐了。她举起酒杯，用红酒挡住自己一只眼睛，另一只眼睛含情脉脉地看着冯光，说：我是个贤惠女人不？

冯光不言声。

她用脚踹了他一下，说：快说呵。红酒差点儿洒出来。

冯光却躺到沙发上，说：晓洋，我是不是太笨了。

她说：怎么笨了？你不是挺好的。

冯光说：你以后肯定能遇上比我好的。

她说：你扫我的兴是不是，再不起来老娘我抽你。

冯光终于坐起来，打起精神说：祝贺你，祝汤小姐天天有好运。

汤晓洋也高兴了。说：这还差不多。她听出了冯光话里另外的意思，只是装作听不出来罢了。

公司财务室大部分时间都锁着门，偶尔看到一个长得超漂亮的女人来一次，待不了半天就走了。那女人跟谁都不说话，来的时候听到她的高跟鞋“卡卡”地敲击着地面，走的时候也是如此。听业务部的老员工说，那女人不是一般女人。

业务部现在的两个小伙子和另外一个姑娘，都比汤晓洋来得晚，她来公司时的三个老员工，有的耐不住无聊自己离开了，有的被老板介绍到了别的地方，去了什么地方汤晓洋不知道。老板好像在珠海等地，还有自己的公司。

汤晓洋一上班，三个员工站起来朝她鼓掌。他们知道了她加薪的事，并且知道她加薪是因为升任了业务部经理。但她不知道该做什么，业务部经理应该带大家开展业务，她却不知道公司的业务是什么，似乎业务就是吃饭。跟着老板吃饭。

十点钟看到老板从外面回来，她走进老板办公室。

老板低着头说：坐吧。老板正在本子上写着什么。

她坐在老板台对面的椅子上，有些不安。抬起头，看到一棵发财树长得郁郁葱葱，窗前一盆仙人球从侧面挺出一支淡黄色的花蕾，正是将开未开的时刻。她没看到过仙人球开花，觉得老板是个神奇的人。

老板终于写完，站起来给她倒水，她赶忙站起来抢过杯子，先给老板倒了，又给自己倒。在跟老板推让的过程中，老板的手碰了她的手，心里漾起一阵异样的感觉，脸立刻红了。老板的手很柔软。

她说：我想问问董事长，下一步该怎么开展工作。

老板说：不急，现在主要是熟悉环境。

她说：可是，业务部还有其他人，总要有事可做呵。

我都不急，你急什么。老板话里有了不满，他说：先带着他们学习业务，到了忙起来时，让他们都顶得上才好。

她说：我从网上买一些关于营销的书，让他们看看吧。

老板说：可以。

那我可以走了吗？

老板说：你准备一下，中午跟我出去接待一个客人。

一刻钟后，老板打电话让她到大厦一楼大厅等着。老板很快下了楼，她跟着老板上了车，其实他们要去的地方就在马路对面，但开着车要绕一个挺大的弯子。到了对面的洮河大厦，她看了看表还不到十一点，吃饭显然太早了点儿。老板给了她一个房卡，告诉她去1108房间，说：那里给你准备了一套衣服，你换一下，然后我们到楼下餐饮部等客人。

她拿着房卡开了房门，是个巨大的套间。她轻手轻脚地走进里面，这里的豪华让她叹为观止。尤其是那张床，太让人神往了。她真想在上面好好躺一躺。她跟冯光住的地方实在是太蜗居了。

她知道这床不是可以随便躺，那上面的平整与气味，都不敢破坏。老板让她来换衣服，却看不到衣服。仔细找了一下，发现衣柜里挂着两个衣袋，拿下来是一套时装。与她的身材完全合适，再一看牌子竟然是大名鼎鼎的范思哲，这让她穿在身上，一阵阵地起鸡皮疙瘩。

她走进卫生间，在落地式穿衣镜前转动着身体。喜悦从脸上洋溢上来，整个身体都变得轻盈了。她觉得这已经不是以前那个自己，完全成了另外一个人。她庆幸改了名字，以前叫汤秀珍，这名字土得掉渣儿，跟身上的衣服真配不到一起。

只有汤晓洋的名字，才让她有一点点自信。她走到楼下，看到老板在远远地注视着，她故意让自己走得沉稳些，回忆电视里主持人走路的样子，朝老板亲切而矜持地笑着。她看见老板的眼睛亮了。

走进雅间，老板对客人介绍说：这是我的助手，汤晓洋。

她得体地朝客人微笑着，这微笑是以前在另外一家公司训练过的，客人看了她一眼，她觉得那眼光满是欣赏。

这顿饭和以前吃过的饭没什么不同，客人是从广州来的，好像也是一家大公司的老板，饭桌上也没谈什么业务，倒是听见桌上人一遍遍地说，老板您这个助手真漂亮。这样的助手万里挑一。这些话并没有打动她，她只是很喜欢看老板矜持的样子。

饭后，她和老板一起把客人送上车。她问，衣服怎么办？

老板说：那就是你的衣服了。

她说：范思哲，太贵了。

老板说：这是工作需要，当然应该公司负责了。你不要有顾虑。

她说：那我先换下来，等公司有业务我再换上。

老板说：你随便吧。

她说：房卡还在我这里，我先上去把衣服换了再下来好吗？

老板说：可以。

她换了衣服，再下来连自己都觉得自惭形秽。她问老板房间怎么办。老板告诉她，这个房间是公司常年租用的，本来以为客人会在这里住，但客人另有安排，只好空着了。

上了车，老板又对她说：房卡你以后拿着好了，累了，可以到这里休息一下。

想到那张大床她可以随便躺，汤晓洋觉得头都晕了。

2

冯光是个美男子，一米七六的身材，面容俊朗，双眼炯炯有神。汤晓洋差不多一到北京就认识了他，当时他在另一家公司，她去联系业务碰到了他。好像还有一点儿小冲突什么的。过了一年，他们同时到了另一家公司。

他在部队是侦察连的，退伍回来却总不如意。他心很细，到了新的公司对她很关照。女孩子嘛，总有一些体力活儿需要别人帮助。他随叫随到的态度让她很有好感。晓洋觉得他跟那些在她耳边甜言蜜语的男人不同，从来不说你漂亮，我爱你之类的话，目光却总停留在她身上。在她需要帮助的时候，总能适时出现，帮过忙就自动消失了。

一起租房是她先提出来的，当时他们在同一家公司打工。在电梯里，她说跟她一起租房的同事被老板炒了，她一个人租不起房，冯光看着她不说话。她火了，说：你这个人有没有同情心呵。我跟你说了半天，连点儿反应都没有。

电梯到了一楼，她气冲冲地走出去，冯光在后面追赶着，说：我那儿只我一个人住。

她站住，回过身看着他说：你什么意思呵？想让我跟你搬到一起住呵？想得美！

冯光憋了半天，说：不用你出房租。

汤晓洋说：我搬到你那里算什么，我是你什么人。

公司里男女合租的情况不少，也不需要什么理由。汤晓洋却不干。

冯光说：那我就没法儿帮你了。

汤晓洋突然眨了眨眼，说：要搬，也是你搬到我那儿。

冯光说：那不一样嘛。

她说：不一样。要么你搬到我那儿，要么拉倒。房租各拿各的，我做饭，你收拾屋子。要么我收拾屋子，你做饭。

冯光说：怎么都行。两个人就这么说定了。

冯光搬过去后，公司里人看他们总在一起，开他们的玩笑，租房的周围也有人注意到她身边跟着一个男士。一个美女，一个靓男，总是招人注意的。汤晓洋索性跟别人介绍：这是我老公。又对冯光说：我这么说是为了省得别人猜疑，你可不能当真。

冯光说：我没当真。

她又说：咱们就好像《潜伏》里一样，是地下工作。正说着，公司里人迎面走过来，她又介绍：萍姐，这是我老公。冯光一副皮笑肉不笑的样子。她嫌冯光笑得太死，冯光说：我都潜伏了，还能怎么笑。

看出冯光不乐意，到了现在这个三间房公司后，她从来没跟别人这么介绍过冯光，不光没介绍，甚至也没跟别人提起过冯光。有时跟老板出去吃饭回去晚了，冯光打电话问用不用接，她说：你为什么要接，你是我什么人呵！一句话就把他们的关系推远了。

她隐隐感到，老板其实很在意她有没有男友，却一次没有问过。他们只谈工作，所谓工作就是下次吃饭穿什么衣服，别人开玩笑时，她应该怎么反应。有一次，老板让她在外面陪客人吃饭，饭后，让司机把她送了回来。她对司机说：谢谢。心里却莫名地涌上一股气。上了楼，看到冯光正在看电视，就进了卫生间，故意在里面不出来。冯光看她总不出来，喊：晓洋，怎么还不出来。

她不言声。

冯光又站在卫生间门口喊：你没事吧？她还不回答。冯光只好推开门，看到她半裸着身体，对着镜子化妆。冯光说了声对不起，要关门。她说：你进来，看看我头上是不是有根白发。

冯光迟疑了一下，走进去。看了半天，说：没有。

晓洋转过身，把脸对着他，说：你再看看。晓洋热烘烘的前胸冲着冯光，轻启朱唇，朝冯光脸上吐着香气。冯光想退缩，晓洋一下搂住了他，把脸贴到他宽阔的胸上。冯光奓着手，好半天，终于搂住了她。

他们挪到了里屋的床上。冯光试探着亲吻，每一吻都得到晓洋热烈的回应。她说：冯光，我觉得你挺傻的。你看不出我喜欢你吗？

冯光说：看不出。

晓洋说：你要死呀，不喜欢谁会跟你住一处。

冯光说：男女合租的多了，好些都没那回事。

晓洋推开他，说：怪不得老板总不给你加薪呢，你这个人就是死木头脑筋。看冯光错愕的样子，又搂着他亲吻起来。冯光终于被她调动起了激情，晓洋却突然推开了他，说：冯光，你说，爱是什么？

冯光不知道怎么回答，只是想，等我找个好点儿的公司，攒上些钱就娶你，但那将是多么遥远的事呵，他觉得这么想一想都很累。

那个晚上，冯光自动回到了客厅里。汤晓洋其实是希望他这样的，但真的这样，她又对冯光一肚子气。她在里屋气哼哼地摔打着枕头，冯光在外面什么都不知道。半夜里她到卫生间，看到他在沙发上打着山响的呼噜，心想：真是个木头脑袋。

她不知道冯光其实一直没有睡着，是她出来的时候，才刚刚睡沉。

3

老板好几天没到公司，汤晓洋在网上订了《P 营销》《哈佛最受欢迎的营销课》《销售圣经》和一本史玉柱谈营销的书。四个人一人一本，抱着看。他们很快就厌倦了，远不如在网上打游戏有意思。

听到老板回来，大家都把游戏下了又重新拿起书。老板没有到业务部来，而是把汤晓洋叫到办公室，问了这几天的情况，然后对汤晓洋说：你准备一下，跟我到广州去一趟。

汤晓洋抑制着心跳点了点头。她回到办公室开始准备，把出差需要的东西和老板需要的拉了一个单子，记在手机上。她想不好该不该把跟老板出差的消息告诉同事，一个大活人好几天不见了，总要给大家一个解释吧？又想，这种事是瞒不住大家的，早晚会有人知道。

快下班了，她轻描淡写的地说，我明天不来了，跟老板去广州。她感觉到办公室里静了一下，身上顿时燥热起来。离开时，觉得自己像是在逃跑。

回到住处，不知道怎么跟冯光说。明天是她二十四岁生日，本来想跟冯光一起庆贺的，冯光却像没这回事似的。他们一起吃了晚饭，她问冯光公司里怎么样，冯光说安保部新来了个主管，是老总的什么亲戚，一上任就粗声横气的，有一辆没有通行证的车要进入小区，他们挡了一下没有挡住，主管坚持要罚他们奖金。他们申辩了几句，主管更气了，说出不想干就滚蛋的话来。

半个月前，他还说要给她过一个难忘的生日。现在他完全沉浸在自己的愤怒中，把以前说过的话忘记了。汤晓洋有些失望，本来想告诉他出差的事，还想表示一下歉意，现在完全没有了这份心境。

第二天冯光六点钟就走了，大约是怕主管真让他滚蛋。汤晓洋八点钟离开，本来想给他留个条子，因为还在暗暗生气就决定什么也不留。她以为冯光回来看不到她，会给她打电话，她甚至还想不接他的电话，让他着急一阵子再给他回电话。冯光并没有给她打。

她打车先到了洮河大厦，在那里换了老板送给她的时装。老板说十点钟会有车到洮河大厦接她，她赶到机场时，老板已经到了。

在宽阔的候机大厅里，老板的笑容辽远、清爽。问：喜欢这套服装吗？

她说：喜欢。

这衣服适合你。

老板在前面走她在后面跟着。忽然想起来，有些事情是应该她来办的，就抢着去取机票，领登机卡交费什么的。

第一次坐头等舱，一切都觉得新鲜，坐在老板身边感觉不一样，觉得自己身份很恍惚。空中小姐提醒飞机要起飞了，老板关了手机，她也关了手机。这时她才想起，冯光还不知道她已经登上了飞机。也许他会给她发短信或者打电话，打不通他大概会着急吧？一下飞机她就急忙把手机开了，并没有未接电话的通知，她有些失望。

广州接待的老板她以前见过，一个月以前刚刚在北京吃过饭。下了飞机，先在广州一家饭店吃了饭，休息了一下，又把他们接到广州城郊的一家工厂里。

汤晓洋跟着老板，看了这里现代化的生产车间。车间里安静的像没有人一样，再仔细看，几百个工人在工作台前坐着，在灯下点焊着一块块电路板。她注意看着老板，希望老板能有所触动，他们公司到现在还没有做过什么业务，怎么能跟人家比。后来又觉得自己的想法太单纯，老板不可能没有业务，只是她不知道而已，不然怎么可能给她们开工资，怎么可能开着好车，天天在高档饭店请客。

一直到晚上，冯光都没有给她打电话，她也赌气不给他打。晚上，广州老板举办了一个盛大酒会，邀请了许多朋友。欢宴之后是一场小型演出，没有想到，竟然有几个电视里经常出现的明星，还有一个是中国好声音里刚刚出现过的选手。老板虽然是她的老板，没想到在别人心中这么重要。

看到这些明星向老板致意，汤晓洋觉得自己也有身份了。

晚上，他们住在广州，就是他们举办晚宴的那家宾馆。她跟老板的房间挨着，她住 1604，老板住 1606。她进入房间，刚刚洗过澡就听到外面敲门，她以为是老板，心里有些慌乱，穿好衣服开门，却看到宾馆服务员捧着一大捧鲜花站在外面，她问：有事吗？

服务员说：这是一位先生送给你的。

她问：哪位先生？

服务员说：他说你知道。

她接过花，内心希望这是冯光送来的，但知道这不可能，冯光不知道她住在这里，再说一捧花的价格比冯光一个月的工资都多，打死他，他都不可能花这种钱，就是有再深的感情，这都不是冯光的表达方式。

床头有个花瓶空着，好像一直在等待这束花似的。她把花插进里面，看到花里有一张小小的贺卡，上面写着：祝生日快乐！ L。

这是老板送来的。老板姓刘。但她不明白老板怎么知道她的生日，她从来没有说过，他也没有问过。

她拿着那张贺卡，呆呆地坐在床上。床边是她的手机，她一直在等着它响起来，却始终没有响。她本来是一直拿着手机的，现在她拿着贺卡，看着手机。感觉脸上有些痒，伸手一擦却是泪水。泪什么时候流出来的，她并不知道。泪水把卡片打湿了，后来她就索性抱着那张贺卡，听凭泪水倾泻而下。

女孩子本来就爱哭，没有什么事有时也会流泪，现在这简单的“生日快乐”，仿佛引来了一场大雨，在这夏夜里洗涤了她的心灵。她抱着这四个字睡着了。早晨醒来看手机，仍然没有冯光的任何信息。

早晨，老板没有提夜晚送花的事，她拿不准自己该不该提。主人很快到了，陪着他们吃早餐。问他们昨晚睡得怎么样，老板说很好。又看她，她也说睡得很香，一梦就到了早上。

主人问：汤小姐能不能告诉我们，做了个什么样的梦？

这是个陷阱，如果她回答有破绽，对方就会把话题转到她跟老板的关系上，她小心地答道：我梦见小时候跟我妈妈一起到水塘里，我妈妈洗衣服，我在水边玩儿。一条大鱼突然跳上来，我一把就抱住了。大鱼在我的怀里跳着。我妈妈放下衣服，朝着我奔过来。

主人问：然后呢？

她说：然后，我就醒了。

主人说：汤小姐抱了一条大鱼，这是好梦。

老板说：是呵，看来咱们的合作一定成功。

汤晓洋庆幸自己回答得体，现在老板和老板的朋友都高兴。吃过早饭，他们到了另一家工厂，这里比昨天看的那家工厂规模还大，占地一千多亩的厂区里，到处是树木，花草。老板在生产线旁边看得很细，问了许多问题。汤晓洋觉得惭愧，这些问题本来是应该她来提醒老板的，老板比她想得还多，还细。老板就是老板，不光是有钱，钱的后面是别人没有的素质。

主人告诉他们，这里有个绰号，叫富士康第二，这家工厂只比富士康规模小一点，生产的产品，管理方式，生产技术，完全跟富士康一样。他笑着说：唯一不一样的，是我们这里没有跳楼的员工。你看，我们这里的员工都很轻松，快乐。

汤晓洋看着那些工人，大部分是女工，一副放松的样子。她想到自己业务部的几个人，每天闲得无聊，真希望老板也有一家这样的工厂。

参观时她一直在留心自己的手机。希望冯光给她打电话来。手机一直没有响，中间去洗手间的时候，她拿出手机看了看，也没有冯光的短信。她有些气恼，心里想，你不理我，我也不理你。

后来两天，主人陪他们看了一些旅游景点，最后一天返回宾馆的路上，老板告诉她这些景点他以前都看过。她脱口问道：那我们怎么还看？

老板说：这是主人的盛情吗。接着老板问：你以前来过吗？

她突然意识到，老板是为她才来的，这么说倒成了老板陪她了。她脸倏地红了，用手一摸，脸上像火一样烫。在车里，她不停地抚着自己的脸，希望老板不要注意到她满脸的绯红，反而引起了老板的注意。

她把脸贴在轿车的车窗上，玻璃的凉爽渐渐使她安静下来。窗外，广州的街景在她眼前一一闪过，以前大都市令人压抑的拥堵感消失了，城市的交通变得畅快起来，她像这个城市的血液一样，欢快地流动着。

冯光就在这时从脑海里跳出来，让她一下沉重了。他到现在没有跟她联系，会不会出什么意外。他的性格是内向的，又突然遇上一个强悍的主管，只有她知道，这个男孩子内心一直多么压抑，甚至女朋友的每一次好运，都能增加他的失败感。他是最有可能发生过激行为的，也是有可能自毁的。

晚上吃饭，她有些神情恍惚。

主人一直在不停地提她怀里的那条大鱼，他说：汤小姐，为你怀里的大鱼干杯。

汤小姐，你要好好善待你怀里的鱼，时时刻刻想着它，天天爱护它，千万不要忘记它，更不要随便丢弃它。

她意识到对方想暗示她什么，故意装作听不出来的样子，说：是，我一定照您的话做。在座的人哈哈大笑，好像她落入了他们布下的陷阱似的。她也笑，装作什么都不懂，完全是一个单纯、透明的女孩子。她知道，男人们喜欢她这样。

晚上回到房间，她再也忍不住了，拿起电话给冯光拨。好长时间冯光才接，她问：冯光，是你吗？

冯光说：是。

她问：你怎么样。

冯光说：挺好的。

这几天在干什么？

上班呵。

班上没什么事吧？

没有。

那个主管后来找你们麻烦了吗？

没有。

你身体没事吧？

没事。

她放了电话，心里涌上来一股气。原以为他自杀了呢，现在他明明活得好好的，屋里一个大活人好几天不见，他连问都不问。假如她让别人劫持了呢？假如她死了呢？前天是她的生日，他活得好好的，却连一句问候的话都没有。

本来想哭一场，现在反而没了眼泪。她在卫生间里细心地重新化了妆，化妆时她还没什么想法，女人在不愉快的时候，要么猛吃一顿，要么打扮自己，亲眼看着一个沮丧的女人，在自己手里变得漂亮起来，总能让心情好一些。她把眉细细地描过，把唇线画得性感一点，让自己的脸蛋变得细腻、光洁、白嫩，在腋下喷一点点香水，立刻就变成了一个香喷喷的佳人。这不再是一个二十四岁的“老”女人，不再是一个看不到前途、找不到归宿的剩女，不再是一个被爱情抛弃的沮丧的黄面婆。

这是个精致的女子，一个自信的妙龄女孩，一个有一百个牛郎追赶的织女，一个有一千个董永思念着的仙女，她香气四溢，容光焕发，闭月羞花，沉鱼落雁，谁娶了她就是娶了贤惠，谁爱上她就是交上了好运。

直到这时，她才明白自己为什么化妆，她才知道自己要去哪里。其实并不远，就在隔壁的房间。她拿起花瓶里的花嗅了嗅，已经两天了，花还在盛开，那张贺卡还在花里放着。如果她不去道一声谢，不是太不礼貌了吗？

她敲了敲隔壁的门，在老板开门时她准备上了最得体，最亲稔的笑容。她说：董事长，您还没休息吧？

老板说：没有。请进。

她进到屋里。

桌上放着许多文件，老板的手提电脑正开着。原来老板一回到房间就开始了工作。这让她格外产生了敬重。

她说：董事长，我想问问，咱们明天就要回去了。还有什么没有完成的工作，您交给我吧。

老板想了想说：这是一份咱们跟这家公司合作的备忘录，你先看一下，有什么疏漏的地方告诉我。

她说：好的。

老板又说：这一趟，觉得愉快吗？

她说：愉快，特别高兴。谢谢您送我的鲜花，我过了一个快乐的生日。

老板说：那就好。

她问：董事长，您是怎么知道我生日的呢？

老板没直接回答她，而是说：我是老板，难道不该知道员工的生日吗？

她说：我觉得好温暖呢。

老板说：好，你回去工作吧。

她有些失望，但欢快地说：祝董事长晚安。

老板说：晚安。

回到房间，她细细地看着老板给她的文件。她这才知道，她们这一趟，是要跟这里签一个长期的供货合同，这里的公司，每年会供给他们价值上亿元的产品。但是她不明白，老板购买了这些产品，会送到哪里。她觉得这些产品自己公司根本用不上。

这份备忘录是详尽的，每一个细节都考虑到了。对方公司是金大陆电器有限集团公司，自己的公司名称一栏空着，她突然意识到，这笔业务，老板并不是为自己公司做的，老板带她出来，是把公司的一个秘密告诉了她。

晚上十一点，服务员送来了宵夜。一份精致的糕点，一杯鲜牛奶。她知道这是老板让送的，老板说话时亲切的样子，时时从那份文件上浮现出来，那是亲切，也是距离，她突然意识到，这个看着不苟言笑的老板，心思原来是这么缜密，而这恰恰推远了她。

回到北京，老板让司机直接把她送回了住处，冯光不在。但他留下的痕迹在。空啤酒瓶子，袋装的涪陵榨菜，大桶的康师傅方便面，还有刚刚剥下的鸡蛋皮，没有洗的筷子和碗，等等。她产生了厌恶。

电视没有关，里面是一个歌星正在演唱，一首爱情歌曲。汤晓洋坐在沙发上听着，她怀疑世界上有没有爱情，或者说像她，像冯光这样的人有没有爱情。对一个打工者来说，爱情是城市里的奢侈品，就拿冯光来说，当他面对一个粗暴的主管时，当他数着自己不多的工资时，他给爱情留下的空间还有多少？

只有老板那样的人才可能有爱情。她想起饭桌上开得那些玩笑，老板不笑，这时候的爱情更像生活的一种点缀，一份葱花，几滴香油，或者是一缕香料。

冯光很晚才回来，他在外面喝了酒。看到屋里整洁了，他意识到汤晓洋回来了。他没有问她去了哪里，只是说：我不知道你今天回来，要是知道，我就打扫了。

她说：我困了。

她回到里屋躺下。想到冯光甚至都没有问她去了哪里，心里涌上来一阵寒意。冯光没有赶过来跟她亲热，她准备好的拒绝也就没有了用处。但她知道，如果她不打算抛弃这段感情，他们的和解只是早晚的事。躺到床上，她给老板发了短信，祝他晚安。老板没有回应。她拿着手机睡着了。

4

冯光终于还是辞了职，另一家大公司接受了他。那家公司管销售的是他新结识的一个老乡，听到他来北京后的一次次坎坷，果断地说：别给他们干了，来我这儿吧。

冯光做得很吃力，他以前没干过销售，虽然有老乡的庇护，还是会被部里的同事排挤。薪水是比以前长了，他又拼了命地干，每月能领到将近六千元。虽然还赶不上汤晓洋，总是接近了。但他永远没有汤晓洋的轻松、愉快。每增加一点销售份额，都好像要脱掉一层皮似的。

回到北京后汤晓洋无事可干，广州的那笔业务没了下文，很想问一问结果，老板没跟她提起，她也不便追问。公司里的日子太单调，她便时时想起跟老板出差时的风光，很想再跟着老板出差，老板却好像把她忘了似的。她只是看着老板来去匆匆的样子。

业务部一个女孩子对她说：晓洋姐，我想辞职。

她问：为什么。

女孩子说：我实在受不了这里的无聊。

汤晓洋说：薪水又不少你的，你怕什么。

可是我的青春呵，我的青春就这么一天一天地溜走了。女孩子用夸张的口气说着，第二天真得就不来了。

汤晓洋也觉得自己老了，那次出差后，老板好像有意疏远了她。这让她心里很不舒服。有时在电视里看一些宫廷戏，无端地就会想到老板。她真想跟那个女孩子一样走开，真离开老板，又不知道能去哪里。那个辞职的女孩子肯定早就有了接盘的地方。冯光早出晚归的样子又在提醒她，眼前的这份轻松不是谁都可以得到的。

三个月后，冯光心情已经大好，他掌握了销售规律，也有了自己的固定客户。因为薪水增加了，他有能力请客户吃饭、喝茶。有一次无意跟老乡说起来，老乡立刻说：把发票拿来，我给你报了。冯光再花起钱来胆子就更大了。有一次竟然在一家不错的餐馆里请汤晓洋吃饭，告诉汤晓洋，这钱能报。

唯一让冯光不愉快的，是老乡简直把他当成了奴仆，带孩子，送老人去医院，都是他。有一次，老乡的丈母娘做饭没酱油了，也给他打电话。他花三十块钱打车赶过去，只为了到超市里买一瓶酱油。不过，跟增加的收入比，这不快太容易过去了。

看着“大方”起来的冯光，汤晓洋想起半句名言：乌云总会过去……另外半句她想不起来。这真是堕落！她懂得了化妆品，懂得了时装，懂得了巴宝莉、爱马仕、香奈尔、雅诗兰黛，却忘记了语文老师教给她的最平常的先哲警句。冯光没有察觉出她的伤感，一味说着自己这半年来的感受。

他告诉汤晓洋，她跟老板出差那天，他跟主管打了一架，当然，别的保安很快就把他们拉开了。他腿上有一块青紫，也在队长胸前狠狠地回击了一拳。不等公司解雇他，他就提前辞了职。

他找不到工作，去好几家公司应聘，没有一家愿意留他。他怀疑是原来的物业公司在背后使了坏。为了糊口，他只能在外面找一些临时工作。汤晓洋从外面出差回来时，他不肯告诉她自己的状况，每天装作上班的样子早早离开了家。

有一天中午，他爬到一栋四十八层大楼的楼顶，想自己该不该从上面跳下去。他看着下面，想人原来是这么小，如果他从上面飞下来，在下面人看来，也不过是一只小鸟。直到他完全摔到地面上，人们才会惊呼。

他在楼顶坐了很久，想起自己在部队训练时，像这样的高楼可以顺着排水管一口气爬上来；想起全连集合时，连长把奖状发给他的情景。他有一身本事，却要受小人的气。他跳下去是对小人的控诉。

跳下去的欲望这么强烈，让他产生了恐惧，害怕真得跳下去，害怕脚下一软，掌握不住自己。他还年轻，路才刚刚开始。好像没有路可走了，也许转身就能看到一条新路，就是真的没有路了，再跳下去也不迟吧？

还有汤晓洋，如果知道他这么死去，会不会打击太大。毕竟一个屋里生活了这么长时间，很难无动于衷吧？汤晓洋没有想到，自己在广州宾馆里恨他的时候，其实已经救了他。

回到他们的房子里，汤晓洋已经睡下了。他知道她不高兴，却不想问她什么，也不想告诉她真相。他正在想要不要活着，爱情还能算问题吗？如果自己的存在都是问题，再漂亮的女人都毫无意义吧？这话听来让汤晓洋颇不是滋味，却明白这是实话。正是因为这些实话，使她觉得冯光可靠，她想起了老板的亲切、周到、彬彬有礼，似在眼前，却遥不可及，就像她跟别人说的那个梦，和梦里的那条大鱼。

最有意思的是，连这样的梦她都没有做过，是她在那种场合急中生智编出来的。眼前这个让她处处不满意的男孩子，才是真实的，实实在在地活在她身边，跟她住在一个屋里，在一个桌上吃饭，虽然他们并没有真的做爱，也没有真正意义上的家庭生活。

听到冯光说在楼顶想往下跳的时候，她心柔软了一下，主动拿起他的手，用两只手把他的手合在掌心里。冯光的手很大，她手很小，但她把这样的大手捧在自己手里。她用牙咬着他的手指，看看冯光有什么反应，冯光竟然不知道疼，她再使一点儿劲儿，仍然不觉得疼。

她不忍再使劲儿咬，想到在宾馆里赌气不给他打电话，觉得有些对不起他。那本来应该是最需要她的时候，她却在另外一个地方，跟随着另外一个男人，那个男人要远远比他优秀。歉疚像雾一样升起来，模糊了她的眼睛。她极力忍着，不让眼泪流出来。她真的很想亲吻他，把他拥在怀里。

回到住处，那种拥抱的念头已经下去了，她依然想跟他在一起，睡觉的时候，她说：你要是在沙发上不舒服，就来里面吧。

他摇摇头，说：我还不知道，现在的工作能不能做长久。

他好像在转换话题，其实是说，不知道能不能真得给她带来像回事的生活，幸福已经不指望了，让日子不太艰辛，有一点点稳定感，就连这样的信心他也没有。

那天晚上，她真的做了梦，梦见一条大鱼，就像她跟别人说得那样，大鱼突然跳到了她怀里。她一把抱住了它，喊：妈，妈，快看！大鱼！

她变成一个梳着小抓揪的小姑娘，那么可爱的一个胖娃娃，那条鱼比她还要大，旁边的男孩子笑着跳着，仔细一看，那男孩子是冯光。他也变成了一个可爱的娃娃。她在梦里笑着，直到笑醒了。

走到外面，看到冯光还在沉睡。她坐在他旁边，抚摸着他。冯光醒了，问怎么了？她没有说话，把脸贴到他的胸口，冯光拥抱了她。后来他坐起来，把她拥在怀里。

她问冯光，我肋条这儿有个什么东西，好像在顶着我。冯光的脸倏地红了，把她紧紧地抱在怀里。他们不停地亲吻着，不停地在沙发上翻滚着。后来冯光抱起她，把她抱到里屋的床上。她忽然冷静下来，说：天太晚了，你明天还得上班呢。

冯光脸上的火焰很快暗淡了，说：那你睡吧。

她说：你也在这儿睡吧。

冯光说：不用。我怕我思想不坚定。冯光开了个玩笑，她笑了，但心里还是有一点点苦。也许这不怪他，怪的是自己。

5

老板把她叫到办公室，说：你跟我出一趟差。

她说：好。

老板说：明天的飞机，上午九点到洮河大厦接你。

她说：哎。

她声音欢快，兴奋从身上每一部分洋溢出来。

回到住处，她跟冯光说了要出差的事。冯光问什么时候回来，她说：我也不知道，老板没有说。为了使冯光安心，她说业务部还有另外一个女孩子也一起去。她感觉到冯光放松了些，自己反而不放松了。她不明白自己为什么要说谎。

第二天一早她打车到了洮河大厦，房间里放着一个真皮拉杆箱，老板给她发短信，说拉杆箱和里面的东西都是给她准备的。她打开，看到里面有两套衣服，还有一些化妆品，她把自己原来箱包里的东西放到了拉杆箱里。想到上次去广州，她提着这个低档的箱子，不由暗暗有些脸红。她觉得老板给她准备这些没有什么不妥，因为她也代表公司形象。

车很快到了，看到老板在车里她喜出望外。一路上她有说有笑，不论她说什么，老板都很爱听。老板不知道她那个村里挑一挑水要走好几里山路，不知道她们上初中，每天要翻过一座小山，不知道在县里上高中，住的是三十多张床位的大房间，不知道县里一个县长家娶儿媳妇，会有多半个县城的干部去参加婚礼，能收上百万礼金。老板不知道底层的生活，正如她不知道老板的生活。

到了机场，她忙着取票领登机卡，老板在远处看着她跑来跑去，很满意的样子。她喜欢坐头等舱，喜欢坐在老板身边。这像什么，像一个小妹妹跟着一个大哥哥，还是干女儿跟着干爹，不是好些女明星都有干爹吗？干爹成了代名词。她喜欢小妹妹的感觉，喜欢老板稳重、矜持中流露出来的爱护。

他们到了海南，到了这里就是游玩。接待的企业把他们的行程安排好，就说还有别的事，留下一个电话号码走了。老板也不觉得冷落，带着她在岛上过着无忧无虑的日子。

她第一次到海南，都是以前没见过的风景。三亚的热带植物让她流连忘返，坐着游艇在海上兜风，类似场景在电影里见过，现在自己成了风景的一部分。老板把录像机交给导游，她在海上敞开怀抱，张开大嘴欢叫的样子被记录下来。这里到处是美女，好像全国的美女都汇聚到了这里。看着浪花在身边飞溅，她想自己比那些女孩子一点儿也不差。青春在海面上飞掠而过。

海南比北京热，老板带着她到商厦里买了时装。她再三推辞，老板还是坚持。老板说：你跟着我出来，你的形象就是我的形象。她半推之后还是半就了。她喜欢老板的说法，你的形象就是我的形象。这话别人能听出暧昧，她眼里的老板始终是正统的，保守的。她觉得富人里也有好人，并不比穷人里的好人少。

在海南玩了四五天。她想问老板，这次就是玩吗？这些地方老板来过不止十次，总不会是为了她快乐吧？她觉得总应该有一点业务要谈。当时他们在景点旁一个冷饮摊上，一张简易的餐桌，两个白色沙滩椅。他们相对而坐。老板喝了一口冷饮，说：就是出来玩。我太累了，出来放松一下。

她说：放松的办法多着呢，能陪你放松的人也有得是。

她的意思是，为什么单单挑选了我。

老板说：汤晓洋，你知道吗？你有一个最大的优点。

她问：什么优点？

老板说：你自己说说看。

她想了想说：认真？

老板说：认真是认真，这还不是最主要的。

她又说：那就是细心。

老板说：当然。不过，这也不是我最看重的。

她想了想说：董事长，我觉得我没优点了。

老板说：你最大的优点是话少。不该问的不问，不该说的不说。

她脸倏地红了，以为老板在批评她，说她不该问刚才的问题。

老板说：我们上次出来，跟广州那边谈的业务，你从来没有问过我，也没有跟你们部的任何人说过，她们有人问你，你也没说，对吧？

她点点头。心想，是不是业务部还有老板的眼目，她在办公室的一举一动，都有人告诉老板了。她说：您没让我往外说，我当然不说了。

老板说：在商界，这就是最好的品质，你有这样的品质，终究能有大用。

她喝着冷饮，注意听着。

老板说：这次带你出来，一是我刚刚做了一笔大单，这几个月实在是耗尽了心力，想好好放松一下。另外，带着你也是想跟你商量一件事。

她脸红了。看着老板，等着老板往下说。

老板说：你大概也知道，公司法人是我妻子。我们在美国也有两家公司，过去我的业务以国内为主，现在美国经济正在回升，我们的业务也在慢慢向国外转移，上次我们去广州的那笔单子，就是给美国那边做的。

汤晓洋一动不动，觉得老板要跟她说的，绝不是这些。

老板又说：以后，我可能大部分时间都在国外，我妻子和孩子以后也打算在美国定居，她再当公司法人，就太不方便了。

汤晓洋感觉到自己心在跳。

老板说：我们两个商量了，想把公司的法人换成你。

汤晓洋脱口说道：那公司不成了我的，这怎么行。

老板说：企业法人不过是法人代表，并不表示你是公司的所有者，你只是一个代表。公司是股份制，我占百分之四十股份，我妻子占百分之五十，还有百分之十是其他人。当然，你既然当法人代表，就也应该有股份，我和妻子打算从自己的股份中，各拿出百分之五送给你，让你占百分之十的股份。

汤晓洋直摇头：不行不行。我怎么能占你们的便宜。

老板说：这不是占便宜，是帮我们。看到汤晓洋还在犹豫，老板又说：你再想想吧，就是你不答应，我们也得找别人。因为我们以后回国的时间很少了。

汤晓洋说：既然不回来，为什么还要保留这个公司呢？

老板说：跟国内的业务，以后还要通过这个公司做。它仍然有作用。我们走后，你在这里主持。业务怎么做，由我来告诉你。

汤晓洋说：这事太大了。

老板说：我们不为难你，每年有二十万活动经费，你可以自己安排使用。聘用人员，你也自己考虑，只需要跟我打个招呼。你的薪水，以后也按副总的标准。

汤晓洋仍然觉得不对劲儿，哪里不对劲儿，她却想不出来。

老板说：好了，正事就说到这儿，该下海了。

老板跳起来，脚步轻松地在沙滩上走着。进入海里，他回过身看她。看到老板在等着，汤晓洋也扑进海里。湛蓝的海水朝她涌来，老板在她身边游着，在海里游泳很省力，不用怎么划，身体就漂浮起来。她看着老板在旁边，一会儿扎到海里，一会儿浮上来，觉得老板很神秘。

海水一直漫向天边，洁白的云在海水上方飘浮着，有时像厚厚的麦垛，有时像薄薄的棉絮。海鸟穿云而来，贴着海面而去，飞掠的影子在海面上闪过。背后的椰子树在风中轻轻摇动，这是汤晓洋从没见过的天地，却是真实的存在。这个下午汤晓洋遇到的事，也是她从未遇到过的，不是老板亲口说出来她不敢相信是真的。

她想起跟人说过的那条大鱼。梦中的大鱼。老板的朋友们跟她开玩笑，暗示那条大鱼是老板，她把老板抱在了怀里。老板告诉她的，是另外一件事，原来梦中的大鱼应验到了这里。

冯光得到这消息该怎么想？他能接受吗？刚到北京时他们都有个念头，凭着自己的劳动，凭着比别人更多的付出在北京站住脚，发展起来，他们做到了吗？在得到了满身伤痕后，情形似乎有一点儿好转，现在，突然出现了柳暗花明的机会。

老板说得对，他们看中的是她能守口如瓶，他们给予她的不是意外，是要她关紧嘴巴。这么一想，就觉得自己也不算白得，靠吃苦流汗什么时候才能熬出头呢！

晚饭是在一个小吃店里吃的，老板很少到这种地方，在他眼里这是底层人吃饭的地方，汤晓洋却知道，底层人到这里也是奢侈。她吃得很香，天真快乐的样子，然而在咀嚼时她暗暗发呆。老板注意到了。

晚上，他们在街头散步。老板告诉她，明天他们返回海口，假如能拿到机票，下午就到北京了。这将是他们在海南的最后一个夜晚。在夜风中，她不由挽住老板的胳膊，在别人眼里他们也许像一对情侣，老板既然说出了那样的打算，她觉得跟老板就不再是一般关系，当然也不是情人，应该是有一份亲情吧？

她想起自己当初到这家公司应聘时，是一个干练、精致的女人接待了她，皮肤一看就是天天精心保养的，眉与眼线，精美得不能再精美，连指甲都被细心地修饰了，浑身上下透露着不把别人放在眼里的气派，她的美丽和高傲，在人群中一眼就能被注意到，这不是一般人家的女子。看到汤晓洋走进屋里，她冷冷地说：坐吧。

汤晓洋已经应聘过不知多少次，也不知道被别人拒绝过多少次，现在有一种不在乎的神情，看到这个女人，还是产生了紧张。她小心地坐下，望着对方。

那女人让她说说为什么愿意来这家公司工作。这几乎是所有招聘公司都要问的，汤晓洋有五六套答案，每一套都背得滚瓜烂熟，现在却突然语无伦次了，她把一个很好回答的问题，回答了个乱七八糟，最后可怜巴巴地看着那个女人。

那女人问：说完了吗？

她结结巴巴地说：说，说完了。

老板插了话，说：换下一个吧。那时她还不知道这将是她的老板，觉得好像是那女人的一个随从。想到老板下午说，公司他妻子占百分之五十的股份，他占百分之四十，汤晓洋就明白当时的感觉是对的。

她知道说换下一个，就是把她淘汰了。她站起来，准备退出去。这时那女人说：等一下，我还有个问题。

她等着对方问。

那女人说：如果你是这个公司的一员，如果某一天，公司需要你牺牲自己，你能做到吗？

她问：什么牺牲？

那女人说：各种牺牲，你能想到的，所有牺牲都在内。

她意识到这女人想说什么，她想过拒绝。可是，她也知道怎么回答能让这个女人改变态度。她就像一个在黑暗中待久了的人，突然眼前看到了亮光，虽然一个声音在内心中警告：不能过去，不能过去。还是不由自主地朝着那光亮扑了过去。她说：能，我能牺牲自己。

那女人说：恭喜你，你被录用了。顺便告诉你，我刚才只是跟你开了个小小的玩笑，你也可以把这看成是一个心理测试，跟我们对你的录用毫无关系。

从那以后这女人再没单独跟汤晓洋说过话，汤晓洋只是看到她每月来公司两次，一来就关进财务室里，除了老板到她屋里，别人谁都不敢去。公司发工资，有另一个女孩子负责，只是工资表上有她的签字。

比汤晓洋先到公司的人说，这个女人就是老板的太太。她走的时候，公司里人能听到她皮鞋敲出的卡卡声，她穿得鞋贵得惊人，几万块都不止。她比老板的本事要大得多，虽然是会计，却是公司实际的老板。

这就是说，老板今天说出的决定，其实是那女人做出的，想到这儿，她离开老板远了一些。她在想，他们在这里的一举一动，也许老板的太太都知道吧?

老板却轻轻地揽过她的腰，这个看似不经意的动作，让汤晓洋打了个激灵。她对老板说，今天晚上风有点儿凉。老板体贴地说：那我们回去吧。

回到房间里又觉得太孤单。自从来到海南，她还没有跟冯光通过电话。她不打，冯光永远不会主动给她打。她拿着手机犹豫了半天，很怕冯光问她为什么现在才打电话，却也准备好要狠狠呛白他一顿：现在打怎么了?现在还得我给你打，你怎么不给我打?

冯光电话关了。她猜测冯光是害怕等待，便索性关了手机。这一直是冯光的风格。在他们的关系中，冯光永远是被动角色。她在卫生间里冲澡，听任水流抚摸全身。躺到床上，觉得屋里很空。越是觉得空，就越是想下午老板跟她说的那些话，老板现在干什么?他在屋里会不会也觉得空，不是屋里空，是心里空，一种无所依托的感觉。她跟冯光好了这么长时间，内心一直觉得不踏实。冯光从来没给过她安全感。

她想打开电视，房间里的电话响了。她有个预感，跑过去拿起听筒，果然听见老板说：你来我这边一下。

她走到卫生间重新化了妆，精心地描绘，眼睛，唇，还有两腮，所有该突出的地方都突出了性感。走进老板房间时她有些拘谨，老板随意的样子让她很快放松下来。老板问：你刚才在做什么?

她说：给我朋友打电话。

老板说：是男朋友吗?

她说：是。她有意把冯光抬出来。

老板说：怎么前几天没见你们通电话。

她说：他是个不爱打电话的人，我刚才打，他已经把手机关了。

汤晓洋说这些时，心里忽然涌上委屈，这是刚才在自己房间里没有的。她眼睛红了一下，很快就正常了。

老板说：其实，人生就是那么回事。没有财富时，你觉得财富很重要，有了财富也不过如此。幸福总是在你渴望的时候才有效。爱情同样如此。

老板一边说，一边拿起桌上的苹果熟练地削着皮。那么，老板的爱情也同样如此吗?汤晓洋拿不准该不该接过来，帮助他削。正犹豫着，老板已经把削好的苹果递过来。她慌乱地接了，说：您，您怎么给我削，我来吧。

老板说：那有什么。以后你要忘记我是老板，你是员工。因为你也是公司的股东，大家都一样，你觉得这样不好吗？

她想说：我还没有答应。话到嘴边却说不出来。只是说：我可不敢。说着把老板手里的苹果刀抢了过来。她把苹果削好，又切成一个个小块儿放进碟子里，在每一块上都插上牙签，递给老板。

老板不接，她只好放到旁边的茶几上。要离开时老板喊了一声，她一怔，老板轻轻一搂，便把她搂进怀里。这事发生的有些突然，没有任何前奏。老板从一个持重的兄长，突然间变成了贪婪的男人。她很安静，似乎早就在等待这一变化。依偎在老板怀里好长时间才意识到不对，冯光还在她们租的房子里等她，她想挣开，老板已经吻到了她的嘴上。

她试试探探地响应着，老板嘴里有阳光的味道。冯光从眼前跳出来，一副赌气的样子。她偏不理他。老板把她抱到床上，她闭着眼睛，内心却没有任何慌乱。面对老板，她以前常常莫名地心跳，现在一切如愿来临，心却平稳、正常，就像这一天早就预想好了一样。

老板脱她衣服时，脱一件吻她一下，他想搞出一点浪漫。脱内衣时，她不拒绝也不配合，老板在这方面显然不太熟练。她担心把内衣撕坏，还是配合了他。他的笨拙和手忙脚乱让她高兴。

老板把被子轻轻盖在她身上，轻轻吻着她，说：我去冲个澡。

她松了口气。老板进了卫生间，似乎是为了留给她犹豫的时间，让她有机会逃离，她不打算逃跑，只是把被子拉上来盖住自己的脸。直到这时，她才有了羞愧的感觉，她觉得脸上像火一样热烈。

手机偏偏不知趣，在她衣袋里响起来，她不愿意光着身子跳起来，看了看卫生间，听见老板还在洗，便快速地跑过去拿了手机。

冯光问她是不是打过电话，她说：刚才打你关了机。

冯光说手机没电了，在充电，现在手机有了来电通知功能，问：你有事吗？她说没事。刚才是开会休息，现在又在开会，不能跟你多说。冯光就把电话挂了。

激情就这么让冯光搅没了。老板从卫生间里出来，她主动往里面挪了挪，让老板上到床上。本来她是打算闭着眼睛，装出不配合的样子。现在，这些步骤都简化了。

老板问她谁的电话。她说是男朋友。这些天一个电话不来，现在突然来了电话。神经病。她愤愤地说着。这么说不是为了讨好老板，是真的讨厌他。

她没有真喜欢过他，倒是有一点点同情。同情室友就是同情自己。他们吃着同样的苦，只不过程度不同而已。他们在一个屋子里住，他爱她吗？不。他从来没说过爱，他的被动只不过显示了某种需要。她的主动亦是如此，毕竟都是这个年纪的人，冬天感觉到冷，夏天感觉到热，需要彼此都有。

那么，老板爱她吗？他也没说。他刚才说过，幸福总是在你渴望的时候才有效。爱情同样如此。他从家里出来好几天，体内积蓄了充沛的能量。不过，她喜欢这种主动的态度，喜欢他制造出来的这份优雅，这份情调。她把脸埋在他宽阔的胸前，嗅着他肉体里海水的味道，真得有一点点陶醉！

6

第二天，他们登上返回北京的飞机。在头等舱里她紧挨着他坐着。她想把头靠在他肩上，他动了动肩膀把她甩开了。从早晨一起床，老板就把他们的关系恢复成老板与员工的关系。她不自觉的亲昵举动，都被他躲开了。

汤晓洋不感到委屈。她没有目的，只是一种习惯，或者说，是对他有了某种依恋。在床上，老板看着她身下的鲜血，问：你从来没有过？

她点点头。

你不是有男朋友吗？

她说：我们没有这样过。

老板问：为什么？

她说：不知道。

过了一会儿，她又说：也许，觉得没有必要吧？

老板看了看她，不知道这算不算一种威胁，是不是第一次毕竟大不一样。

她说：我只是不太喜欢他。不过，大概最后我们也会结婚，反正人总要有这么一回事。跟谁成家还不都一样。

这话打消了老板的顾虑。

手机响了，老板把一根手指放在唇上，示意她不要说话。她听见电话里一个女人问：你在干什么？

老板说：刚从外面回来，正准备洗澡。

为什么不给我打电话。

老板说：我刚进房间，正要打。

什么时候回来？

明天，已经订好了机票，你接我吗？

对方说：好吧。

老板断了手机。她看到手机桌面上是一个女人的头像。不是他太太。远不如他太太漂亮。

老板说：这是我女儿。

老板跟她说自己的家庭。当初他研究生毕业时，跟她现在在北京的情况差不多，举目无亲，没有任何关系。不过，那时候一个硕士还容易找到工作，好些大学、科研院所都在抢。他去了中科院的一个单位，时间不长就认识了现在的妻子。

介绍他们认识的是院里一个老专家，一位老大妈式的副所长。

他们谈了一年多，渐渐知道这不是一般人家的女儿，她父亲是一个在报纸上能看到的人，她有三个哥哥，各自在经商。有的在国内，有的在香港。那时她已经有了自己的生意。他们的关系确定下来后，他从那家研究所办了停薪留职，他在公司是老板，名义上的老板，真正的老板是妻子。公司不过是她哥哥企业系中的一部分。

汤晓洋意识到，告诉她这些是想让她知道，他不可能为她离婚，但还是被他的诉说感动了。她能体会到一个男人的委屈，也许，这跟冯光的委屈一样。她紧紧地拥抱着他，想起那个关于大鱼的梦。

她看到了海水，看到了游艇上溅起的浪花，浪花上飞溢而出的快乐。原来这一切都不过是泡沫，真正的海在下面，海分不同的层面，在每一个层面里，各自生活着不同的海洋动物，他们的快乐在最表面的一层。

她坐直身体，不再试图依偎老板。老板跟她一样，从某种意义上说并不比她强大多少。一旦揭去那层财富的神秘外衣，他不比冯光强。说白了是个吃软饭的。现在，她觉得还是冯光可靠真实。冯光的自尊、倔强，现在倒显得更可贵了。

下了飞机，老板先回了公司，太太没有去机场接，让他大大松了一口气。他让司机把她送回家里。冯光还没回来，屋里收拾得干干净净，还添了一件家具。跟她刚刚住过的高档宾馆比，这里是贫民蜗居的经典，但比以前增添了活力。自从在新公司做了销售，冯光的心气明显比以前高了。

她给冯光打电话，表扬他把屋子打扫得很干净，实际是希望他早点儿回来。这一趟她攒了好多话要跟冯光说，虽然有些话不能说，还是有倾诉的欲望。

冯光早早回来了，一进门就告诉她，这个月他拿了六千块钱销售提成，他第一次比她挣得多，有一种成功感，说要请她到外面吃饭，汤晓洋说：我在外面吃了好些天了，还让我在外面吃？

冯光怔了一下，拍着头说：那你等着，我马上回来。他要到外面买菜，给她做饭。

汤晓洋又说：算了，还是到外面吃吧，外面还能报销呢。

一家叫小云南的饭馆，布置简陋，却是个闹中取静的地方。两个老外也在这里吃饭。汤晓洋想到她跟老板在外面吃过的饭店，暗暗为冯光的满足伤感。

冯光很有兴致，说了好些宏伟计划。他的老乡打算把销售部承包下来，一年可以有几百万利润，他却想办一个销售公司，不光为自己公司，也为别的公司做销售代理，汤晓洋欣赏地看着他，一有机会，原来他一样不肯平庸。

汤晓洋一直犹豫，该不该答应老板的要求，做这个公司的法人代表。老板有这个意思，为什么不接受呢？曾经觉得这是天大的恩惠，有了海南那一夜就觉得也不欠老板什么了。再说这还是为老板看家。她打算把冯光聘进公司，有一个现成的公司在这儿，还办什么销售公司，老板现在做的，不也是替别人进货，替别人销售吗？

不过，她没有跟冯光说这些，现在还不到时候。在海南的情况她一句也不想说，她只是鼓励冯光，告诉他，肯让他搬到一块儿住就是看出他不是平庸之辈，咱们就像一颗麦粒，扔到路边就混到了杂草里，进了试验田，就是一粒良种。北京就是试验田。北京这么大，凭什么不该有咱们一个位置呢？

这话她在心里说过好多遍，现在又说，不过是再跟自己重说一遍，冯光只是旁听而已。老板真去了美国，这里就是她的天下，等哪一天老板从外面回来，看到了一个发展了几十倍的公司有什么不高兴的？既使她有百分之十的股份，也是个肥肥的富婆，原来，她的雄心并不比冯光小。毕竟她做过一个梦，梦里还抱过一条大鱼。

冯光以为这些话只是在鼓励他，他跟汤晓洋谈销售，谈市场上的种种潜规则。谈做生意最需要的不是智商，而是情商。情商就是接人待物的能力，就是把事情做到别人心里，别人困了，要递给人家一个枕头，别人渴了，要知道人家想喝白开水，还是想喝果汁。把事情做到人家心里，自然就有生意可做。

冯光滔滔不绝，以前他不敢在汤晓洋面前喝酒，现在他一口气喝了三瓶小二。北京人管小瓶二锅头叫小二。小二虽小，却是真正粮食烧出的白酒。汤晓洋一直用眼神鼓励他，希望他放开自己。她有一个创业计划，自然需要一个创业的男人。

昨晚在海南，因为疼得厉害，老板只好把套子拿掉了。看见鲜血老板慌了，她也有些慌乱，一方面愿意让老板看到，一方面又不知道怎么补救。坐在马桶上，觉得下面永远都滴答不干净。她不知道自己需要的是什么，快乐？还是机会？她在马桶上泪流满面，却不敢让老板听见。现在，她需要为自己的放纵划一个句号。是跟老板放纵，却需要冯光的句号。

从小云南出来，她扶着冯光打了车，扶着冯光上了楼。她把冯光扶进卫生间洗澡，把水温调好，她打算退出去，冯光突然拥抱她，说：我们一起洗吧。

她说：乖。我在外面等你。她亲吻着他，身体往外退，手一直伸向他。

冯光从卫生间里出来了，酒醒了不少，激情却没有消退。她觉得疼，比昨天还疼。昨天的疼还没有消失，现在是疼上加疼。她又出了血，真是天助我也。路的前面有一颗地雷，她小心地走了一天，想不到地雷消失了。她看着血迹放声大哭，昨天只能在卫生间里饮泣，现在哭的夸张，哭得恣肆。她给了冯光七八个耳光，又搂住冯光，不停地亲吻，不停地要求他再做。她想起初中时，语文老师布置的作文题目，难忘的一天。当时怎么也写不出来，她没有难忘的事。现在，她终于度过了难忘的一天。

直到今天，她才算拥有了北京。在北京奋斗了四年，她得到了一切，一个爱人，一个小家，一个虽然还没有登记，却也有模有样的小家。最重要的是，她有了事业，有了未来，这事业还仅仅是老板的一个许诺，不过，不能实现也没有关系，冯光满满的自信在鼓舞着她。深夜里，那条大鱼浮现出来，她变成了一个小姑娘，怀里抱着鱼咧着大嘴笑着。在这黑暗的小屋里，空中溢满了她的笑容。

这是她到北京后睡得最踏实的一天。她的身边有冯光，心里有蓝图。以前睡得沉，是因为劳累，现在是因为踏实。

7

第二天一早她就醒了，坐起来有些心慌。看了看身边，冯光还在沉睡。大概是他的呼噜声惊醒了她。以前他的呼噜声在外面，现在到了身边她有些不习惯。在老家，听老娘跟村里女人们议论男人打呼噜，现在才知道她们说得是什么意思。那是夜里她们让男人尽兴了。

以后，她要习惯这个男人的呼噜。昨晚的踏实忽然变成了担心，她觉得一切都太顺利了。幸福总是在你渴望的时候才有效，爱情同样如此。老板的话还在耳边响着。她现在才听出来，老板这句话充满了失望。他对生活其实是不满意的。

她的幸福是不是来得太容易了，容易到手的幸福还是幸福吗？老板的这句话，明明是在否定她的幸运。整个早晨，她一直在琢磨老板的话。她对未来有些担心，觉得不踏实。带着担心她第一个到了业务部，把办公室都打扫过了其他人才来。他们笑着说：头儿，你来得可真早呵！

一个姑娘盯着她说：头儿，你变了。

她强自镇静：变什么了？

那个姑娘说：我说不出来，反正跟以前不一样了。噢，更好看了。

头儿，你不是有什么好事吧？

她索性告诉她们：是有好事。我要结婚了。

谁呀？哪儿冒出来的白马王子。

她说：到时候你们就知道了。

下班前，她让冯光到公司里接她。还特意叮嘱他：穿得精神点儿。她想让业务部的人看到冯光，也想让老板看到，可惜老板没来上班。

后来的一周里，老板一直没来公司。有一次给她发短信，让她在网上查关于高铁某个项目的资料，她查了，很快给老板发了过去。老板后来再没有音讯。

月底，她听到老板太太的皮鞋声，接着听见老板也进了财务室。这对大伙儿是好事，老板太太一来就该发工资了。今天不对劲儿，他们听到了争吵声，是老板跟太太在争吵，接着听到财务室里有摔东西的声音，仔细听不是摔东西，是耳光，一个清脆的耳光，一个上卫生间的女孩子听到后，连卫生间都不敢去了。吵什么他们没听清楚。几个人打开一条门缝悄悄往外看，她们看见老板从财务室里出来，急忙关上门。过了一会儿，她们听到皮鞋“咔咔”的声音，一路敲击着地面离开了。

业务部的人在议论，说老板让他太太打了，也有人说是老板打了太太，女人的耳光不会那么响。她说：瞎猜什么，跟咱们有什么关系。大家才不敢议论了。

老板给她发短信，让她明天到洮河大厦等他。她心里七上八下地去了，快到十一点钟老板才去，一进门就让她到外面吃饭。

她以为有客人要陪，到了雅间里，才知道老板是单独请她吃饭。老板告诉她，正在找工商部门办变更法人的手续，已经办了一半，他有急事要出国，剩下的手续由她接着办。老板把一个包递给她，说里面都是办了一半的资料。

她在饭桌上草草看了，心里却在想业务部里议论的事。她问：昨天跟你夫人吵架了？

他怔了一下：你听到了？

她点点头，说：是她们听到的。

老板说：是因为别的事儿，跟你没关系。

她问：她同意吗？

老板又说：她当然同意。你是她选定的人。你还记得，招聘的时候是她看中了你。

那他们为什么吵？

这话她不敢直接问，只是看着老板。老板说：是因为别的事，她们家里挺复杂的，一两句话跟你说不清。我当初要是娶一个普通人家的女孩，远比现在幸福呵！

她的脸红了，觉得老板是在暗示她。她又何尝不是这样想。冯光太普通，却比老板更可靠。她需要老板，也不愿意失去冯光。

饭后，他们又回到了房间里。内心虽然在拒绝，想跟冯光过自己的日子，到了床边，老板一拉她还是躺下了。她觉得对不起冯光，又觉得老板比冯光强，冯光在这方面并不在行，跟她一样，仅仅是个生手。

事后老板告诉她，明天他们就要走了。他和太太，还有孩子，一家人移民美国。不过，半个多月后他会再回来，把所有事情都办好，在公司里宣布由她代管，以后这里就靠她了。

她问公司里的账怎么办？以前是老板的太太兼任会计。老板说：我已经安排了别人，新会计是我另一个公司的，她兼管这里的财务，这里有事你就通知我，我会安排她过来。到了美国，如果我的手机不开，你就给我发短信，或者用微信联系也行。

犹豫了一会儿，汤晓洋还是跟老板说了冯光，告诉他，打算把冯光也聘到公司来，冯光有个计划，可以代理他原来公司的销售业务，他原来公司主管销售的副总，是他的老乡，一直想把销售独立出来。不过，除了他们，也可以做你指定的其他公司。她所以这么说，是因为公司以前一直给老板大舅哥在美国的公司做代理。

老板沉默了一会儿说：你的想法不错。我也赞成把业务做大，不过，小有小的好处，真做大了，要找专职财务。没有找到专职财务以前还是维持现状吧，你的朋友要是愿意，倒是可以让他现在就过来，工资多少你定。

她说：没有事做，他恐怕不愿意过来。

老板说：现在没有事，以后也会有事。你看他的意思吧。

离开时老板抱着她吻了吻，一副恋恋不舍的样子。这让她心里很受用。老板说：我越来越喜欢你，要不是她逼我，我不愿意走。她事后回想，这话大有深意。

到了美国，老板给她来了一个电话。这时已经是夜里十一点，她和冯光准备睡觉了。她听到那边是孩子吵闹的声音，老板问：你给我打电话了吗？汤晓洋是冰雪般聪明的人，一下听明白了，说：我给你打电话，是有两件事请示你。接着把公司里两件不疼不痒的事，跟老板说了一遍。老板说了几句，又告诉她：我们一家很顺利，半个月以后我可能回国。

她说：公司一切正常，你放心吧。

她接电话时冯光一直看着她，问她：你们老板怎么回事，半夜里打电话。她说：那边是美国，大概他忘了时差。

躺到床上，她跟冯光说了老板一家到美国的情况。

冯光问：那你们怎么办？公司以后还办吗？

她说：老板让我先代管着。

冯光坐起来，看着她：你代管？为什么？

她说：我怎么知道为什么？大概是觉得我值得信任吧！她有些沾沾自喜。

冯光说：我看他是觉得你漂亮。

她索性说：那也可能。不过，他要是真觉得我漂亮，说不定把我也带到了美国，你说是不是。

她跟他开着玩笑，冯光却沉默着，他的两只眼睛分散开，虚光指向说不清的地方。汤晓洋顿时没了说话的兴致。

那天晚上他们没有亲热，冯光一直挺馋的，现在显得很淡漠。半夜里她醒来，看到冯光在黑暗中还瞪着眼睛。她问：你怎么还不睡。

冯光说：不困。

她说：我知道你想什么，瞧你心眼儿小劲儿的，我对你怎么样，你心里还不知道。她想把他哄高兴了。

冯光说他的老乡，才是公司的副总，就在外面养了小蜜。

她说：我要是小蜜，还能看得上你，还跟你天天在一块儿？想得你倒美。你们老乡肯让他那个小蜜嫁给别人吗？

冯光说他老乡挺缺德的，不让那女孩子找对象，又不肯娶人家。那女孩子除了我老乡，天天能看见的男人恐怕就是我了。

她说：你以前说给老乡家里打酱油，就是给那个女的打吧？

冯光说：不光打酱油，马桶坏了我修，地漏堵了我通。我老乡有点儿变态，不让那女的接触别的男人，除了我，他谁都不放心。

她睁大了眼，看着冯光说：你以前怎么从来没起说过。

冯光说：我老乡对我挺好的，我不想说他不好。不过，我看那女的挺可怜的，在家里天天就干两件事，化妆，哭，哭坏了再化妆。她说要离开我老乡，我老乡说她敢离开就杀了她。她跟我哭着说：冯光，我要是死了，就是你哥害死的，这世上有些便宜不能占。

汤晓洋呆住了，想冯光这话什么意思，是不是真察觉出了什么。又觉得不像。沉默了一会儿，她说：过些日子老板就回来了，我想跟他说，让你也到我们公司来。

冯光说：我去能做什么？

她绷着脸说：你能天天看着我，省得我上别人的当。

半个月后，老板并没有回来。她打电话，老板说在美国的业务太忙，一时抽不出时间，她说了几个打算，老板都没有同意，只是说：别着急，先稳一稳。外面挺复杂的，现在做事还不如不做。

她不知道外面有什么可复杂的，这复杂跟公司有什么关系？倒是报纸上正在报道几个反腐大案，都是外地的，离这里远的很。公司原来就没有多少业务，老板走后更是无事可做，业务部里的人知道老板一家出了国，上班三天打鱼两天晒网，想不来就不来了，还有人悄悄在外面做起了兼职。汤晓洋知道后装作不知道。老板以前说从美国回来后就宣布让她主持工作，现在不回来，电话里也不能宣布。她自己不停地跑工商，跑税务，倒是把法人变成了自己，只是这个法人也算不上职务，管不了其他人。

到了月初，原来答应来的会计没有按时来，领工资的日子本来是大家都上班的日子，看到发不了工资，有人又不来了。汤晓洋给老板打电话，催了十几遍，会计总算来了，那女人精瘦精瘦的，一副刻薄相。不过，总算是把几个人的工资发了。

汤晓洋回家跟冯光说，冯光说：你还让我去你们公司，我看你们公司早晚得垮了。

汤晓洋说：我们公司一直就这样儿，老板却照样坐奔驰，我也不知道怎么回事。他过几天就回来，还说要跟你谈一次呢。

汤晓洋没有说她已经变成了公司法人，怕冯光知道了又会怀疑。她在洮河大厦的那个房间里放着几套衣服，公司只付了半年房费，下半年没有付，大厦就通知她要收回房间。她只好把衣服和箱包拿了回来。

衣服刚开始就在公司里放着，她怕业务部的人乱翻，又拿回家。冯光看见屋里多了两个衣箱，开始也没有问。有一天，她接到老板的电话，说下周要回北京，就想到机场接机的时候应该穿上那套范思哲时装。她在家里试衣服时冯光突然回来，看到她的衣服怔了一下，问：这是你的？

她说：是呵。

这是大名牌，我老乡养的那个女人穿过。

她看出冯光有些不高兴，说：怎么？她穿我就不能穿了？我穿是不是就也成了别人包养的了？别忘了，你还没娶我呢！

冯光说他还有事，匆匆地走了。

到了晚上却很久不回来。夜里十二点，她实在等不及只好给他打电话。冯光说在外面有应酬，她猜出冯光是在赌气，只是故意不说出来。

一个小时后冯光回来了，他喝了酒，在沙发上坐着不说话，手里拿着遥控器一个一个地换台。她也故意不理他。后来看她准备睡了，突然说：晓洋，我想跟你谈一谈。

她说：谈什么。

他说：你知道那套衣服多少钱吗？

她说：不知道，是公司买的。

他说：公司买的不就是老板买的吗？

她说：老板买的又怎么样。她知道她越是示弱，冯光就越会怀疑。她说：我要出去接待客户，要在正式场合跟人谈业务。你的衣服不也是你们公司报销的吗？你穿上当保安时的衣服，能卖得出去货吗？

冯光说：谈业务的多了，有几个穿这种牌子的，这是模特穿的衣裳。

她说：我们公司就这个档次，怎么了？

我看着别扭！

她说：看着别扭你给我买一套，我穿你买的，行了吧？

这么一说，冯光声音低了。不过，看得出来他还不想罢休。汤晓洋不给他喘息的机会，索性跟他撒了泼：自从跟你好上，你给我买过什么？现在还有脸挑剔我。这就是老板给我买的，他喜欢我，他就是看上我了，你说怎么办吧。要不咱们各走各得路。

她一边说一边流泪，把一个碗摔在了地上。冯光的气反而消了，本来气冲冲高昂着的头，一点一点地低了下去。

她告诉冯光，咱们在北京混不容易，你受了多少苦我知道，我受了多少苦你也知道，我不相信别人能在北京混出来，咱们混不出来！把你的眼睛放远一点，把心放大一点，想一想前途，想一想明天，你就不会在鸡毛蒜皮的小事上动心眼儿了。

冯光不言声。

她低下头看，发现冯光在流泪。拿了一条毛巾递给冯光，说：你哭什么。

冯光说：晓洋，我知道我不如你，我知道你心里其实看不上我。

她说：我看不上你天天跟你在一起，给你做饭吃，给你洗衣服。你说我还怎么看得上你。

冯光说：我没本事。

她说：你怎么没本事，现在不是干得挺好吗？

冯光说：那是老乡照顾我，他照顾我就是为了让我给他的小蜜跑腿。我现在销售能上去，是因为老乡把他的客户给了我。上不去的那些人，是因为老乡分给了他们最难跑的客户。我早看透了，这世界上没有真的。

她说：冯光，你不能那么想，你要那么想活着还有什么意思。别人是人，咱们也是人，别人能在北京混出来，咱们一样能混出来。只要看对了路，跟对了人，没有不行的。我看那些现在比咱们混得好的，也不比咱们强多少。我们公司新来的那个会计，我看还不如我们业务部的人。要是咱们不行，那也是暂时的，是运气还没到，只要坚持，早晚有运气到了的一天。你说是不是？

冯光渐渐缓过来，两个人又说了些以后的打算，冯光一直挺钦佩地看着她，上了床，他还一直握着她的手。她回想他们在一起以来，冯光在她面前一直小心翼翼的，处处赔小心。他的被动，是因为他的自尊。这么老实的在一个男孩子，她不该伤害他。后来冯光睡着了，身体一直依偎着她。她却睡不着，心里充满了歉疚。

她成功地把冯光的怀疑，引到了另一个方向，成了一场励志教育，当她面对自己的时候，却知道冯光说得对，这世界没有真的，她比冯光更明白这是一次交换。以前她对自己看不清楚，有冯光一对照，她就把自己看清楚了。

她不认为自己有什么错，每个人都想过好日子，就像别人有希望一样，她也有希望。她的漂亮是天生的，这不是她的错，别人喜欢她，也不是她的错。她有自己的方向，她在往那个方向走。

老板发了短信，说明天回来。她查了航班，大约是下午三点到北京机场。她打算好好睡一觉，明天能容光焕发地出现在老板面前。

第二天冯光上班走了，她还在睡。睡觉是最好的美容方式。一直睡到十点钟她才起来，觉得身上还慵懒的厉害，肩上肉都是懈的。打车到了公司，看到业务部里人都到齐了。她告诉他们老板今天回来，其实她不说别人也知道了，还知道她要替老板代管公司的事。她觉得别人看她的眼光，有些不一样。

她不在乎，如果冯光这儿没什么差错，她用不着在乎别人。生存的残酷使她只在乎自己的前途，她跟大家一起吃了盒饭，然后平淡地道了别。本来想带着业务部的人一起去机场接老板，现在觉得没有必要了。

8

老板的航班晚点了，她听到广播里说，纽约那边在下大暴雨。晚多长时间，广播里没有说，后来她自己上网查，也没有查出来，就一直在机场里等着。

晚上八点钟飞机才降落，人流从长长的通道里喷吐而出。她脚底下觉得热，有想弹跳的感觉。她在想老板看到她会怎么样，她准备了几套表情，惊喜、故作淡漠、平静、喜悦、嗔怨，最后觉得喜悦最好，普通员工与老板这么长时间没见，见了也应该是欢欣的，何况是他们。

电话里老板说，要给她一个惊喜，她猜这惊喜是什么，听说美国那边东西很便宜，她觉得时装、首饰，老板不会当作惊喜的，或许公司有新业务，在美国开辟市场？那她以后的空间就大了。她看着人流中的一个个面孔，觉得每一张都可亲可近，男的个个是帅哥，女的个个是美女。

人渐渐稀少，老板还没出来，怎么回事？上飞机前他还发过短信，不会再变吧？她拦住一个旅客，问是不是这个航班，回答是肯定的。她拿出手机正要拨打，忽然看见对面出现了老板的身影。这时她已经不是喜悦，完全变成了惊喜，她踮着脚尖儿冲老板不停地摇着手臂，老板却像没看见似的，沉着脸往前走，她往里冲了几步，工作人员拦住她，她看见老板看了她一眼，立刻把眼光朝着另一个方向望去，好像是故意不理她。

顺着老板的眼光望去，没有发现什么。老板在看什么？再看老板，才发现他身边跟着两个男人，一左一右夹着老板，她觉得事情有些不对劲儿，大厅里顿时安静了，许多人朝这边看。她往前走了几步，迎向老板，几个男人忽然从后面扒开她，她回身一看，都是穿警服的。这时老板已经走到跟前，她还没来得及上前问候，他就被这些人带走了。

这好像是电影里的情节，现在成了现实版。她在后面小跑了几步，喊了一声老板，老板回过身看了她一眼，一个男人拽了他一下，他只好跟着走了。

她觉得脚下发软。一下午站在机场出口都没觉得累，现在想躺到地上哭。她恨老板。几分钟前脑子里还是欢聚的情景，现在她一个人孤零零地走向出租车。

她脑子里一片麻木，想不出这是怎么回事。一切都像是电影，超级侦探片，却把一个主角孤零零地扔到戏外。她倒愿意跟老板一起被警察带走。老板对她漠然的样子，说明不愿意把她带进戏里。

回到家觉得屋里好空好空。给老板打了两次电话，第一次老板没接，第二次索性关了机。她不再打，一直等着冯光回来，想听听冯光怎么说。

冯光也不回来。冯光晚回是常事，有时候跟客户吃饭，更多是帮着老乡养的那个女人干活儿。保姆被那女人骂跑了，这几天倒垃圾、给狗洗澡都是他。她有些生气。

她打电话，冯光不接。再打，还不接，一连打了十几个。她有些担心。

这时却听到手机响，急忙接了，却是一个女人的声音，问她老板怎么回事，为什么一直不接电话。她听出来是老板的太太，说：我也不知道。

电话里问：他在哪儿，不是跟你在一起吗？

她脸红了，急忙说：不是，没跟我在一块儿。

电话里又问：他去了哪儿？

她说：不知道。我真不知道。

老板的太太口气很硬，说：我知道他回去是找你的，情况我都掌握。

这话说得很有内含，显出一切尽在掌控之中。她要解释，那边已经挂了电话。她受了气，觉得还不如把一切都告诉她。

她给老板太太发了短信，把老板被警察带走的情形说了。那边立刻回电话，问怎么回事。她把看到的情形又说了一遍，老板的太太问：你刚才怎么不说？

她说：怕你担心，觉得今天的事儿可能是个误会。

老板的太太说：下次第一时间告诉我，我才是他的家属。说完“啪”地挂了电话。

汤晓洋气得想摔电话。这一天处处不顺，受得都是无名气。更让她担心的是冯光，会不会也让警察押走了？这话听起来可笑，却不是没有可能。

她穿上衣服下了楼。冯光老乡的电话，同事的电话一个都没有，她只好在小区门口的马路上来回走。夜深了，一条清冷的马路行人越来越少，一个喝醉了的男人在街上东倒西歪地喊着，走到跟前却不是冯光，她只好又回了家。

那天晚上她几乎没睡，脑子里一会儿是老板，一会儿是冯光，一会儿是老板太太。老板在前面走，几个警察押着他，他的背影越来越远。另一身影却越来越近，冯光在黑暗中冷冷地看着她。他知道她今天要去机场接老板，目光里都是怀疑、不满，说不定他就是故意赌气不回来。

如果知道老板被带走了，他是不是就能回来？想到这儿她给冯光发了短信，告诉他老板被抓走了。等了一会儿，冯光仍然没有音信。她想，明天冯光回来，不管怎么解释，她都再不理他。

天快亮时她才睡着，做得都是噩梦。九点钟手机响了，是一个陌生的声音，问：你是汤晓洋吗？

她说：是。

又问：你是汤晓洋小姐吗？

她说：是我。你是哪住？

对方说：我是华厦医院急诊室，你一个朋友在这里，你赶紧过来。

她问：我哪个朋友？

对方说：你过来就知道了。

她打车赶到医院，一位大夫接待了她，说：我们看到病人手机上一直有这个号码在响，猜想你是她的亲戚。我们没有其他人可以通知，只好给你打电话。

她已经猜出是冯光，还是问：是哪位？

医生说：你跟我来。

医生领着她进了急救室，她一眼就认出是冯光，虽然头上、身上都缠着绷带，浑身上下只有一双眼睛露着。她喊了几声：冯光，冯光。她哭了，又喊：冯光，你怎么了？

冯光一声不吭。医生说他从进来就一直昏迷。她哭着问：他怎么样，能活下来吗？医生说：现在还不好说，如果一两天能醒来，应该没问题。要是一直不省人事，活着恐怕也跟植物人差不多了。问：你是她什么人？

她说：朋友。

医生明白了。

她问：他什么时候进的医院，谁把他送来的？

医生说：是夜里十一点送来的，我们当时急着抢救，等忙完了，才发现送他来的几个人都不见了。不过医院里有监控，能看到的。费用他们也都预交了。

汤晓洋脑子里一片麻木，她在想这是怎么回事，冯光的家人她还没见过，冯光说今年过年要带她回老家，跟家里说清楚把两个人的事情办了。还没有到过年，事情就成了这个样子。她坐在旁边只是哭，什么主意也没有。

到了下午，冯光醒过来，她高兴地喊：冯光，冯光。又喊：大夫，大夫，他醒了。等医生赶过来，冯光又昏迷了。医生说：不用急，看来问题不大了，他还会醒来。后来整整一天冯光再没有醒来。

夜里她一直坐在冯光身边，开始还不停地喊着冯光，看他没有反应，越来越绝望，她没了力气，只是在一旁呆坐。脑子里想：怎么办，怎么办！

冯光的手机里有老家的电话，她不知道该不该给他们打，冯光跟家里从来只说好，最难的时候，跟家里说得也是一片光明。犹豫了一天，冯光还没有醒，医生说那些人预交的钱已经花得差不多了，问她冯光家的电话，她犹犹豫豫地正要说，却忽然听见耳边有人说：别跟家里说。

她怔住了，回过身看了看冯光，见冯光还昏迷着。她又跟医生说话，听见耳边又说：别告诉家里。这回她听清楚了，是冯光在说话。

她说：冯光，是你说话吗？你醒了？

冯光睁了一下眼，看了看她。她问：冯光，怎么回事，谁把你打成这样的。

她看见冯光的眼角流下了泪，却再也没有说话。

看见冯光心里都明白，不管怎么说，她心里还是踏实了些，那个晚上她一直拉着冯光的手，趴在冯光的床边睡着了。她实在是太困了。

9

早晨起来，业务部同事给她打电话，让她到公司来一趟。她说：我这里有急事，去不了。

同事说：公司里也是急事。

她说：我朋友出了事儿，住院了。

同事说：公司里出了大事，就等你了，你快来吧。

冯光眼睛虽然没有睁，却都听见了，说：你去吧。

她说：我去去就来，公司那边好像出了事儿。

冯光说：我这儿没事，我能活。你走吧。早去早回。

她用力握了握冯光的手，心里特别歉疚。

打车到了公司，看到公司里已经乱了，六七个公安人员站在走廊里，财务室和老板的办公室已经都贴了封条。她刚一出现，一个警察迎上前问：你是汤晓洋吗？

她说：是。有事吗？

警察说：你得跟我们走一趟。

她说：我干什么了？为什么抓我。

警察说：不是抓你，是带你问讯一下情况。

她说：为什么跟我问情况？我什么都不知道。

警察说：你是这个公司的法人代表，当然要找你问。

她怔了一下，说：我医院里还有病人，你们先等一下，我得给医院里打个电话。

警察说：可以。

她走进业务部，业务部的几个人都看着她。她问：怎么回事？

业务部的人说：不知道呵，我们还以为你知道呢。

她说：我知道什么？

业务部的人说：你不是成了法人了吗？你还不知道？

她说：我也不知道怎么成了法人，连法人是干什么的我都不知道。

业务部的人说：听他们说，咱们公司不是正经公司，是专门为了洗钱的，老板家里出了事，涉及了一个什么大案。老板得到消息，一家人提前跑了，我们还以为你都知道呢。

她苦笑了一下，警察进来催，她转身跟着那个警察走了。

在车里，她一直在哭。警察说：我们也知道你是刚刚被替换成法人的，你既然成了法人，我们就得有你的笔录。结案以前你不能离开北京。以后在法庭上，你也得出庭。

她哭着说：我真得什么都不知道，老板说他们一家要出国，让我当法人，我开始不愿意，后来他说给我股份，我就同意了。

警察们看着她笑，说：给你股份，多好的事呵！

车一路行驶着。北京常堵车，现在一路畅通无阻。心，却绕着一个又一个弯子，她不是怕公司里的事，最怕的是老板说出他们之间的事，她想起海南的那一夜，冯光要是知道了，一定不会原谅她。

她在公安局待了三个小时，一切都说清楚后，才放她离开。临走时公安人员再一次告诉她，不能离开北京，要随叫随到。她答应着，心里一直惦记着冯光那边。

到了医院，冯光的情况好像好些，看到她，眼睛亮了，说：你回来了。

她说：对不起，公司里一时脱不开，我早就着急了。

他说：没事。我这不是挺好的。

她说：你精神好多了。

他说：还行。你们公司怎么样？

她说：挺好。刚才是有一个客户去了公司，老板不在，只能我接待。

冯光说：晓洋，我知道，你比我强。汤晓洋想哭，极力忍着不哭出来，却听见冯光又说：晓洋，你好好干，等我好了，就去你们公司干。

汤晓洋想到公司的情形，一时怔住了，却不忍告诉他，怕他失望。

冯光还以为她不同意。说：你不是想让我去吗？

她说：你当时不愿意去，我就跟老板说你不去。

冯光不说话，停了一会儿，说：现在不去也不行了，我没工作了。

她问怎么回事。

冯光说：你别问了。

晓洋又问：冯光，到底怎么回事，谁把你弄成这样的。

冯光说：你别问了，你要还是我的朋友，就永远别问，问我也不说……我永远都不会跟别人说……我只是想到你们公司。

汤晓洋想告诉他实情，看到他一副求助的样子，张了张嘴，怎么也说不出来，只好说：好，你就到我们公司吧。

冯光说：我刚才做了个梦，跟你梦的一样。一个娃娃抱着一条大鱼，在河边笑着。这是不是跟你的梦一样。

汤晓洋点点头：一样。

冯光说：那个娃娃就是你，你比我强，你命好，你抱着大鱼在笑呢。冯光使劲儿握着她的手：晓洋，我奋斗了，努力了，只是命不行。以前我老不服你，现在服了，只要你不嫌弃我，我就跟着你。

汤晓洋哭出声来，说：是，是，我命好，你就跟着我吧。

她握着冯光的手，心，好痛好痛。

想了很久，她说：冯光，咱们结婚吧！

父亲的时代

1

父亲是一九五四年冬来到张家口的。一个姓魏的听说张家口酷寒，找到师里管分配的老乡疏通，改派到了密云。父亲认为这个人怕艰苦，他表达不满的方式是以更坚定的语气表示愿意去张家口，他说：张家口条件差，才更需要我们。

那时从北京到张家口有著名的京张铁路，是一个叫詹天佑的人负责修的。父亲在那一车厢里算是见过世面的，火车走到一个叫青龙桥的地方，父亲发生了疑惑，火车一直是往前走的，怎么又往后走了？难道上面不让他去张家口了？

这么疑惑了两个多小时，列车员喊：张家口站到了。他茫然地下了车。

一到张家口，就感觉到了这里的冷，大街很空旷，沿街店铺稀稀落落的，一些酒馆门口挂着像灯笼似的东西，上面写着很大的“酒”字，那叫酒旗。唐诗：千里莺啼绿映红，水村山郭酒旗风。就是这个酒旗。

街上很少行人，西北风在大街上来回灌，偶尔有一两个人都戴着毡帽穿着皮袄，人走过，雪打着旋儿吹到脚面上。父亲想到那个姓魏的，心里的不满又上来了。

地委组织部副部长王儒，河北定县人。面相和蔼，身材高大，他问父亲到张家口习惯不习惯。父亲挺了挺身体说习惯，很快又把身体缩了起来，因为冷，身体缩着才能保暖。王儒问父亲有什么想法，父亲说：还想回部队打仗。王儒看着他笑了。

王儒说：你以后的工作，不比打仗容易呵。他把父亲领到地图前，说：你要去的地方叫张北，是张家口最艰苦的县，比市里冷得多。

父亲看了看那个叫张北的地方，在地图上一个句号那么大，他问：能冻死人不？

王儒想了想说：要是穿戴好了，冻不死。

父亲说：那还是比打仗容易。

从张家口到张北的长途车两天一趟，晚上，王儒部长带着他到张家口戏园子看戏，山西梆子《打金枝》，南定银的皇上、金金奎的驸马，刘玉山的公主，戏园子门口的海报把三个主角名字写得挺大，跟上海的大戏园子似的。

戏园子里隔不远生一个大铁炉子，工作人员不停地往里面扔大块儿煤，炉膛儿都烧红了，比地委暖和多了。台口里面点着四个汽灯，外面点着四个大火球，工作人员轮换着往火球上浇油，因此戏台上一会儿右边明亮，一会儿左边明亮，但这不影响观众的情绪，不停地有人喊好。父亲对戏没兴趣，看了一会儿就睡着了。戏散了，王儒把他叫醒，他不好意思地说：这几天睡得太少了。

第二天吃过早饭就去了车站。车站是个大院子，停了三辆汽车。父亲买了票，过一会儿看见一个身材单薄的人走过来，他问父亲：你也去张北？父亲说：我分到张北了。那人说：我也分到了张北。父亲问：你哪个部队转业的？

那人说他是燕京工商学院的学生，商学科。父亲问他为什么不留在北京。大学生说：北京有什么意思，张北是草原，天苍苍，野茫茫，风吹草低见牛羊。多有意思！

大学生滔滔不绝地说着，引得车上人都回过头看他。

汽车九点钟起动，临出发又上来十几个人，本来挺松宽的车厢一下拥挤了。驾驶员身边有个大炉子，售票员不停地往里面扔木炭，靠木炭烧出的蒸汽带着汽车往前走，汽车像个年迈的老头儿，连咳带喘，走了一半儿走不动了，驾驶员说坡陡，车上人太多，十几个身强力壮的人跳下车在后面推，到了坡顶再坐上去。再遇到上坡，再下去推。

这么走了半天，汽车彻底坏了。一车人叫苦，说这荒天野地的扔下我们怎么办。大学生站起来问：离张北还有多远。司机说：还有五六里吧。大学生说：五六里，走也走到了。有人说：外面太冷！大学生从怀里拿出一瓶烧酒，得意地说：我有这个。说着一个人往前面走了。他走后不久草原上起了风，风把地上的雪搅起来，开始还能看到他的身影，风雪一刮，就再也看不见了。

父亲到了县城就把他彻底忘了，过了三天，县委组织部部长问他，看没看到一个大学生，父亲说：跟我同一车来的。部长问：人呢？父亲说：半路上他一个人走了。部长张大了嘴。父亲问怎么了？部长把父亲领进一个房间，父亲看到里面床上躺了一个人，弯曲着身体，脸上微笑着，再一看就是那个大学生，他已经冻死了。据说所有冻死的人脸上都是微笑的，那是受冻后的一种肌肉收缩现象。

父亲头皮一阵发麻。他打过仗，见过尸体，但一个人这么轻易冻死，还是第一次遇到。心想，怪不得有人不肯来呢。

2

海流图乡在张北县中部，是个蒙汉杂居的地方。全乡有三分之一蒙古营，三分之二汉族村。县委组织部长说了句，让刚来的小伙子到下面锻炼锻炼，父亲就到了海流图。

乡党委书记老魏给部长打电话，问：怎么用新来的人。部长说：普通干部一样用。老魏得了这话，第二天带着父亲下了村。

他去的这个村叫南壕欠。老魏把他介绍给村长，说：这是新来的崔干部，你们村的工作由他负责。村长外号二迷糊，一边笑眯眯地点头，一边看父亲。老魏又说：上次县委开会布置过，当前主要工作是建互助组，你们两个商量着办。

二迷糊仍在笑。

老魏说：小崔还有个任务，学会骑马，在这儿离了马不行。

临走时，老魏把自己的马鞭子送给了父亲，说：这个鞭子你用吧，马也给你留下。又对二迷糊说：好好给我喂着呵。

二迷糊点头，用羡慕的眼光看着那个马鞭。

父亲后来知道，老魏给他的可不是普通马鞭，是用豹皮做的，鞭子的上半截用四条豹皮打成马莲垛，下半截拧成绳儿，鞭鞘儿是水牛皮的。整条马鞭在桐油里浸过，拿出来晾干了，放到油里再浸，反复好几次一条鞭子才算做成。拿到阳光底下，远看金灿灿的。因为长年使用，有一层厚厚的包浆，把手上镶着三颗蓝玛瑙，三块羊脂白玉，三颗黑珍珠，通身上下闪着塞外特有的富贵气。二迷糊知道这鞭子的来历，老魏走后，他把自己的鞭子递给父亲，笑着问：你看我这鞭子咋样？

这是一条普通马鞭，父亲敷衍说：挺好。

二迷糊说：咱俩换了吧，你那个鞭子不行，这儿的牲口不待见这种鞭子。父亲已经觉出他笑容里有诡诈，但他不在乎，说：行。

二迷糊就这么把父亲的鞭子拿走了。2012 年在苏富比拍卖行，这条鞭子拍出了五百三十万的高价，这钱我没有得到。

南壕欠这个村名挺有意思，村里村外一马平川，偏偏叫壕欠。坝上的好多地名都是表现想象的，没有水的地方叫什么什么洼，没有树的地方叫什么什么树。

村里没有村公所，二迷糊让父亲住到他家。父亲看他家脏乎乎的，说：你家也不宽敞，我就别在你家住了。二迷糊把他领到了另一家。

那家男人姓孟，叫孟锡，一个憨厚朴实的人。家里媳妇挺白净，一看见父亲立刻把头低了，父亲见她脸上闪过一阵绯红，自己也跟着心嗵嗵地跳。家里两个女儿，一个十五岁，一个十一岁，还有一个六岁的儿子。两个女孩子都挺漂亮，大眼睛，红脸蛋儿。这里的人大部分红脸蛋儿，是一种高原反应。这家三个女人的红脸蛋儿不一样，不光红，还水灵。她们的眼睛也带着水汽，黑黑的眸子，不论看什么都专注凝视，这使她们娘儿仨很动人。母亲的动人，是羞怯的动人，两个孩子是天真的动人。尤其是最小的女儿，整天缠着父亲，让父亲讲他当兵的故事。

父亲一到就发现这里工作十分落后。他参军以前是衡水故城县郑口镇人，郑口是革命老区，一九四六年土改，一九四七年成立互助组，四八年就有了初级社，南壕欠不光一个初级社没有，连互助组也没成立，各家干各家的活。

父亲在老家，一九四五年就进行了扫盲，当时父亲才十五岁，学了一年多就领到了高小毕业证，相当于现在的研究生。

南壕欠没办过识字班，据二迷糊说：去年乡里派来一个老师，待了两天就走了。二迷糊跟那个老师只学会了一个字：日。在南壕欠，日是过性生活的意思，二迷糊学会后笑得脸都红了。日还有个意思，是太阳。这个意思二迷糊也记住了，因为他一抬头就能看见太阳。

父亲想利用冬闲把识字班建起来。二迷糊说：办那有球的用咧。父亲说：全国各地都扫盲，解放了，农民翻身做了主人，没有文化主人怎么能做好。

二迷糊低头笑。

父亲问：你笑什么？

二迷糊说：你说办就办吧，反正冬天也是闲着。这里的人冬天不干活，蹲在墙根底下晒太阳，没太阳了就在家里睡觉，喝酒。

父亲的识字班，得到了村里女人们的欢迎，她们讨厌男人在家里喝酒，到了识字班就不用看男人的醉态了。这里的男人喝醉了大白天还要“日”，女人们到了识字班顺便把“日”也躲了。

父亲看到来的都是女人和孩子，不太高兴，对二迷糊说：怎么男人们不来，你再动员动员。二迷糊又叫了一遍，来了七八个男人。

村东头有个喇嘛庙。新中国成立前土匪小五点儿在这里跟解放军打过一仗，庙里的喇嘛们都跑了，是个空庙。识字班就设在喇嘛庙里。

黑板是自制的，把木板刨平了涂上锅底黑，粉笔是从乡里拿来的。他在黑板上写了个“人”字，问：知道这个字念什么吗？

没人回答。

父亲说：这个字是常用字，它表示的，我们一抬眼就能看到，谁都离不开，知道的举手。

二迷糊迟迟疑疑地举起了手。

父亲说：村长知道，村长说吧。

二迷糊说：这个字念日。

课堂上一瞬间静了，接着爆发出一片笑声和叫声。二迷糊涨红了脸说：你们笑甚？明明是个日嘛。众人笑得前仰后合的，女人们把眼泪都笑出来了。

父亲也想笑，他绷着脸不笑，说：这个字念人。我们都是人，我们天天一抬眼就能看见人，我们天天离不开人。

一个大嗓门的女人拍着腿说：二迷糊，净胡诌。明明是人，你说是日。

二迷糊说：人就得日，人就是日出来的嘛。人们又一阵笑。

父亲说：别笑了，以后大家要文明些。台下不笑了，女人们用敬佩的目光看着他，尤其是孟锡的媳妇，一双眼睛在下面亮闪闪的，不停地扫着他的脸。父亲脸热了，躲开她的目光郑重地说：人这个字挺好记，上面有头，下面有两条腿。像不像一个人站着？众人说：像。父亲又说：一个人，叫人。说好些人，怎么办？台下都看他。他说：就在人字后面再加个“们”。人们，表示有很多人。

众人都点头。

下了课，村里人都说父亲讲得好，男人们围在父亲身边，把手里的烟袋锅轮着递给他。二迷糊说：崔干部，你这个“人”字没造对呀。

父亲问：怎么没造对？二迷糊说：人字下面是两条腿，两条腿中间哩，明明还有东西，为啥不给人家造上。男人们都笑，有人说：一定是造字的人觉得那东西不好画，男人还好办，点个小棍儿就行了，女人呢？二迷糊说：就画个圈儿嘛。一时欢声笑语四起。

女人们也聚在一起评论，说县里来的崔干部长得好，站有站相，坐有坐相，腰杆子挺得直直的，肉皮儿细得像个菩萨，哪家闺女嫁了他才享一辈子福呢。有人打趣说：是你想嫁他吧？结果女人堆里的笑声比男人们还高。

一个女人问孟锡的媳妇，崔干部成了家没有，孟锡媳妇说：没问过。女人们说：赶紧问问，要没有快给他说说。女人们又笑。父亲不知道她们笑什么，看休息的差不多了，招呼大家上课。

因为父亲课讲得好，村里人识字的积极性高起来。一天二堂课，上午一堂，下午一堂，村里除了岁数大的，差不多都来。好些人不是为了识字，是为了热闹。

赶上一天下午不上课，父亲想起老魏让他学骑马，孟锡家的大闺女孟铃听他骑马，抢着给他拉马，孟锡对他闺女说：别把崔干部摔了。说完走了。

父亲本来指着孟锡教他骑马，看他走了，问孟铃：你爹干什么去了？孟铃摇摇头说不知道。后来才明白，孟锡是去外村一个亲戚家，张罗着给孟铃说亲。这里的女孩子一般十六岁就嫁人，也有十四岁就出嫁的，一九五二年宣传婚姻法，十四岁出嫁的没有了，最晚也就十八岁，一般十五六岁就定了亲。

没有人教，父亲只好自己学，老魏给他留下的大白马挺老实，父亲让孟铃拉着骑了几圈儿，觉得骑马没什么难，就不让孟铃拉了，自己骑到了村外。到了村外，白马忽然跑起来，父亲在马背上喊它停，它不停，扯它的缰绳跑得更快。看到离开村子越来越远，父亲慌了。

孟铃开始在后面跑着追，到了村外，在草滩里临时抓了一匹马，骑上追。白马跑得快，孟铃只能远远跟着。父亲在马背上看白马越跑越快，急出好几身汗。听到孟铃在后面，回过身，看到孟铃在后面骑着马远远跟着，心里多少平静了一些，但就是不知道怎么让白马停下来。

孟铃终于追上来，在旁边喊：扯住，扯住。父亲一扯缰绳，白马反而跑得更快了。幸好白马惦念着乡政府的马槽，一直跑回了乡政府。乡里的马棚很低，父亲在马背上，马棚的房檐刮到他腰上，把他从马背上刮了下来。

父亲胳膊摔青了。这对军人出身的他来说，算不了什么。孟铃却哭了。父亲安慰了她半天。乡书记老魏看父亲回来，问父亲有什么事。父亲说村里人识字没有纸和笔，老魏让管库房的人给他拿了五十多个本子，和三十多支铅笔。这一趟也算没有白来。

回到村里，孟铃跟她爹不高兴，埋怨她爹没有教会崔干部就让崔干部自己骑马。看到孟铃生气的样子，父亲很感动。

第二天，孟锡又出去串亲戚，孟铃气得冲她爹喊：你又出去喝酒，天天喝天天喝，哪一天不喝死你。孟锡说：咋跟你爹说话呢，也不怕崔干部笑话你。孟铃又喊：你一走一天，崔干部还要学骑马呢。孟锡说：崔干部骑马，有你娘教他。我出去还不是为了你，将来你嫁不出去了才埋怨你爹呢。

孟铃被她爹说得红了脸，眼看着她爹走了，气得在炕上流眼泪。她娘说：走吧，牵上咱家的马，到村外去。

孟铃问：娘，你能教崔干部？孟铃娘说：我比你爹一点儿不差，到了草滩里你就知道了。

父亲跟着她们娘儿俩来到村外。身边走着两个漂亮女人，他有种异样的感觉，觉得这里天远，地宽，心也跟着亮堂。节气已经过了三九，草滩里的雪融化了些，远处看白茫茫的，近处看，草皮露出来的地方，地早已经潮湿了，草根下面涌出了尖尖的小芽儿，跟着草芽儿一块儿萌生的是心中的暖意，他们觉得一冬天凝冻的血液活泛起来，每个人眼睛都湿润了，心里痒痒的有些难受。

孟铃娘穿着红色的棉袄，绿色的吊面皮裤，腰里缠着一根二米多长的黄色布带，这装扮到了城市里有些怯，到了广阔的草原上就不同了，显得非常英武，非常亮丽，你可以想象一下，在皑皑的白色背景之下，她那红色的衣服就像一簇跳动的火焰，该是多么醒目。孟铃看她娘跳上马背，拍着手喊：娘，你真好看。

她的赞美把娘说得脸红了，低了头，一时父亲也不自在起来，他不敢再看孟铃娘，把目光移向远方，孟铃喊：娘，娘，你看，崔干部脸红了。

孟铃娘骑着马飞奔起来。

为了骑马方便，她把头上的辫子盘起来，头顶上像顶着一块乌云，可惜头上的卡子太软，骑了一会儿卡子掉了，辫子落下来，于是她骑马飞奔的时候，一条黑油油的大辫子就在身后飘着，要多漂亮有多漂亮，要多英武有多英武，父亲不由得在心里赞叹：真是一个美女，嫁给孟锡有点儿可惜了。

他这么想了一下就赶紧打住了，因为他觉得这样想对不住孟锡。

正呆愣着，孟铃娘飞驰到跟前一抬身跳下马，把马缰绳递给他。她给父亲讲了骑马的要领，怎么让马走，怎么让马停，两条腿怎么夹住马肚子，怎么用脚尖踩马蹬。

父亲因为从马上摔下来过，再骑马心有余悸，学了半天仍然放不开手脚，不敢让马撒开跑。孟铃娘说：瞧你，还是个当兵的呢，怕什么！说着在马屁股上狠狠抽了一鞭子，白马立刻狂奔起来，父亲开始紧张，渐渐感觉到了畅快，当他发现马再也摔不下来他时，身体就完全放松了，他会随着马身体的起伏，自己上下起伏，觉得跟马变成了一体。他听着耳边的冷风呼呼地响，觉得身上每一个毛孔都张开来，往外喷发着快意。

孟铃看马狂奔，开始吓得尖叫，后来看到父亲稳稳地在马背上，从惊呼变成了欢笑。她站在草滩上拍着手，两个脸蛋红扑扑的，非常好看。

父亲就这么学会了骑马，为此他一直很感谢孟铃娘，孟铃娘看他已经学会，也很高兴，她拉过自己家的马乘兴骑了上去。马在父亲和孟铃两千米距离内奔跑着，在远处白雪的映衬下，她的身体非常矫健，非常美丽，跑到最后她一只手抓着马鞍，在马上来了一个漂亮的倒立，把父亲惊呆了，父亲没想到这个平时内向、羞怯的女人，竟然这么豪迈。

孟铃也没见过女人在马上倒立，她惊得张着嘴，好半天合不上。看到她娘跳下马，抚着胸说：娘，你可把我吓死了。回到家笑着跟她爹学，她爹还不相信，说：你就替你娘吹吧，我都不敢在马上倒立，瞧把你娘能的。孟铃说：不信你问问崔干部。孟锡不问，父亲也不说，他知道孟锡已经相信了，只是不好意思承认老婆比他强。

学会了骑马，父亲到乡里方便多了，村里缺什么，他就回乡里拿。有一天，乡书记老魏看见他拿的鞭子，问：我送你的鞭子呢？

父亲笑着说：村长跟我换了。

老魏说：是你要换的，还是他要换的。

父亲说：他说我拿的鞭子不好，他这个鞭子好。

老魏骂道：这个鸡巴二迷糊。

他让父亲把一把剃头刀捎给二迷糊，二迷糊看了看剃头刀，把原来的鞭子还给了父亲。父亲说：你用吧。二迷糊红着脸说：这个鞭子我使不惯，还是你用吧。

父亲也不知道这里面有什么曲折，把原来的鞭子接了过来。

识字班里的人看到他的鞭子，都说：这鞭子可好，贵重着呢。为什么贵重，父亲也听不明白。

识字班来得人越来越多，庙里的桌子，凳子不够使，父亲让村里木匠抬来几块宽木板，架在土坯上当桌子，凳子号召各家带各家的，有些人家来得人多，只有一两个凳子，只好在地上蹲着。还有人从家里背来一捆柴草，坐在柴草上听课。这个办法很快推行开，各家慢慢有凳子也不坐了，都愿意坐在柴火上。

父亲让他们学会了头手刀口足，大小多少，还学会了生产，粮食，共产党，毛主席，大救星等等，后来又让他们学写自己的名字。

村里好些人没有名字，孟锡的媳妇小时候叫三丫头，嫁了人叫孟锡家的，生了孩子叫孟铃娘。父亲给她起名叫余立，因为她能一只手立在马上。这个城市化的名字让孟铃很喜欢，看她娘羞红了脸的样子，嘴上虽然不说，心里也是喜欢的。这个名字她再没有改过，用了一生。她死得时候，村里人的挽幛上写得还是余立。

过了一个多月，村里大部分人能认几十个字，最笨的人也能写自己的名字了，可是建互助组的事还没有进展。乡书记老魏提醒父亲：识字要紧，互助组和初级社更要紧，不能只顾一头呵！

父亲有些发愁。父亲是从老解放区来的，老解放区的农民分了土地，有些人家没有壮劳力，没有大牲畜，时间一长，这些人家就过不下去了，再赶上天灾人祸，只好卖地，时间一长又变成了没有地的贫农，条件好的，又成了新的地主富农。建了互助组，就可以帮助这些没有劳力的农户。

张北却不一样，这里是半牧区，村里人形容地主：骡马成群，牛羊满圈。贫农家里没有这么多牲畜，每家每户几头大牲畜还是有的。孟锡家算是中等的，也有两头牛，一匹马，一头骡子，二十多只羊。父亲刚到孟锡家，问他家有多少地。孟锡说：我们家地不多，才八十来亩。父亲问：多少？孟锡真真切切地回答：八十二亩。弄得父亲吓了一跳，以为他住到地主家了。一问二迷糊，二迷糊说他家算是地少的，多得能有一百三四十亩。这里地广人稀，人均土地面积二十五亩。

张北土地瘠薄，孟锡家八十多亩地，一年也就打四千多斤粮食，平均亩产六十斤，按总产量，比郑口镇地主家一年打的粮食还多。这里既不缺牲畜，又不缺土地，也不缺粮食，人们觉得建互助组没用。父亲在识字班上动员了半天，也没有人响应。

他骑马回到乡里汇报，老魏给他说了八个字：发动群众，选好骨干。回到村里反复想这八个字，还是不得要领，他在识字班上发动过群众，群众都不言声。你让他们说笑话，日呀什么的，他们都挺活跃，让他们发言，都闷着头抽烟。

看到父亲发愁，孟铃娘怀疑自己做得饭崔干部吃不惯，要不就是睡得炕凉了，身上不舒服。坝上女人到了三十岁就显老了，她虽然很漂亮，见崔干部整天皱着眉头，就怀疑自己老了，难看，让乡里干部不待见。做完家务对着镜子把头发梳得光光的，两条辫子打的紧紧的，再往上面抹上桂花油，孟铃和孟锣围着娘看，闻娘的头香不香。

那些日子孟锡天天忙着托人给孟铃说亲，父亲只好自己走街串户，跟村里人讲解郑口镇怎么办互助组。人们都好奇地听，听完了却不言声。后来他跟二迷糊商量，二迷糊说：管他们愿意不愿意，你跟乡里说咱们村已经办了不就行了。

父亲说：那不成哄组织了。

二迷糊冲着他笑，意思是，我说的办法不行，你就折腾吧。

父亲意识到光动员不行，他按着村里的花名册，把觉得合适的安排到一起。比如在识字班周子玉常跟王四毛坐一堆儿，他就把这两家弄到一起，另外再加上三四户，成为一个互助组。跟人家商量人家却不同意，因为周子玉家的地在村南，王四毛家的地在村北，离得太远互助不了。

父亲又打听谁家的地在一起，这么也不行，因为地离得近的难免会有一些矛盾，人家说：我们两家几辈子不说话，怎么互助。还有人说的更难听：我就是饿死，也不跟他家互助，除非把我们家的坟掘了，让我爷爷说话。

这么在村里跑了十几天，只有两三家同意互助。父亲跟二迷糊说，二迷糊告诉他，那三家里有两家是地主，一家是富农，他们想跟别人互助，别人还不跟他们互助呢。弄得父亲彻底傻了眼。

最可笑的是，村里有个叫辛保生的，打仗时一条腿让炮弹炸飞了，两个闺女一个十四岁一个十二岁，儿子才三岁，正缺劳动力，村里的韩山子身体壮得能把一头犍牛摔倒，父亲觉得让他跟辛保生互助，不正合适吗？

跟韩山子说，韩山子低着头不说话。动员了半天勉强点了头。父亲又找辛保生，辛保生反而恼了：球，欺负我没腿呢，这是哪个王八蛋给你出的主意？

父亲说没人出主意。辛保生大声地说：没有王八蛋出主意，你糟害我干甚，你跟我无冤无仇，你也看我没腿好欺负是不是？

父亲到这里还没让人呛白过，有些不知所措，二迷糊听见辛保生吵，窃笑着躲了。倒是孟锡过来对辛保生说：崔干部跟你商量，你不愿意就说不愿意，着得哪门子急，怕你那点儿心事别人不知道咋的？说着把父亲拉走了。

回到孟锡家，父亲问怎么回事，孟锡说：时候长了你就知道了。父亲扫了孟铃娘一眼，看到她脸上绯红，更觉得奇怪。

两天后村里人告诉父亲，辛保生的媳妇跟韩山子靠着，辛保生家的农活从来都是韩山子干。人家本来早就互助着，你又让人家互助，这不是揭人家短嘛！

父亲后悔不迭，临时决定让孟锡跟辛保生互助，孟锡不愿意。一是辛保生的媳妇漂亮，他怕村里人说闲话，更怕韩山子不高兴，二是辛保生家的活儿本来都是韩山子干，现在得他干，他又没跟辛保生媳妇"互助"，觉得吃了亏。

孟铃娘看父亲闷闷不乐，问她男人：崔干部是不是想家了。

孟锡说：共产党的干部哪个顾过家？他是发愁村里办互助组的事哩。

孟铃娘这才知道，互助组对父亲这么重要。

从那以后她天天动员村里的女人。这里的男人有三大毛病，一个是没事围在炕上喝酒。二是耍钱。三是搞破鞋，把挣来的钱糟蹋了。孟铃娘说：办了互助组，有人管着他们，准能把这三样改过来。女人们都点头。

可惜办互助组这样的大事女人做不了主，得男人们定。孟铃娘跑了几天，最后只说服孟锡和另外三家互助，父亲又说服他们加上了辛保生，其实辛保生也不是闲人，他能锔盆锔碗，能修农具，能磨镜子（把家里的铜镜给磨亮了），互助组里有这么个人挺有用的。

后来父亲又动员了几家，第一个组就成立了。他想多成立几个组，征求孟铃娘的意见，孟铃娘说：有一句话，我不知道当说不当说。

父亲说：有什么话你说吧。

孟铃娘说：崔干部，你天天给村里人做工作，咋不知道给村长做工作呢？

父亲说：二迷糊？跟他说半天什么事儿不管，真不知道他是怎么当上村长的。

孟铃娘说，村里真正的村长并不是二迷糊，是二迷糊的叔叔老常。父亲做工作，老常给他使反劲儿，村里人本来已经活动的心让老常一说，又冷了。

父亲第一次知道这个情况，很感激孟铃娘，本来想握一握她的手，想到她是女人又把手收了回来。孟铃娘脸也红了，两个人都有些不自在。父亲骑马回乡里跟老魏汇报，老魏说：二迷糊是不得力，不过，换了他也找不到合适的人。

父亲说孟锡就比二迷糊强，老魏解释说：这个村一直是老常说了算，让二迷糊当村长也是老常的主意，回村后你跟老常商量一下，看看他怎么说。

老常刚六十岁，看着像七十的，整天拿着个大烟袋锅子窝在炕上抽烟，他年轻时在张作霖手下当过兵，两只手能打匣子枪，土匪小五点儿猖獗的时候，曾围过这个村，老常拄着棍子来到村口，说了几句“天王盖地虎”之类的，小五点儿就撤了。

从那以后，村里人有事都听老常的。

父亲挑开门帘进了老常家，听见老常正骂人：妈了个巴子的，什么时候了还来，我一天就给你们活着吧。父亲在外屋停住不进里屋。老常觉得不对劲儿，问：谁来了？

父亲不言声。

老常下了炕走到外屋，看见父亲威严地站在那里。父亲身上披着个老羊皮袄，看到老常出来，在地上跺了跺脚把鞋上的雪跺下来。老常赔上笑脸说：我以为是谁，原来是崔干部，快进里边。

父亲把鞋脱了，像村里人一样盘着腿坐在炕上。老常把手里的烟袋锅嘴儿，用脏兮兮的手心擦了擦递给父亲。父亲摆摆手说：我抽不了这个，太硬。说着拿出洋烟，扔给老常一支，老常把洋烟捡起来别在耳朵上，仍然抽老旱烟。

父亲说：我来这里，是跟你商量办互助组的事。

老常说：办吧，跟我商量个逑。

父亲说：村长不太积极，你给他递个话让他积极些。听说他这个村长还是你推荐的哩。

老常说：有你崔干部他敢不积极！不积极明天撤了他狗日的。

父亲说：老常，你也是走南闯北见过世面的，现在全国上下都在办互助组，我的老家一九四六年就办了，这是穷人帮穷人的组织，咱们村应该推广。

老常抽着烟不说话。

父亲又说：什么事都得看清大势，互助合作就是大势。晚办不如早办，勉强办不如主动办。你见多识广，你说是不是这个理儿。

老常在炕沿上磕了一下烟袋，又装上一袋烟，把磕在炕沿上燃了一半儿的烟用手拿起来放在烟袋锅上，用手摁了摁，一抽，烟锅又红了。他的手指上是厚厚的老茧，燃着的烟都烫不透。父亲看他装烟，停了话。

老常说：你说，我听着呢。

父亲说：就这些。

老常说：办完了互助组，还办啥？

父亲说：你也听说了，初级社。

老常又问：办完了初级社呢，还办啥？

父亲说不上来了，他听人说老家已经有了高级社，但现在不想跟老常说这些。

老常却明白得很，他说：我看明白了，共产党肯定还有要办的，一直办到什么时候？他自问自答：办到地不是我们自个儿的，又归了共产党才算完呢。

父亲说：老常，你这是误会。

老常摆着手说：我活了快六十了，这会儿土就在这儿。他用手指着自己的脖子：我什么看不明白，崔干部你还年轻呢。

父亲说：我们老家，也有办高级社的，群众都拥护。

老常问：为啥拥护？

父亲说：当然是对大家有好处。

老常又问：有啥好处？

这话有挑衅的意思，父亲回答：互助组、初级社，最大的好处是能帮村里劳力差，有困难的群众。如果不帮他们，村里会形成新的贫农，出现新的地主。

老常往前伸着腰，抬着头，用一双暴眼瞪着父亲：你说说，要是以后不能当地主，种地还有啥奔头？

父亲没想到他这样问，一时被他问住了。

老常又说：你们这么弄，是断了种地人的念想，人没了念想活着还有啥逑意思？人总得有个奔头才行呢嘛！

父亲想了想，觉得有必要反驳他，他问：你是说，农民种地的理想就是当地主，是吗？

老常反问他：还有别的吗？

父亲说：有。我们共产党的理想是让所有人都富裕，都过上好日子。

老常说：逑。都过上好日子，那就不叫好日子了。

父亲问：为什么？

老常说：明摆着的，要是村里人都吃莜面，你们家吃白面馍馍，你们家是好日子，村里人人都吃白面馍馍，你家也吃白面馍馍，那还叫什么好日子？

父亲问：那你说该吃什么。

老常说：村里人都吃白面馍馍的时候，你家吃油炸糕，那才叫好日子。崔干部，好日子是比出来的。

父亲说：不，我们说，村里人都吃上白面馍馍才叫好日子，都吃上油炸糕，是更好的日子。我们不光要吃油炸糕，还要吃面包，吃匹萨，吃巧克力，以后要实现共产主义，到了那时候，村里电灯电话，楼上楼下，耕地不用牛，点灯不用油。那叫好日子。

老常说：耕地不用牛？用啥。耕娘儿们的地不用牛还差不多。

父亲说：用机器，用拖拉机，用康拜恩，播种机。点灯不用油，用啥，用电。住在哪里，住在楼里。

老常问：楼里？楼里有火炕吗？

父亲说：想有就能有。中国叫火炕，苏联叫壁炉，一样暖和。

父亲在部队的时候，学到了好多知识，他的经多见广超过了老常的经多见广。老常不想认输，说：崔干部，你再咋说，跟别人一样的日子不能叫好日子。

父亲问：那什么叫好日子，非得别人当贫农你当地主才叫好日子吗？

老常说：村里人不这么想。别看人人都斗地主，其实人人都有当地主的心，不信你问问村里人，哪个不想比别人好。

父亲想了想，说：老常，也许你说的不错，不过这世上就有一种人，他不想让自己比别人过得好，只想让人人都过得好。为了这个目标他可以从北京来到这坝上张北，可以不吃白面大米，来这里吃莜面，可以把家扔下来睡这里的火炕。

老常说：你这是说你吧？

父亲说：不光是我，要是光我一个这事儿还真干不成。我只是这里边最没本事的一个，这里面有的是优秀的人，伟大的人，他们都比我有本事。

老常说：什么是有本事的人，我看是能做梦的人。

父亲说：你说是梦就算是梦吧，梦也能成真。不信你等着瞧。

从老常家出来，父亲一个人郁郁地来到草滩里。看得出来老常对他想的不赞成。小时候，他在老家听父辈们说过，他家当年也是富农，有二十几亩地，有一年爷爷带着病下地干活，被突来的大暴雨浇了个透，病一下重了，为了治病家里变卖了大部分土地，从那以后这个家再没起来过。

父亲觉得，靠一家人没明没夜地苦干成为地主，这是旧梦。他愿意做新梦。南壕欠的农民不这么想，他们宁愿做旧梦。

父亲在村外看着蓝天，看着一望无际的大草原，坝上的冬天是漫长的，前几天起了西北风，刚刚化开的雪又冻结实了，刺骨的寒风吹来，父亲觉得从心里往外冷。

这时他想起了孟铃娘，想起她看到他时躲闪的眼睛，她的目光是热烈的，他在识字班上说的每一句话她都记在心里，现在她是村里识字最多的，就在前天晚上她还问父亲：崔干部，互助组三个字怎么写呀？

父亲用筷子蘸着水，在灶台上写下互助组三个字。第二天做饭时，她坐在面缸前好长时间不动，父亲走到她身后，看到她用手把面抚平，在上面用手指写着互助组三个字，写完了把面再抚平，再写。

孟铃娘说：崔干部，我觉得互助组是个好东西。村里好些事都是互助组。比方说，孟铃到现在还没说下人家，她爹到处托人帮着打问，这不就是互助组吗？只不过不叫互助组。人活着，是离不开互助组的。

父亲觉得她说得好。论年龄，孟铃娘比他大三岁，可父亲的感觉，这就是他的一个小妹妹，她比孟锡聪明，如果她是男人，一定是个推动工作的好手。可惜这里的风俗不让女人出头露面，她也有意躲在自家男人后面。

正想着，看见一匹红马在雪原上奔驰而来，马到跟前，正是孟铃娘。父亲脱口说道：真是说曹操，曹操到。

孟铃娘听不懂。父亲解释说：正想你，你就来了。

孟铃娘脸红了，说：想我做甚？

父亲知道她把他说得，当成了另一种想。他红了脸，解释说：我正想你识字最快，互助组三个字教了你一遍，你就记住了。

孟铃娘说：知道你心里头只有互助组，我还记不住？别的字也记不下这么快。崔干部，你甭发愁了，别的村都在建互助组呢，我刚才为小铃的事去了几个村，人家的互助组都快半个村了。

父亲说：那就是说，我的工作落在了别的村后面，我能不着急？

孟铃娘说：原来崔干部是个心气儿高的人，处处想当人尖儿呢。

父亲说：不是，不是要当人尖儿，是先进。

孟铃娘问：甚叫先进？

父亲说：就是比别人做在前头，比别人做得好。

孟铃娘说：那还不就是人尖儿。

两个人笑了。

孟铃娘说：走，回村吧。

父亲跟着她往回走。走了一会儿，父亲忽然说：余立，我想问你个问题。

孟铃娘愣了一下，村里从来没人叫她的名字，都叫她孟铃娘，孟锡媳妇，现在听父亲这样叫，心里有种异样的感觉。她说：你问吧。

父亲说：你想当地主吗？

孟铃娘好半天不说话，父亲又问。她说：你问这做甚？

父亲说：老常说，村里人人都想当地主，要是不想当地主，日子就没奔头。你也是这样想吗？

孟铃娘说：崔干部，我知道共产党斗地主，不想让村里有地主，你在我家吃饭，我把你看成一家人一样样的，我得跟你说实话。

父亲说：你说吧。

孟铃娘声音忽然低了：我也想。父亲停下脚步，回过身看着她，她又提高声音说：老常说得对，村里没人不想当地主。不想当地主的都是没能耐的。不过，想当地主跟想当地主不一样，有人想当地主是想欺负人，让村里人敬着他，怕着他。我当了地主跟他们不那样。我接济穷人，谁家有了大事小情我都帮。崔干部，百人百脾性，地主跟地主不一样。地主有凶的，也有善的，有奸的，也有老实的。你们把孬地主斗了，好地主也斗了，我觉得不对着呢。

父亲听她这样说，却不反感。其实，他心里隐隐也有这样的想法。但是，他又觉得孟铃娘不该这样想，他说：余立同志，也许你说得有道理。不过，你就是再好的地主，也不如让大家都过一样的好日子。你说对不对。

孟铃娘说：那倒也是。崔干部，我就爱听你说话，你说话跟旁人不一样，听了让人心里亮堂。

父亲感动了，一时不知道该说什么。

孟铃娘忽然把马缰绳扔过来，说：崔干部，你给我看着点，我去那边尿一泡，憋坏我了。要是有人过来你就喊一声。

孟铃娘一溜烟跑到远处，红马扭过脖子看着她，父亲随着马的目光看了一眼，见孟铃娘跳到一个浅坑里，坑周围长满了枯黄的芨芨草，她解开裤子时白亮亮的屁股闪了一下，隐没在了枯草里。

父亲脑袋“轰”地一下，血蹦到了太阳穴上，太阳穴嘭嘭地跳。他不敢再朝那边看，扭过身朝村里的方向望，红马也回过头看着他，马的嘴唇轻轻吻着他的肩膀。不一会儿，孟铃娘解完手走到他跟前，若无其事地接过马缰绳，说：走吧，该回村了。

父亲跟着她走了几步，突然觉得跟她一起有些不妥，说：你先回吧，我还要在这里想一想。

孟铃娘好像看透了他似的顽皮一笑，说：我走了。

她走了很远，父亲心才平静下来。他走到孟铃娘蹲下的那个坑里，看到在积雪里有一片孟铃娘尿水冲出的小坑，孟铃娘的尿水很有劲道。他又听到了她小解的声音，刷刷的，身上漾起异样的感觉。

他知道，这里的人就是这样，这不代表什么，在这空旷的大草原上，人们解手都是找一片坑洼就蹲下了，女人们对男人说：转过身，不许看。如果男人喜欢这个女人，接下来发生什么谁都不知道，也许女人会用鞭子抽他，也许女人会给他做好吃的，这是一个跟他小时候完全不同的世界，这里冰天雪地，自有一份独特的温暖。

他打着马慢慢地回村，想起孟铃娘好地主和孬地主的话，谁说孟铃娘说得不对呢？但是，他觉得好地主再好也是施舍，谁愿意让别人施舍呢？

走到村口，看到不少人正等着他。一个老汉拦住他，问：崔干部，别的村去年都有救济粮，为啥咱南壕欠没有？

父亲愣住了。去年初冬，白毛风雪把草滩全盖住了，放牧的牲畜什么也吃不到，有些牲畜走不回村里就死掉了，这就是草原上最可怕的雪灾。有些人家死掉了一多半儿牲畜。政府知道遭灾，给这里划拨了救济款，最近有人在外村听到这个情况，私下议论咱们村为什么没有，结论是：乡里的救灾款让二迷糊私吞了！

父亲听到这个情况，连夜回乡向老魏汇报，老魏说：看来，南壕欠的盖子该揭开了。他告诉父亲，土改时他们从地主家搜出一些大烟土，二迷糊私自藏了起来，老魏发现烟土少了，问他。他说不知道。老魏手里惦着一把递头刀，说：既然不知道，咱们挨家挨户地找，在谁家找出来，我把谁的鸡巴毛剃了。

二迷糊看老魏铁着脸，只好把烟土交出来。

父亲一到村里，二迷糊就骗走了父亲的马鞭子，老魏让父亲把那把剃头刀捎给了二迷糊，二迷糊知道老魏是在警告他，把马鞭子还给了父亲。老魏现在一说，父亲才知道了事情的原委。

乡党委连夜开会，决定撤掉二迷糊的村长，在让谁接替他的问题上大家犯了难。这个村土改时发展了三个党员，二个参了军，一个到了内蒙古，在没有党员的情况下，父亲提议让孟锡担任村长，大家同意了。

本来老魏打算和父亲一块儿来南壕欠，没想到夜里另一个村发生了土匪抢劫案，老魏带着十几个人持枪赶过去，临走把一把手枪递给父亲，说：南壕欠的事只能靠你了，土匪可能流窜到你们村，这把枪你带上，有什么事依靠群众。

父亲回村第一件事就是擦枪。村里人对枪有一种敬畏，看到父亲腰里挎着枪，他们感到村里要发生变化了。

父亲擦枪时，几个孩子围着看，孟铃娘在做饭，过了一会儿，孟锡回来了，父亲把枪装好挎在腰间，对他说：老孟，昨天乡里开党委会决定撤掉二迷糊，由你接任村长。

孟铃娘和三个孩子都安静下来，看着孟锡。孟锡红着脸说：不行不行，我哪行呀！

父亲说：你家是贫农，你在群众中有威信，你们两口子都不自私，村长要选真心给群众办事的，不能选有剥削阶级思想的。

孟锡说：崔干部，常家是咱们村的大户，就怕他们不服呢！

父亲也担心老常搞鬼，他让孟锡联络一些人，一旦会场上出现意外立刻制止。孟锡点了点头出去准备了。

吃过晚饭，村里人都聚到喇嘛庙，有人在大殿中央拢了一堆火，大家围着火坐着。在他们身后是大庙墙上的壁画，十几个罗汉，个个面目狰狞。父亲披着老羊皮袄在会场上走来走去，他紧绷着脸，面色微微有些发白，不时用手扶一扶腰间的枪。人们瞬间安静了。众人偷眼看看二迷糊，见他仍是迷迷糊糊的。会议已经不是他召集，他不会感觉不出来吧？

父亲站在火堆前威严地扫了一眼人群，他说：咱们开会吧！今天的会很重要，这是关系到我们南壕欠未来的大会，下面我先说一个通知。

父亲把本乡出现土匪流窜抢劫的情况通报了，他说：我们决不允许坏人破坏当前的大好形势，有人敢和土匪特务勾结，我们就毫不留情。说到这里，父亲提高了声音：最近，我们南壕欠村就发生了一件令人难以容忍的事。常米泰，你站起来！

二迷糊迟疑着，一个年轻人上前把他提了起来。

父亲说：常米泰，你说说去年乡里给没给咱们村发救灾款。

二迷糊茫然地看着人群。

父亲又说：你说，发没发。群众也跟着喊：你说，你说。

二迷糊看一看父亲，父亲用手按着腰里的手枪，喝道：快说！

二迷糊说：发了。

父亲厉声问：钱呢？

二迷糊压低声音说：耍了。

父亲问：什么？！

二迷糊说：我押宝输了。押宝是这里的一种赌博。

村里人听到二迷糊把救灾款赌了，很气愤，他们站起来，揭发出二迷糊许多见不得人的事，比如村里有人家办红白喜事，他不随份子却在人家家里白吃白喝，有的男人外出，他趁机调戏人家的媳妇，媳妇不愿意他还报复人家。还有他家的母马找公马配种，从来不给公马主人家钱，让人家白配，等等。在人们的批判声中，二迷糊蜷缩在那里。

父亲已经了解到救灾款是二迷糊和老常私分了，他说要了钱，是老常事先教给他的，现在群众声讨，老常一直低着头不言声，父亲看他没有反应，做了一个手势，会场上响起了一阵口号声。

坚决打击破坏分子！

保卫土改成果！

跟共产党走！

口号声一结束，老常站起身说：崔干部，我说几句。

父亲说：老常，你是常米泰的长辈，你到前面来，站这儿说。

老常提着烟袋走到前面，说：崔干部，父老乡亲们，常家今天丢人了，常米泰是我侄子，他把乡里的救灾款赌了，我对不起父老乡亲们，我这个侄子，是给常家背兴呢。

说着他举起烟袋锅照着二迷糊的脑袋狠狠砸下去，二迷糊一躲，铜烟锅砸在了他肩膀上，疼得他直咧嘴。老常抡着烟袋还要砸，父亲说：老常，你不要打他了。你说完了，先回你的座位上。

老常的表演给了父亲机会，他说：老常今天的态度很好，他还知道点是非，对常米泰的做法，我认为打不是办法，关键是要教育，要挖他的思想根源。轰轰烈烈的土改工作已经结束了，剥削阶级思想还没有清除，有的人还在做着地主梦，还在想着个人发家，骑在别人头上当人上人，有这样思想的人不可能不出问题，今天不出问题，明天也会出问题，明天不出问题，后天也会出问题，常米泰就是一个例子。村里人都叫他二迷糊，我看他不是脑袋迷糊，而是思想迷糊了。

村里人点头。

父亲又说：至于常米泰背后有没有指使他的人，我们还要调查，如果有的话，我也要正告这个人，别以为自己聪明，群众的眼睛是雪亮的，你能瞒得过一两个人，瞒不过全村人，能瞒过一时，瞒不过一辈子，早晚你会现了原形。

老常的头垂得很低，长长的烟袋早装好了烟，却顾不上点，他嘴唇发紫，脸涨成酱黑色，两只眼睛半眯着不敢看大家，只盯着自己的烟袋。

父亲又说：我们即将迎来农业合作化，这是一场前所未有的革命，我们南壕欠人只有一个信念，听党的话，跟党走。大家说对不对？

下面一齐喊：对。

父亲又说：接下来，我们要选一个能够带领大家走互助合作道路的人，真心为大家办事的人，乡党委经过研究，决定推举孟锡同志担任南壕欠村村长，同意的举手。

会场上齐刷刷地举起了手臂。父亲又说：不同意的举手。

会场上没一个人举手。

父亲说：下面，请新任村长孟锡同志讲话。

孟铃娘坐在人群后排，当村里人看着新村长时她看着父亲，觉得父亲好威风，好有能力，会场上响起了掌声，她才知道她男人已经成了村长，但是对于她来说这已经不重要，她心里有了另一个男人。

回家的路上，她紧紧地搂着两个孩子，觉得一刻也离不开她们，孟铃已经大了，跟五十里外小二台乡的一个小伙子定了亲，小伙子去年参了军，十几天前从部队寄来一封信，里面有一张照片，他们看了很满意。孟锣还小，成家的事还不着急。

她希望互助组能够办起来，希望父亲永远留在他们村，永远不离开他们。回到家她炒了一盘鸡蛋，一盘土豆丝，父亲和孟锡一回来就喝起了酒。

那天晚上父亲讲起他的经历，讲他爹怎么让村里的恶霸逼死，娘怎么把他带大，讲小时候怎么跟着大人搞土改，后来怎么当了村里的民兵队长，参军后怎么在湖南打仗，上朝鲜前线。孟铃娘在灶台前坐着默默地听。

父亲说：只有尝到互助组甜头的人才会积极地参加初级社，互助组是合作化的第一步。

孟锡说：崔干部，咱们这里地多牲畜多，没有互助组人们一样能活。

父亲说：你当了村长，想得就不该是能不能活。

孟锡说：那想甚？

父亲说：想让村里人都过好日子，都幸福。咱们这里地多，牲畜多，有没有穷的？一样有。你当村长，就应该让村里没有过不来的，没有穷的。

孟锡说：村里穷的，都是不正干的，抽大烟的，要钱的。

父亲说：有了互助组，冬天也要识字、生产，就不能再去要钱了。谁要是抽大烟，大家一起干活的时候能发现，这就是互助组的作用。互助组就是要把农民组织起来，不让他们再过单干的生活。

孟锡没有懂，孟铃娘懂了，她很想听父亲说一说他的家庭，他是不是成了家，有没有孩子。父亲没说，孟锡也没有问。她觉得孟锡问得都是些无关紧要的事。

那天他们喝的不少，喝完两个男人倒头睡了。

在父亲熟睡的时候，我给大家介绍一下孟锡家，这个院子是孟锡的四哥孟铁盖的，孟铁十三岁离家出走，在大同做过学徒，在锡林浩特贩过马，在东北要过饭，一九四七年春天他带着一支几百人的队伍回来，在这里盖了四间正房，四间厢房。他说，东边的房是他的，西边的房是孟锡的。

到了冬天，他的队伍只剩下了三十几个人，不过，手下人仍然叫他旅长。后来，他带着这三十几个人当了土匪，只是他从不在这一带抢劫，他去了宣化、下花园一带，在那里他被一颗流弹打死了。也有人说，他是被政府的兵包围，自杀了。

他死得前一年，带着一个十六岁的女孩子回到村里，孟铃娘把东边的大炕烧热了，他就在那里跟女孩子拜了天地，他走后女孩子一直跟着孟铃娘生活，听到孟铁被打死的消息，她的娘家兄弟找到这里，把她接走了。

从那以后，东边两间房一直没住过人。

父亲到了孟家后白天在西边，晚上回东边睡觉，孟铃娘天天把大炕烧得烫烫的。今天因为到庙里开会，东边没来得及烧炕，看到孟锡和父亲喝多了，孟铃娘让他们睡在了西边，自己带着三个孩子睡到了东边。

半夜里父亲披上棉袄到外面小解，尿完回了东房。孟铃娘上了炕刚刚钻进被窝，正要吹灯，听到脚步响。她能听出来这不是孟锡的脚步，心狂跳起来。

父亲一进去就发现错了，他明明进了自己的房，怎么炕上是别人的老婆？孟铃娘在枕头上看着他，一双眼睛水汪汪的，看他发愣，她把被子掀开一点点，往后挪了挪，父亲正好能看见她胸前穿得红色兜肚，和半个雪白的前胸，父亲的身体抖得像筛慷一样，他转身要走，孟铃娘在炕上说了话。

崔干部，外头冷不冷。

父亲下面光着腿，上身披着一个棉袄，说：不冷。又说：冷。

孟铃娘又往后挪了挪身体，在自己被窝里让出一块地方，说：上来吧。

父亲没说话，脚步已经退了出去，虽然退的有些迟疑。到了外面，他才感觉到了冷，急忙跑回了西边，这时孟锡还在打着山响的呼噜。

父亲再也睡不着了，他一直看着窗户。这里的窗户只挂半个窗帘，月光从窗帘上缘照进来，照白了屋子，屋里的陈设朦胧而又亲切，父亲觉得像他的家一样。父亲看着窗外悬在空中的月亮，看着看着，觉得又看见了孟铃娘的胸脯，像月亮一样白净一样美好。她刚才说话时一直看着他，眼睛水汪汪的，流露出来的都是渴望。

自从来到这里，父亲跟母亲只通过一次信，他们虽然参军以前就结了婚，两个人却很少在一起，很难说得清是不是相爱，只是觉得心里有这么个人。如今孟铃娘实实在在地在他眼前，那双水汪汪的眼睛朝他闪着，闪得他心里发慌。

天发白时父亲才睡着。醒来，听见屋里响着拉风箱的声音，是孟铃娘在烧水。父亲不好意思起床，他轻轻咳嗽了几声，孟铃娘喊孟锣过来烧火，自己到了外屋。父亲起来穿上衣服，她才又进来。

她问父亲：睡得好不好。

父亲说：挺好。

她说：这边的炕比那边烧得热。

父亲说：是。又说：那边也挺热。说着父亲觑了一眼，见孟铃娘脸上飞起一片绯红，觉得自己脸上也一阵阵发烫。

这里冬天只吃两顿饭，做饭时孟铃娘跟父亲说着话，眼睛却一直回避着，父亲也回避着。孟铃娘给他倒好了洗脸水，他没有洗，拿着毛巾上了井台。

井台周围全是冰，井口冻得只剩下一个很小的窟窿，父亲打了一桶凉水，把凉水捧到脸上，觉得身体冷静下来。

村里人还记得他昨晚威风凛凛的样子，跟他打招呼：崔干部，咋不用热水洗脸。

父亲说：在部队就这么洗，惯了。

他用凉水擦着脸，觉得身体的紧张在慢慢消退。他感觉到了村里人的尊敬，现在他不再是刚刚下乡的干部，是他们的主心骨。他们说昨晚的会开的好，老常太滑，出了差错老常没有事，把二迷糊扔了出来。父亲很有信心地说：他早晚有现原形的一天。

过了几天，村里的互助组建起来了，老常，二迷糊等五六家还在各干各的，但表面上他们也成立了一个组。建组率达到百分之百。

3

春天来了，家家户户房檐在滴水。村里的路软了，井台上的冰融化开，井口变大了。个别优秀的鸡已经下蛋，让主人家夸奖不已。猫在房顶上撕裂般地叫，呼唤着异性。

刘铁匠在院里生起了炉子，叮叮当当的打铁声传到了每家每户，人们有的拿着损坏的农具，有的拉着牲畜来找他。

刘铁匠在这一带很有名，周围十里八村的牲畜找他钉掌。让他钉过掌的牲畜都认识他，他走到跟前它们就主动把蹄子抬起来，主人感慨地说：牲畜也是通人性的呀，它服你呢老刘。

刘铁匠说：是呀是呀，牲畜有时候比人还通人性。

给马、驴、骡钉掌都容易，给牛钉掌最难，一受了惊牛的力气比马还大，看见什么牛角挑什么，是个危险活儿。

瞅见父亲在铁匠炉旁，孟铃娘拉着自家的花犍牛来找刘铁匠，它的两个蹄子严重外翻，走路一趔一趔的。孟铃娘说：老刘，再不钉不行了。

刘铁匠说：你们家这个牛，谁敢给它钉。

孟铃娘说：不钉干不了活儿。说着把一篮子鸡蛋放在地上。

刘铁匠看见了鸡蛋像没看见似的，他瞅了一眼孟铃娘的前胸，说：你让我摸一摸你那对肥奶子，我就钉。

周围人笑起来，父亲也笑。他心里很不舒服。

孟铃娘大大方方地说：摸吧，你忘了，这对奶子你小时候天天摸呢，要不你咋能长这么大。

周围人笑得更厉害了，人们都为孟铃娘的机智喝彩。父亲也笑了。

这一说一笑，刘铁匠就算答应了。

在刘铁匠的指挥下人们把牛腿栓上，牛还没感觉到危险，刘铁匠一声喊，四个男人一齐使劲儿拉，牛轰然倒地，男人们飞快地把它四条腿捆个结实，一个孩子坐在牛脖子上，一下一下地拍着牛的眼睛，于是牛就随着孩子的拍打，一下一下地眨着眼，再也顾不上挣扎了。

父亲觉得这里人真聪明，刘铁匠人也不错，他给孟铃娘解决了困难，并没有真摸孟铃娘的奶子，张北人粗犷、热烈，但也有自己的伦理秩序。

钉完掌，人们把绳子解开，犍牛慢慢腾腾地站了起来，它并没有发怒，用蹄子睬着地，似乎对刘铁匠的工作很满意。孟铃娘牵着它离开时它还回过头冲着刘铁匠“哞”地叫了一声。刘铁匠冲着孟铃娘喊：记住，下回得让我摸一下。

孟铃娘挺着胸回答：下回不摸我不饶你。

父亲看着她颤动的前胸，心里有种异样的感觉，不过，他把这种感觉压抑了。

孟铃家的花犍牛开启了春耕第一犁，钉了掌的犍牛格外有力，它身子一拱，犁在土里轻松地掘进，像水一样的土壤翻起了波浪，被雪水滋润了的土地发出清新的气味，春耕的人们闻着都陶醉了。

孟锡把第一犁开在了劳力最少的辛宝生家，互助组一共七户，七家的犁都集中在辛家，不到二天所有的地都耕过了，辛宝生两口子逢人就说互助组好。

有孟锡的互助组做表率，春耕很顺利。父亲打算把几个积极分子发展成党员，老魏提出，先把孟锡发展成党员，以后还要办初级社，其他人根据表现再逐步发展。

父亲说：村里一个党员，怎么开展工作呢。

老魏说：你还在那里嘛，怎么会是一个党员。

父亲想离开，他天天住在孟铃家觉得心慌。有一次，他看到孟铃娘在暗自垂泪，走过去问：怎么了？孟铃娘说：你心里都知道，还用我跟你说吗？

父亲不敢再问了。

春耕大忙时节，男人们中午都在地里，孟铃娘又要做饭、又要送饭，这里的地块儿离家远，她跟辛宝生老婆两个提着饭罐子每天走十几里，走了几天，辛保生老婆累得不行。孟铃娘漾着一对水汪汪的眼睛说：崔干部，她送不了，你跟我送吧。

父亲有些胆怯。看到父亲不说话，孟铃娘带着气说：算了，我一个人去。父亲只好说：我去。孟铃娘嗔怪地看了他一眼，拿起篮子在前面走，父亲在后面跟着。

到了村外他们才走到一起。田野上春风软软地吹着，消融的积雪润湿了大地，土地带着黏性，踩在上面暄暄的，不一会儿父亲出了一身汗，他一半是因为费力，一半是因为紧张。

孟铃娘是小脚，比他的大脚走得还快。看到父亲跟不上，她停下来等他。父亲说：这地太软了。孟铃娘说：可不，软得跟肚皮似的。父亲脸红了。孟铃娘又说：不软咋下种呀。父亲脸更红了。大概孟铃娘也意识到这话容易让人想歪了，自己脸也红了，沉默了一会儿她回过身问：崔干部，你还没成过家吧？

父亲说：成了。

孟铃娘又问：成了？她不相信：你媳妇干啥的？

父亲说：她在天津卫。又说：她姨在天津卫，她跟着去了。

孟铃娘失望了，却说：可怜见的。

父亲说：可怜什么？我觉得南壕欠是个好地方，海流图也是好地方，张北也挺好。父亲望着苏醒的田野说着。抬眼望去，一对燕子一前一后掠着地面飞，不一会儿钻到云层里。他真得喜欢这个地方。当然，最主要是喜欢这里的人。

孟铃娘低声说：人家都有女人心疼，你不想你媳妇？

父亲说：参军前我们结了婚，结完我就去了部队，她一个人在村里，给我写信说孤单，我说，你就找你姨吧，到了天津卫就不孤单了。

孟铃娘说：一个人的孤单是另一种孤单，不管白天有多少人围着，夜里身边没人，那就是孤单。

父亲脸更红了。他正色说：孟铃娘，你要要求进步，争取入党，你入了党就知道了，咱们心里没有小家，没有小日子，想得是让所有人过上幸福生活。

正在劳动的人看到他们来，停下犁说：崔干部送饭来了，今天这饭吃了可有劲儿。吃饭时他们互相开着玩笑，孟铃娘也跟着笑，然而忧愁在她脸上飘着，那是掩饰也掩饰不住的，父亲有些不自在。

吃了饭，孟铃娘说：崔干部，咱们回吧。

父亲说：你先回，我想学学扶犁。

孟铃娘走了几步回过头看父亲，父亲装作没看见，已经抄起了犁。孟锡告诉他，扶犁用的不是手上的劲儿，是腰上的劲儿。他试了试果然是这样。回头一看，犁出的是一根弯弯曲曲的弧线，他有些不好意思。孟锡说，要犁得直就得往远处看，按着孟锡的话一做，果然犁直了。他的心情顿时好起来。

把犁交给孟锡，他又往别的互助组走。

一边走一边想自己的妻子，上次来信，她说要到一家幼儿园工作，也不知道能不能干好。他离开家已经六年多了，老家有一个破旧的院子，几间土房，他们在那里匆匆结了婚。

仔细一想，他跟妻子加到一起才待了不到一个月，有时候想家，他都想不起妻子长得啥样儿，做梦梦遗，梦见的都是别的女人，从没梦见过她。

到目前为止，他接触最多的女人就是孟铃娘，她聪明、漂亮、健朗中还有一种柔媚，如果没有别人打扰，她跟孟锡过得还算和美吧？他的到来给她带来了烦恼。他心里又何尝轻松呢？

父亲沿着地头巡视，跟村里人打着招呼。

大部分互助组都很好，有一个互助组为先耕谁家的地发生了争执，父亲让他们向孟锡学，先耕劳力弱的。还有一个互助组为给耕牛喂什么饲料争吵，过去给自己耕都喂黑豆、燕麦，现在不是给自己耕，有人不愿意喂黑豆只喂青草。父亲决定，给谁家耕地谁家出黑豆，这个决定大家都觉得公平。还有农具坏了怎么修，地头的饭怎么送，父亲订出了一套规则。他在一个记者的帮助下，写了《南壕欠村如何解决互助组中的几个问题》，发表在《张家口日报》上，一下在县里成了名人。

那天父亲回村时天已经擦黑了，远远看见孟铃娘在院里张望，看到他的身影她扭身回了屋。父亲进屋后见孟铃、孟锣和孟钻儿都在炕上，孟锡跨在炕沿上，知道孟铃娘刚才是在瞭望他，那神态像一个母亲在瞭望还没有回家的孩子。

晚上他睡不着，想以后的日子该怎么过，互助组建起来了，他却不知道怎么处理自己的事，想离开的心有多强烈，留在这里的心就有多强烈！

深夜里他坐起来，披上衣服点起一支烟，看见孟铃娘在前面看着他，等着他回家。天空如同让月光洗过，湛蓝的天上闪着一颗颗星星，那就是孟铃娘的眼，像湖水一样清澈。

他想，无论这一切多么美好，都不属于他。不过，有这样的夜晚，对于他来说也是美好的！能在这夜里冲着孟铃娘的眼睛说话，也是幸福的！

一阵马蹄声把他惊醒，乡里来通知他到县上开会。吃过饭，他骑上大白马走了，临走时孟铃娘问他：崔干部，还回来吧？

父亲说：回来。

孟铃娘放了心。看着父亲骑上马，她用手擦了擦眼睛。走出好远，父亲在马上回过头，看见她还在院里站着。

在县城里父亲见到了王儒同志，他调到张北担任县委书记，在他前面还有县委第一、第二书记，他排第三，分管组织工作。

他问父亲在下面怎么样，习惯不习惯。父亲说：习惯。王儒说：我听报社记者说，南壕欠工作开展得不错。父亲笑了笑。

王儒又问：你是愿意在乡里工作，还是愿意回县委。

这是个离开南壕欠的机会，父亲想说愿意回县委，话到嘴边想起了孟铃娘的眼睛，鬼使神差地他说：愿意在下面。于是县委组织部决定，任命父亲担任海流图乡党委副书记。

研究工作时，老魏让他仍以南壕欠为主，因为南壕欠上了报纸在乡里的分量更重了。白马以前是给他临时骑的，现在成了他的专用马，他跟老魏共用一个公务员，负责给他们收拾办公室、烧炕、喂马。

在乡里待了一个礼拜，他就回了南壕欠。

地已经耕完，大部分人家都下了种，刚刚从地里回来的人们顾不上吃饭，跑到孟锡家看望他，有人叫了一声崔干部，孟锡立刻纠正：以后得叫崔书记了！父亲说，当不当书记也是一样工作。众人说：不一样，马是一样的马，备不备鞍子可不一样。众人的笑声把父亲的谦虚淹没了。

村里人都走了，父亲才跟孟锡家的人说话。他是来告别的，当了副书记，虽然还负责这个村，总不能天天在这里。他用子弹壳做了两个蘸水钢笔，给了孟铃和孟锣一人一个。两个孩子跳着让她娘看，其实，这两支笔她们的父母用得多。当娘的当然能领会。

那天晚上，他跟孟锡谈了入党问题。孟锡说，他觉悟不高，不过他能体会出共产党是为老百姓的，愿意跟着党走。

父亲说：孟锡同志，入了党，就不能再事事只想自己了，要想所有人，想让所有人都过上好日子。

孟锡点头。

父亲在炕桌上一字一句教他填写入党志愿书，孟铃娘在旁边做针线，不时用针在头上刮一刮头皮，东西两边的炕已经烧热了，三个孩子也已经睡下，她回过身看一眼孩子们的睡态，用手摁一摁眼睛，她的眼皮老是跳。

填好志愿书后，父亲郑重地握了握孟锡的手，说，老孟，明天我就把表带回乡里，你好好工作吧。然后又看了看孟铃娘，说：余立同志，你也要向老孟一样积极要求进步，争取早一点儿入党。

孟铃娘心里很乱，崔书记看样子只打算住一夜，下次来还不知道什么时候。她说：我一个女人家进步不进步没大用，就盼着你能常来，还把这里当成你的家。

父亲说：我包着你们村呢，以后会常来。

第二天吃饭时父亲在炕桌下放了二十万块钱，（相当于现在的二十元），是这几个月他在孟家的饭钱，这个举动被孟铃娘发现了，假装没看见。

父亲在村里处理了几件事，才往乡里走。半路上，看见一个红头巾在草滩里飘着。草滩有些已经绿了，只是绿得还不太深，是浅浅的绿色，红头巾在这片浅绿中很鲜艳，旁边是孟铃家的大青马，看到父亲的白马过来，咴咴地叫着。

父亲跳下马走到孟铃娘跟前，问：余立，你怎么在这儿。

孟铃娘举着手里的钱，问：崔书记，这是甚呀？

父亲说：我在你们家住了三个月，一次饭钱都没给过。

孟铃娘说：你这不是给饭钱，是打我的脸呢，你是不是以后不来我们家了。

父亲说：还来，来了还吃你做的饭。

孟铃娘说：这钱你要是不拿回去，以后就甭来了。你当了书记，看不上我这个乡下女人呢，还是你觉得我的情谊就值这么点儿钱呢。

父亲无言以对。

孟铃娘跨前一步，拿起父亲的手，把那双大手放在她左边的乳房上，她用火辣辣的眼睛看着他，说：你摸摸，这是我的心，这心热乎乎地跳着呢。

父亲的手被孟铃娘紧紧地摁着，饱满的乳房在他手里膨胀着，下面是一颗“嘭嘭”跳动的心，他一犹豫，孟铃娘一头扑进他怀里，远处一只鹞鹰在天上盘旋，父亲有些晕眩，不由地紧紧搂住了她。

天微微有些阴，太阳一会儿在空中照耀，一会儿又躲进云层里，湛蓝的天空下鹞鹰来回盘旋。父亲觉得天在摇，云在转。他眩晕着，同时享受着眩晕。不知什么时候，两个人已经躺倒在草丛里，刚刚返青的芨芨草在他们身边摇晃着，遮挡住他们的身体。孟铃娘合上眼睛，脸上是痴迷而又痛苦的表情，这表情鼓舞了他，使他觉得自己是个真正的男人，他感受到了需要和被人需要，感受到了幸福和让人幸福。白马和青马在他们身边站着，有一嘴没一嘴地啃着刚刚长出的青草，有时它们会互相凝视，用自己的嘴温柔地啃一啃对方的脖子。

父亲和孟铃娘在草地上缠绵。两匹马不时低下头注视主人，似乎在为主人的激情感染。草原上的马是通人性的，它们理解主人，也知道风险，远远地，一匹马朝这边走来，马无精打采，马上的人也东倒西歪，好像喝醉了的样子。白马立刻嘶叫起来，用前蹄子刨着父亲的腿，父亲从冲动中警醒过来，站了起来，看见了远处的二迷糊。

父亲骑上马迎了过去，二迷糊停住马，问：崔干部，听说你当书记了。

父亲说：当什么也是革命。你这是要去哪儿？

二迷糊一指，说：去外村喝酒来着。他看见了孟铃娘的马，问：那是谁？

父亲说：余立，孟铃娘。

二迷糊说：她咋在这儿。

父亲说：我以后不能常来你们村了，在她家住了三个月，临走给她家留了三个月的饭钱，她不要，追上来要还给我。

二迷糊笑了一下，走了，似乎对这里发生的一切并不在意。父亲却有些担心，他走回青马旁边，看到孟铃娘还在草滩里躺着。他说：二迷糊看见你了。

孟铃娘坐起来，说：我怕他，你不知道他当村长时见了我那个馋鬼样儿，他要敢给我胡说，我把他那点儿事都抖搂出来。

孟铃娘是个敢作敢当的人，跟她相比父亲有些胆怯。他说：你还是回去吧，这儿不能久待，一会儿又来人了。

孟铃娘说：崔书记，你看不起我！

父亲说：你是个好女人，待我也是一片真心。

孟铃娘直视着他：那你为啥刚才不要了我。

父亲低了头，低声说：那怎么行，你是孟锡的女人。

孟铃娘说：你们干部就是虚乎，亲也亲了，搂也搂了，还说我是别人的女人。别人的女人咋了，心是我自个儿的。

父亲低下头无言以对。

孟铃娘告诉父亲，孟锡在外面也有女人，他从小跟他表妹好，后来家里做主把他表妹嫁到了邻村，两个人却一直没断，孟锡一有了要紧事就找他表妹商量，这回孟铃的亲事，也是他表妹给说下的。

父亲不太相信。孟铃娘说：村里人都知道，他跟我也承认过。咱们村其实人人都有相好的，光跟自己家里人好，还不憋闷死？

父亲说：人还得好好过日子。

孟铃娘说：过日子也不是嘴过日子，是心过日子。想明白了，日子不就这么回事。

父亲朝远处看着，那只鹞鹰不知什么时候飞走了。沉默了一会儿他说：刚才是我没把握住，今天的事咱们就忘了吧，以后你还是我的好房东，好大嫂。有什么心事我都跟你说，你也跟我说。

孟铃娘跳上马冲着父亲举起了鞭子，父亲直挺挺地站在那里，等着她抽，她骑着马绕父亲走了一圈儿，眼睛红了，她说：崔书记，你忘得了我可忘不了。说完打马走了。

父亲郁郁地回到乡里，不知道今天的事做得对，还是不对。深夜里他睡不着觉，真想让孟铃娘的鞭子落下来，那样他心里歉疚少一些。革命队伍的教育，让他觉得不该和孟铃娘亲热，人情世理又觉得既然到了那般时刻，就不该拒绝人家，自己两头不是人呢！

乡里的房子比孟铃家宽敞，父亲有一间单独的办公室，一张办公桌，一条长凳，乡里唯一的三把椅子，也给了他一把。里面是一盘大炕，公务员烧得热热的，炕席上还铺了一条牛毛毡子，父亲夜里睡不着，坐起来看县里发的简报，看着看着又想起了孟铃娘的话：你们干部就是虚乎，亲也亲了，搂也搂了，还说我是别人的女人。别人的女人咋了，心是我自个儿的。

他感慨孟铃娘活得真实，活得爽利。可是他有妻子，伤害妻子也不是一个党员该做的吧？虽然妻子在他心里远不如孟铃娘真切。

一个月后，县委组织部通知他回县里。父亲问：什么事儿？打电话的干部抑制不住地兴奋，说：来了就知道了，好事儿。

父亲骑上白马往县里赶，到了才知道是母亲来了。

母亲隐约感到这里有个女人，她是想突然袭击呢！她一看见父亲就质问，为什么不给我回信！父亲说我压根儿没收到你的信。父亲跟她一起找收发员，收发员才想起抽屉里压着两封天津的来信。

信找到了，母亲还不罢休，她说：你没收到也该给我写。父亲说：我给你写了你不回，我还写什么。母亲说我回了。父亲说你回了我没收到不等于没回。母亲说不一样，我回了就是心里有你，你不写就是心里没我。

这场争吵就像先有鸡还是先有蛋一样，根本吵不清楚。

七月初的张北还不热，县里人刚刚换了单衣，母亲穿着一身粉红色的连衣裙，脚下蹬着高跟鞋，张北人没见过裙子，男人们远远地站在街边，看着她裸露的小腿想入非非。风一吹男人们眼睛就直了，恨风为什么不大一点儿。

母亲所到之处都有孩子们跟着，他们嘀嘀咕咕议论她裙子里穿没穿衣服，一个孩子躺在地上往裙子里看，母亲发现后气愤地离开了。

街边几个男人问孩子看到了什么，这大大鼓舞了他们，一个胆大的孩子拿着树棍，想把母亲的裙子挑起来，母亲一声尖叫，孩子们四散而逃。

父亲骑着马从海流图回到县城时，街上都在议论新来的女人，进了客房，才知道那是他的妻子，气得鼻子都歪了。

他说：看看你穿的这叫什么？县里人的话父亲没全学，只学了几句母亲就哭了，说这个地方老土，连个裙子都没见过。她在屋里哭了一夜。

直到第二天晚上他们才勉勉强强过了夫妻生活，第三天母亲要走，父亲没有说一句挽留的话，母亲上了汽车就别过脸不再看他，汽车一开，她的眼泪夺眶而出，发誓以后再不来这个鬼地方了。

她一走，父亲立刻骑马回了海流图。

在马上，他又想起了孟铃娘。在他看来孟铃娘远比母亲漂亮，她那红色的头巾在草滩里飘着，草原的风吹着她的脸庞，脸蛋儿红扑扑的多么美丽。

他离开南壕欠那天，孟铃娘在草滩里等着他。看到他骑马走来，脸上闪过一丝羞怯，然而她又是大胆的，坚决的，她毫不犹豫地拿起他的手，放在她乳房上。那个时候他还犹豫，她的嘴唇却不肯放过他。事后，他觉得对不起南壕欠人。

他遗憾地想，如果能早一点儿来张北，早一点儿认识孟铃娘多好，那样她就不会嫁给孟锡了。他下了马坐在草滩里，一边看着天边飘移的云彩，一边想着孟铃娘在家里忙碌的样子，幸福和酸楚同时涌上心头。

几天后，他跟老魏吵起来。

起因是老魏让他回南壕欠搞初级社试点，父亲不愿意再见孟铃娘，问：为什么要选南壕欠。老魏说，南壕欠上了报纸，名声在外，试点放在这里最好。

父亲说：南壕欠的老百姓还没尝到互助组甜头呢，总要等到秋后粮食增产了，群众才能信服。老魏认为父亲上了报纸后，不把他放在眼里了。

那时父亲年轻气盛，老魏批评他骄傲，他就批评老魏冒进，老魏批评他右倾机会主义，他就批评老魏左倾盲动主义，老魏一气之下找到县委，说这个党委书记你们让崔子玉干吧！

县委第一书记胡子奇把父亲狠批了一通，说：你想在南壕欠搞独立王国？父亲说：我没有，我只是在党委会上表达自己的观点。胡子奇说：你的观点是错误的，你刚来张北一年，有什么资格发表观点？老魏是在这一带打过游击的老同志，他比你了解情况。你应该服从他的领导，父亲垂头丧气地出来，正好碰上王儒。王儒问他怎么了？他把胡子奇的批评说了。

王儒说：我去找子奇同志谈谈。

胡子奇是个老资格，行政级别七级，在当时全国的县委书记中级别最高。级别高，是因为他资历老，职务低是因为他特立独行，跟上级搞不到一起。但他抗上却不欺下。王儒给他提意见，他没有丝毫恼怒，而是问：你认为应该怎么办？

王儒说：应该在互助组巩固后再推行初级社。

胡子奇说：我让海流图乡搞初级社，也是让他们搞试点，并不是要在全县搞，我跟你的意见是一致的嘛。我是批评这个小崔不尊重他们书记。

事后王儒跟父亲谈话，让父亲多尊重老魏。胡子奇指示老魏，初级社要选条件成熟的村进行试点，对刚刚推广互助组的村，先不要急于搞初级社。

4

一转眼秋天就到了，南壕欠的互助组迎来了第一个大丰收，从地头到场院的路上走着拉满庄稼的车，车上的莜麦捆子高高的，人坐在上面跟坐在云彩上一样。村里老人们说，老天爷也向着共产党呢。

孟铃娘累得腰疼，粮食实在是太多了，在院子两边各加盖了一间厢房还不够盛粮。打下的土豆和胡萝卜太多，不得不在院里又挖了一个地窖，就这样还多得盛不下，孟铃娘养了两口猪。那猪一冬天吃得都是上好的胡萝卜和土豆。

母牛下了一头小牛，母马下了一匹骡子，孟锡把母牛母马、牛犊子马驹子都牵进了东边的正房里。东边外屋的炕拆了，放了一个挺长的马槽，牲畜除了喂青草，还喂燕麦，牛吃了燕麦，每天挤一大桶奶，家里的孩子喝了脸紫红紫红的。

老魏认为，现在推广初级社条件已经成熟了。父亲却认为，推广初级社不是当前最主要的工作，当务之急是想办法把农民生产的粮食卖出去。

张北这地方，农民不懂得销售，粮食打多了就存起来，有串乡的货郎来才用多余的粮食换些日用杂品。父亲看到鸡呀猪呀吃得都是好粮食，急得不得了，他跑到张家口找有关方面协商卖粮，直到入了冬才回到南壕欠。

已经小半年没来了，孟铃和孟锣常念叨他，孟家的大青马最先感觉到，白马一进村，青马就在院里“咴咴”地叫起来，两个前蹄子刨着地，孟铃娘听见马叫，走到门外手搭阳蓬看，她一眼看到了父亲，立刻返回屋里烧水，做饭。

父亲跳下马，连马都不栓就进了屋，白马立刻走到青马旁边，青马用嘴蹭着白马的脖子，表达着对白马的好感。

孟铃娘脸烫的厉害，心好像跳到了嗓子眼儿，父亲进了家，她在灶台前站起来不错眼珠地看着父亲。看着看着眼睛模糊了，拿起围裙擦着眼泪。父亲来不及跟她交流眼神，三个孩子就扑上来，围着他不停地问这问那。

孟锡听到他来立刻赶了回来。两个人紧紧地握手。两个男人经过一番让烟点烟的客套，坐下谈起了正事。

父亲说：今年全乡粮食大丰收，乡里决定，乘着这股热乎劲儿在全乡推广初级社。咱们南壕欠村名声在外，先从咱们村搞。

孟锡抽着烟不言声，眉头挽着一个疙瘩。父亲注意到了，问：你怎么不说话？

孟锡把烟吐出来，说：互助组就挺好了。

孟铃娘呛白他说：互助组好，初级社更好。

孟锡说：崔书记，能办成互助组就挺不容易了，要不是有这么个好年景，好些互助组都得垮，我这两天正发愁呢。

父亲说：不可能吧？

孟锡说：你不在村里咋知道，就说一件事吧，前村的程二占收秋时给他们组的韩老七拉粮，路边有两条狗打架，马惊了，拉着一车麦个子在地里乱跑，众人一堵，马一头栽进沟里把马腿别断了。

父亲问：这倒是个意外情况！

孟锡说：程二占让韩老七赔马，韩老七说你赶的车，我凭甚赔你。程二占说：是给你拉粮把我马腿断了，你不赔谁赔？你猜韩老七咋说？

父亲问：咋说？

韩老七说是孟锡让咱们入的互助组，你找孟锡赔，孟锡不赔，让乡里的崔书记赔。

父亲涨红了脸，说：行，我赔。

孟锡说：崔书记，咱们村这么多互助组，你赔的过来不？程二占后来找我，说韩老七不赔马我这个组长就不当了，退出互助组。组长退组，这个组还咋往下办哩？

父亲轻松不起来了。

孟锡又说：还有更可笑的，村西的蔡大勇，干活儿时跟周子玉老婆开玩笑，在她奶子上摸了一下，本来也算逑不了什么，偏偏他老婆看见了，非说周子玉老婆勾搭她男人，两个女人打起来。事后蔡大勇的老婆找我，非要退组。他男人是组长，我哪能让她退，可这娘们儿寻死觅活的要退，蔡大勇为这狠狠打了她一顿，她还不干。

父亲问：你怎么处理的？

孟锡说：我就拖着呗，后来周子玉老婆还找我，说：蔡大勇摸了我的奶子，明明是我吃了亏，他要退组，我还要退呢。

孟锡说的时候，孟铃娘脸上一片绯红。

父亲问：你后来怎么解决了？

孟锡说：没法儿解决。我说，你要是觉得吃亏，我让你男人也摸一回蔡大勇老婆的奶，退组不行。

孟锡一边说一边笑，孟铃娘也笑，两个脸颊通红通红的，一边笑还一边拿水汪汪的眼睛瞟着父亲。

父亲躲着她的目光，对孟锡说：你这一汇报，我倒觉得还是办初级社好，比如那匹马，办了初级社就成了社里的，就不存在赔不赔的问题了。两家女人打架，可以在社内给他们调换劳动小组。出了问题，在前进中更好解决！

孟锡却低着头不说话。

孟铃娘说：崔书记问你，你倒是说话呀。

孟锡光是低头抽烟。孟铃娘怨恨地闪了他一眼，说她嫁了个闷嘴葫芦。

那天夜里父亲睡不踏实，看得出来孟锡思想不通，村里人怎么能通！孟铃娘虽然积极，却是为了他，喜欢他的成分远大于喜欢初级社。

孟铃娘也没有睡踏实，孟锡睡熟后，她给牲畜添了两次草，每次都有意把脚步迈得很重，她把草均匀地洒在马槽里，站在旁边听牲畜嚼草的声音，这本来是世上最动听的声音，现在她却听不进去。她的耳朵听着另一个方向，听着父亲屋里的动静。

父亲屋里好安静。

过了一会儿，她忍不住走到父亲门边。她心里有好些话想跟父亲说。她想说说对初级社的看法，想说说父亲离开时她心里所受的煎熬，还想说说什么才是她心目中的好日子。父亲在里面听见了她的脚步，却故意不作声。孟铃娘轻轻推了推门，里面顶得很紧，犹豫了半天她还是返回了西屋。

孟锡倒是什么也不想，呼噜打的山响。

第二天一早，孟锡来到王四毛家。

他在村里算个手艺人，会劁猪，腰里常年挂着一把劁猪刀。走进猪圈，他提起一只猪仔看着腿间那个地方。猪仔撕心裂肺地叫，几只大猪紧靠墙根儿站着，一副惶恐的样子。村里人听到猪叫聚过来，一是想看热闹，二是想探听探听成立初级社的事。

孟锡把猪摁在地上，王四毛在旁边帮他抓着猪的后腿，孟锡用清水洗了洗猪那个地方，一刀割下去，猪撕心裂肺地叫，孟锡左手一捏，两个睾丸挤了出来，放在旁边的海碗里。

旁边村里人说：人就是不公平咧！

王四毛说：咋啦？

旁边的人说：凭啥光劁猪的，有人天天搞破鞋，把他们劁了不也省心。

王四毛说：别着急，听说要办初级社了，入了初级社再搞破鞋的，都得劁了你们！

孟锡听了也不解释，光笑。

有人就问：村长，是这回事不？

孟锡说：对别人不是，对你是呵。初级社是生产组织，不管生活上的事。你要是敢在村里胡搞，初级社不劁你，我劁了你。

孟锡用盐水把猪的伤口洗干净，一松手猪从地上蹿起来，跑到墙边上站着，两条后腿一个劲儿打哆嗦。

听到议论初级社，村里人越聚越多，有人问：甚是初级社？

还不等孟锡解释，王四毛就说：初级社就是共产党分地分后悔了，想收咱们的地了。

孟锡认真了，说：四毛，你这可是胡逑说哩。

王四毛说：咋叫胡逑说，入了初级社，牲畜和地就都不是我们的了。

孟锡说：入了社，就好像你把钱借给了别人，不能说钱就成了别人的，还是你的。

王四毛说：是我的，不在我手里，还不是一样。就像碗里的这两个猪蛋，是猪的，就是从猪身上割下来了。

孟锡说：猪蛋割下来就按不回去了，地不一样，入社自愿，退社自由。有一天你想退社，退了就还给你了。

王四毛呛白他说：费那事干甚，索性就不入，不是更省事。众人都笑。

村里的规矩，劁猪不收钱，猪蛋得炖了请劁猪人喝酒。喝酒时孟锡问：谁说入了社牲畜和地就不是自己的了。王四毛说是老常说的。还说老常说，今年打得粮多是因为风调雨顺，跟互助组没蛋的关系，要是单干，这样的年景赶上几回还能发家，在互助组一辈子别想发起来。

孟锡听了很气愤，问父亲：该不该把老常揪出来批斗。父亲摆摆手，说：斗也不是办法，咱们还是把互助组存在的问题解决了，群众才信服，你说是不是？

父亲主动帮韩老七家打扫院子，韩老七慌张地说：自古都是老百姓伺候当官的，哪有当官伺候老百姓的，马的事你说了算，你说咋赔程二占我就咋赔。

父亲说：程二占的马确实不能干活了，这次咱们正好立个规矩，以后再有这事都按规矩办。韩老七说：不过让我赔他一匹马，我也冤枉，他就给我拉了一趟粮。父亲说：你说得也在理，我再找程二占商量商量，争取都满意。

第二天又找程二占，父亲问：没有互助组的时候惊过马没？那时谁赔你？你是组长，你拉一趟粮就让韩老七赔你一匹马，放你身上你能愿意吗？

程二占低了头。

反复谈了几次，两个人火气都消了，父亲决定：原来的马还归程二占，让韩老七再赔程家一个马驹，程二占没意见，因为原来的马还能下驹。韩老七不言声。父亲说：你家一年下好几个驹，还在乎这一个？下来我领你去县里的军马站配，以后你家都是良种马。韩老七这才高兴了。

最后定的制度是：凡是死了牲畜的，全赔，伤了的赔一个驹。

周子玉和蔡大勇的事比较难解决，都是女人之间的事，一张嘴就是奶呀屁股呀的，得靠孟铃娘出面。孟铃娘为识字看了好些工作简报，现在正好用上。经过她的工作，周子玉和王四毛调换了互助组。村里人说：孟锡这个老婆，比男人还有办法。父亲听了自然喜欢。

其他组都是小问题，父亲指导孟锡一个个解决了。半个月后回乡里向老魏汇报，老魏一听就火了：不是让你去建社的吗？

父亲说：我觉得互助组巩固不好，群众不接受初级社！

老魏说：你怎么那么多觉得？一布置工作，你就这觉得那觉得，我不布置了，以后让胡子奇给你布置吧。说完扭头走了。

几天后他去找胡子奇，胡子奇说中央农村工作部发了通知，认为初级社发展得太快，当前建社要坚持自愿，不能强迫。老魏怏怏地回了乡里。

父亲又办起了识字班，不过今年的识字班跟去年不一样，除了识字还要讲初级社，村里人一想到要把土地交给社里，渐渐就不愿意去了。孟铃娘到各家动员，去得还是稀稀拉拉的。

父亲想，人们都说耳听为虚，眼见为实，不如先让孟锡在村里建一个社，大家慢慢就解除顾虑了。跟孟锡谈，孟锡答应试试。

他组里的人都同意入社，借着劁猪又在村里动员了六、七家，加上他一共十三户。这里面，最积极的是辛保生，因为他得了互助组的好处，对党最信任。

父亲说还少，让孟锡再动员。孟锡说：动员不来了。这时有两户找到父亲，说他们想入孟锡不要。一问孟锡，孟锡说这两户要劳力没劳力，要技术没技术，是个包袱。

父亲说：他们干不了活儿，才需要我们，搞合作化就是为了帮助弱势农民。孟铃娘也说：将来赶上天灾人祸他们又成了穷人，革命不是白革了吗？总不能让共产党再分一次地吧？

在他俩的坚持下，孟锡勉强把那两户收下了。

5

清早，外面传来一阵马蹄声，老魏来了。

老魏传达说：毛主席批评了中央农村工作部，说合作化不是快了，而是慢了。地委向各县派出工作组，并派晋剧团随工作组慰问演出。南壕欠上过报纸，所以剧团先来这里演。

老魏一来就注意到了孟铃娘，这女人长得真水灵呵！比演员一点儿不差，腰是腰，腿是腿，手脚也利索，这么多演员在她家吃饭，没看出她多忙碌，轻轻松松就把事儿办了，是个心灵手巧的女人！

剧团演出非常成功，演完了吃宵夜，孟铃娘做得是山药面下鱼儿。吃饭时父亲说：我刚来张家口时看过你们演的《打金枝》，楞是一句没听懂。众人都笑。父亲又说：这次演《白毛女》我全懂了。

老魏说：旧社会把人变成鬼，新社会把鬼变成人，这道理多深刻呀！

孟铃娘插话说：也不光是这道理吧？

老魏在乡里没被人反驳过，瞪了她一眼，问：你说还有什么道理。

孟铃娘脸红了。

父亲鼓励她说：魏书记问你，你就说说嘛。

孟铃娘说：我就是寻思，要是没有互助组、初级社，赶上个天灾人祸有人就变成杨白劳了。

老魏不错眼珠地看着她，说：嗯，这话说到点子上了。

孟铃娘红着脸说：我自个儿看着戏琢磨，要是按祖宗留下的路走，早晚也得有黄世仁，有杨白劳，办初级社就是怕再出了黄世仁这路人。

老魏说：你看，到底是南壕欠，一个妇女都能琢磨出这道理，不简单不简单。

剧团在南壕欠演了两天，去了波罗素乡，临走时老魏对父亲说：这女人是个好苗子，咱们正缺女干部，你要尽快培养她入党。

父亲跟孟锡说，孟锡摇头：一个娘儿们入什么党。父亲说：你这个大男子主义要不得，革命队伍里女同志多了！孟锡不高兴地说：有多少女干部我不管，我们家不行，她能耐大了是她管我呀，还是我管她呀，女人就是养孩子做饭的，入甚的党。父亲看他激动的样子，不再说什么。

过了半个月，老魏问父亲培养的怎么样。父亲说她家男人死活不同意，老魏有些不高兴，扭头骑马走了。

第二天到县里开会，他对县妇联主任武凤英说：我们南壕欠村有个妇女干部的好苗子，就是她男人不同意她出来工作。武凤英一听火了，说：我去见见她这个男人。

在张北，武凤英是个传奇人物，新中国成立前打过游击，腰里别着两支手枪。县里有不知道胡子奇的，没有不知道武凤英的。父亲来张北时间不长就听说了武凤英的大名，看到武凤英比看到胡子奇还激动，武凤英让他领着见孟铃娘，他一口答应。

武凤英拉住孟铃娘的手，问她叫什么。她说叫余立。问她多大了，她说三十二了。武凤英说：我听说你能识不少字。孟铃娘红着脸说：跟着崔书记在识字班里学的。武凤英让她拿过本子，说：我说，你写，我看看你能写多少。

武凤英说了互助组，初级社等一百多个字，孟铃娘都写下来了。武凤英看了看说：写得都对，就是写得太大了。父亲在旁边说，她平时舍不得用笔和本子，都是在面缸里写，自然写得大。

孟锡从外边赶回来，武凤英一眼猜出他是谁，对孟铃娘说：过去有句话，叫嫁汉嫁汉，穿衣吃饭。我看这话不对，男人能革命，妇女也能革命。以前咱们县有个副书记，说妇女就是做饭养孩子的，我就发动妇女开了他一个批斗会，胡子奇书记都支持我呢。

孟锡听武凤英连县委副书记都敢批斗，吓得一声不敢言语。武凤英说：咱们革命队伍男女是平等的，都有革命的权力，你参加革命工作，用不着你男人批准，他参加革命也不用你批准，要说批准，应该互相支持才对。你说是不是？

孟铃娘点头说：我男人也不是不愿意，是怕我干不了。武凤英说：你还没干呢，他怎么知道你干不了。我六岁给人当童养媳，那时候在人前连话都不敢说，参加了革命工作才知道，我的能耐比男人一点儿不差，不是我有能耐，是革命让我有了能耐，你说是不是这个理。

孟铃娘说：是。

武凤英和蔼地问：那你能不能出来工作？

孟铃娘说：大姐，我听你的。

这一声大姐叫得武凤英心花怒放，说：我看出来了，你是个明白人。以后你就是我的亲妹子，你的男人在哪儿，我跟他谈谈。

孟铃娘指了指孟锡，说：那就是。

武凤英把脸严肃起来，说：你是这个村的村长？

孟锡哈着腰说：武主任，是。

武凤英说：听说你不同意你女人入党参加革命工作？

孟锡说：不是，是怕她干不了。

武凤英说：我跟你打个赌吧，你女人比你干得一点儿不差，你信不信？

孟锡说：武主任说她行，就让她干吧。

武凤英说：我看你这个同志也不是那种死脑筋嘛，本来还想开你个批斗会，你转变得挺快，我也开不成了。

屋里的人都笑了。

武凤英说：好了，问题解决了我也该走了，小崔，剩下的事就靠你落实了。说完武凤英飞身上马，一挥手说：过两个月我还来。

村里人看着她的背影，好像看到了女神仙一般。晚上，父亲跟孟铃娘谈了一些党的知识，孟锡在旁边听着，说：这回我也不敢管了，崔书记让你当甚你就当吧，不过，一天三顿饭你得给我做出来。

孟铃娘的入党介绍人是父亲和老魏，报到乡里，很快批准了。老魏原来想让孟铃娘负责全乡的妇女工作，孟铃娘说家里有男人有孩子，离不开。老魏有些不高兴，认为父亲没好好做工作。

老魏质问，初级社为什么到现在还不成立？父亲说想多争取几户。老魏说：也不能光从你们村看问题，早成立能影响其他村，越早越好！

父亲立刻张罗成立。

成立那天，老魏带着十几个乡干部和十几个村长敲锣打鼓前来祝贺，赠送了一面红旗，旗上用黄漆写了三个大字：先锋社。风一吹，三个大字在风中呼啦啦飘，煞是好看。

老魏先讲了几句开场白，让社长孟锡讲，孟锡讲完，老魏又让孟铃娘代表社员讲几句，孟铃娘憋了个大红脸，偷看父亲一眼，父亲用眼神鼓励她，她就站到前面说：世上的事都有第一回，凡第一回都是好事。要不怎么说大姑娘上轿头一回呢！众人都笑了。她又说：结婚嫁人是第一回，嫁了人，生娃娃是第一回，哪个不是好事？初级社也是第一回，有了第一回，就有第二回，第三回，后面的日子会越过越好。村里人一齐鼓掌，说：这女人说得比孟锡还好！

老魏最后总结，说：先锋社是南壕欠的第一个农业社，接下来还要成立火炬社，光明社，前进社，咱们农民祖祖辈辈过得都是穷日子，毛主席给我们指了光明路，就是变一家一户单干为联合起来，共同富裕，将来进入共产主义，点灯不用油，耕地不用牛，楼上楼下，电灯电话，家家吃白面馍馍，这才是咱们的光明大道！

众人一齐鼓掌，锣鼓敲起来，鞭炮响起来，跟过大年闹社火似的。村里人看这么红火心眼儿就活动了，当天晚上有两户找到孟锡问：我们也想入社，还要不要了？

孟锡看了看父亲，父亲说：只要自愿，我们都要。

回乡里跟老魏汇报，老魏说：我就说嘛，没有落后的群众，只有落后的干部。你们要赶紧成立第二个社，争取尽快把全村群众都吸引到社里。没等父亲说不同意见，他就拿起电话向胡子奇汇报，胡子奇说：你们的想法太好了，抓紧办，我等着你们的经验。

回到村里，父亲把再办第二个社的意见说了。孟锡不高兴地说：要办你让老魏来办吧，我办不了。一个社还不知道能办成啥样呢！

孟铃娘说：能办第一个社，就能办第二个。一个羊也是赶，两个羊也是放。孟锡呛白她说：你少说话，一个娘儿们家懂甚？

孟铃娘说：娘儿们咋了，我也是党员！孟锡就不说了。

父亲说：这事没退路，只能办。胡子奇还等咱们往外拿经验呢。

孟锡在炕上闷头抽了半天烟，说：还是先把眼下的事弄利索吧，社是成立了，我都不知道明天该干什么。

父亲说：明天先开会，把社里的规矩定好就开始着手成立第二个社。

全社十五户都聚到孟锡家，有人在地上蹲着，有人靠门框站着。孟铃娘一边烧水，一边拿眼睛不停地来回看着人们。她觉得屋里气氛远不如成立那天热烈！

父亲坐在炕上念县里的简报，念完了又说要发展第二个社，第三个社，让大家讨论，人们都不说话。父亲催促：都说说，别闷着。有人就说周子玉家从内蒙古娶来个儿媳妇，后生们去听房，草地那边的媳妇不知道背人，夜里叫得可凶了！众人都笑。孟铃娘装着听不见，只低头烧水。接着又有人说村里的哑巴汉子跟哑巴寡妇怎么偷情，怎么叫对方，一边比画，一边学哑巴，孟铃娘开始憋着，后来憋不住也笑。男人们更兴奋了。

父亲用简报拍一拍腿：大家说说，对办社有什么想法。

人们说：没想法，反正咱办了，就跟押宝似的，开宝才能见输赢呢。

父亲说：你们入了社，就不是普通农民了，是社员，是走合作化道路的带头人，希望大家回去动员亲戚、邻居，跟他们说说办初级社的好处。有人说：好不好得秋后看，这会儿咋说呀？还有人说：办社也不能着急，娘儿们还得日一回生一个，哪有接二连三生的。

父亲只好又给大家讲初级社的意义。他说时，有人在炕上打起了呼噜，父亲让人推了那人一把，那人醒来不好意思地冲着父亲笑，父亲再说，呼噜又打起来了。

散了会孟铃娘说：崔书记，光说不行，得让人们看到入社的好处，人家才信！

父亲问：你有什么主意？

孟铃娘说：天天开会，还不如让大伙儿下地干活。干得好，自然能带动落后群众。

父亲觉得她说的对，跟孟锡商量怎么安排，孟锡挠着头皮说：这里冬天向来不干活，我都不知道该干什么。孟铃娘说：听人家说，内地到了冬天都积肥送粪，咱们这儿冬天光猫着。庄稼一枝花，全靠粪当家，咱们得学人家！

孟锡说：咱们家家户户养着好些大牲畜，光骡马粪就用不完，还积什么肥。孟铃娘说：咱们粪多，地也多，只愁肥不够，不愁肥多。父亲说：孟铃娘说得对，成立了初级社，总要跟一般农户不一样才行。人家歇着咱也歇着，能体现出什么优越性。

孟锡想了想，说：也对。

第二天上午，孟锡把圈里的骡马粪清理了，在囫囵里堆起来，然后叫社里的人来看，照着样子做。人们看了都不言声。

吃过上午饭，孟铃娘又把鸡窝里的鸡屎掏出来，倒到粪堆上。猪圈里的猪屎，夜壶里的尿，还有洗脸的水什么的都浇到粪堆上，烧炕时掏出的草木灰以前都扬了，现在也都攒起来。

看着孟铃娘积极的样子，父亲很感动，他知道她不光为了初级社。这次返回南壕欠，孟锡不在家时他都尽量出去，怕跟孟铃娘单独在一起。孟铃娘却一心在工作上帮他。他觉得该跟她说句感谢话，走到跟前，孟铃娘白了他一眼，低下头干活了。

父亲站在那里。

孟铃娘问：你站这儿干甚？

父亲说：看你干活。

孟铃娘说：你不是躲着我？咋不躲了。

父亲说：躲什么，我是顾不上跟你说话。

孟铃娘说：你躲我我也不怨你，我一个庄户女人，你哪会真心跟我好。

父亲说：你虽是庄户女人，比城里女人觉悟还高。

孟铃娘笑了。父亲问：你笑什么？孟铃娘说：笑我自个儿，自从你来了，我也不知道咋这么有精神，一想起你说的那个楼上楼下，电灯电话，就觉得心里亮堂得不行，干活老有使不完的劲儿。

父亲说：村里人要都这么想就好了。

孟铃娘说：你以为村里人跟我一样待见你？

父亲说：我不用别人待见，只想让村里人都过上好日子。

孟铃娘说：你要不这样，我也不这么放不下你。我喜见的就是你这颗心！

正说着，孟锡气冲冲地回来了。他说布置让社里各家积肥，各家都不动。他们都不听我的！父亲又把各户叫到一起开会，说：咱们以前都猫冬，这不是好习惯，社里的地大部分是薄地，把粪积起来咱们就走到了全村的前头。后加入的两户听到冬天都不让歇着，散了会对孟锡说：要这么着俺们退呀。本来以为入了初级社能享福呢，比不入社还辛苦，还入它干球甚哩。

其他各户本来不愿意要他们，听他们要退，对孟锡说：趁早让他们退了吧，省得种上地再退麻烦。孟锡当下同意他们退出。

父亲想阻拦，已经来不及了。

为了给社里积肥，父亲挎了个筐到处捡猪粪。几天就捡了老大一堆。社里人看到他挎起了粪筐，只好也跟着干，村里的粪都到了社里。

老魏知道后，批评父亲光积肥不抓大事。让你下乡建社，你天天挎着个粪筐到处转。父亲跟他争辩了几句。老魏说：你也别跟我争，就说第二个社什么时候办起来吧！

父亲回到南壕欠跟孟锡商量，孟锡说办不起来，要是能办，先锋社不会才十几户。父亲说能办，他的理由是既然别的地方能办，咱们就能办。郑口镇现在高级社都有了。

孟锡说：你老家是老家，跟咱们这儿不一样。父亲知道他说得对，只好说：推广初级社是毛主席说的，说老魏错了行，说县委错了也行，毛主席说的能错吗？

孟锡说：毛主席住得那么远，咋能知道咱南壕欠的事。

两个人争的火气越来越大，父亲骑上马回了乡里，他对老魏说：工作我做了，阻力太大，我觉得应该让先锋社办一段时间，等群众看到了优越性再说。

老魏刚刚在县里开了会，带回来一股冲劲儿，他说：这不是县委的意思，也不是地委的意思，是中央的，地委给县里定了指标，县委给乡里定了指标，完不成指标叫什么？叫完不成任务。我们都是党的干部，得听党的话，不管村里阻力多大，初级社一定得办起来，办一个不行，两个也不行，全村都办才行。

父亲觉得自己成了风箱里的耗子，两头受气。他拍着桌子说：谁下的指标谁完成，我完不成。老魏也火了：这话你敢跟县委说吗？敢跟胡子奇说吗？父亲说：我有什么不敢的，这就去说。

他骑上马往县里跑，在雪地里跑了四五里路，寒风一吹冷静下来，觉得不对劲儿，他一个小小的乡干部找胡子奇吵架是自找倒霉。雪下得更大了，风裹着雪直往他脸上扑，他冷得厉害，打马返回了南壕欠。

一回到孟锡家他就躺到炕上，身上酸痛的厉害，头像有人勒着，脑瓜仁儿一蹦一蹦地疼，身上骨头节一动里面咔咔响，嗖嗖地往外冒凉气，孟锡摸了摸他的头，像火烤着。他转回西房对孟铃娘说：崔书记病了，烧得跟炭火似的。

孟铃娘埋怨他不该跟崔书记吵，让崔书记为难。

村里没医生，病了都是熬葱姜发汗。孟铃娘走进东房，父亲还在沉睡着。她在锅里放了葱姜，一边烧火一边望着父亲。孟锡待了一会儿出去了，她走到父亲跟前，想抚摸抚摸他，手伸了一半儿又缩回来。看得出来父亲不愿意跟她亲昵，她怕父亲醒来不高兴。

她跨坐在炕沿上看着他。高烧的父亲脸通红，眼睛紧紧地闭着，宽宽的双眼皮，两道浓浓的眉毛像剑一样伸向额角，他的脸是方的，英武之中有一点点秀气，正是她喜欢的脸型。她想把脸贴到这张脸上。他的嘴唇厚厚的，见棱见角，想到在草滩里这唇曾经忘情地亲过她，脸上飞起一片绯红。

水开了，她盛了一碗慢慢地吹着，试一试不烫了才用勺子喂给父亲。父亲闭着眼睛喝了，她把他的头抱起来放在腿上，一勺子一勺子地喂，父亲醒了，看到是她，自己坐起来要过碗喝。喝过姜水父亲又睡了，他甚至都没跟她说一句感谢的话。

她心里多么满足！这时的父亲，在她心里成了一个孩子，那种爱怜与心痛交织在一起，让她久久不愿离开。

孟锡进了屋，问：姜汤喝了？孟铃娘说：喝了，夜里你在这边睡吧。孟锡点点头。孟铃娘回到了西屋，觉得心还在东边。她在炕上挺一挺身体，让全身肌肉绷紧，她是那么渴望肌肤之亲，顺手把孟铃拉进被窝里搂着，母女俩拥抱着睡着了。

父亲一连烧了五天，孟铃娘给他在后背上刮莎、针灸，她用针刺他的十个手指，每刺一下，父亲的手就往回缩一下。父亲额上出了很多汗。昏睡中的父亲喊道：我努力了！谁说能办，让他们来办！

她流了泪。如果能让他好起来，就让村里办第二个社，第三个社吧，她愿意说服人们！但是她知道，人们不会因为她的劝说改变主意。

她想跟老魏说说村里的情况，可惜她是个女人，她鼓动孟锡：你跟崔书记争有什么用，为甚不找乡里，找县里，让他们知道村里人想什么。

孟锡说：我算老几，还找县里。

她说：你是村长，为甚不能找。要不你就建社，要不你就找，你这么顶崔书记，光让崔书记为难！

孟锡不言声，她又说：你不去？我去。我找武凤英去。

孟锡只好说：我去。

第二天孟锡去了乡里。他对老魏说，先锋社是费了千辛万苦才办起来的，再办第二个社肯定弄不成。老魏说：能办第一个社，就能办第二个。孟锡说：能是能，今年不能。老魏说：只要你们有决心，今年一样能。世上没有不能的事。老蒋都能打到台湾去，地主老财都能斗倒，还有什么不能的？

孟锡倔倔地说：能打倒老蒋，能斗垮地主老财不假，你不能让水倒流，不能让夏天下雪，不能让冬天打雷，不能让鱼在旱地里活着，不能让马在淖里跑。那是违反物性的。

什么叫物性？

孟锡说：人都是为自个儿干活才下力气，都是对自个儿的人亲，都爱自个儿的孩子，爱自个儿的爹娘，地是自个儿的，他才看着亲。你把地弄成了别人的，把牲口弄成了别人的，把给自个儿干活弄成了给别人干活儿，这就是违反物性。

老魏说：你不就是想说人都自私吗？我们共产党人就是反对自私，就是要把给别人干活看成给自己干活儿，甚至比给自己干活还下力气。我们要扳的就是这个劲儿。

孟锡说：你想扳这个劲儿，那你扳吧，我扳不了。只要还让我当村长，就是这一个初级社，再办你们找别人，我办不了。

老魏看着他：你来乡里，就是想说这个的？你这个村长当得冤了？乡里让你当村长，对不起你了？别忘了，你已经不是普通农民，是一名党员！

孟锡不说话了，他梗着脖子，明显还是不服气。

老魏又问：崔书记呢？他咋不来。

孟锡说：病了。

老魏问：是不是他让你来的？

孟锡说：不是，崔书记在炕上病得不轻，是我自个儿来的。

老魏认定是父亲在背后指使，他在党委会上说：这是什么行为，是向党委示威，我一定要向县委汇报，坚决把海流图的合作化推向高潮，谁阻挡也不行。

第二天老魏骑上马去了县里，县委正开干部大会，胡子奇在台上宣读毛主席关于农业合作化问题的讲话，接着又宣布：地委决定，免去王儒张北县委书记职务，任地委宣传部副部长。原因是他在任张北县委书记期间，没有贯彻毛主席的指示。

散了会，老魏把南壕欠的问题汇报了，胡子奇认为，南壕欠的问题不是孤立的，是王儒错误思想泛滥的结果，问题在南壕欠，根子却在县委。他的看法得到了地委的赞同，对王儒的批评升了级。南壕欠做为王儒错误的一部分，也被登到了简报上。很快，王儒又被免去地委宣传部副部长。

父亲被勒令检查，生性耿直的父亲不肯检查，听到王儒被撤职，他说这不公平，他跟王儒半年多没见面，怎么会受王儒的影响，王儒压根儿就没有错误，是个优秀的县委书记。

父亲这么固执，县委决定严肃处理。老魏看到要处分父亲，也着了急，对胡子奇说小崔这人很能干，南壕欠的工作一直不错，这次犯错误是因为他太年轻了。批评他可以，千万别处分他。

胡子奇摆了摆手，说：这事县委已经决定，你就不要管了。事态已经不受老魏控制，他想保父亲也保不住了。

他找到父亲，劝父亲主动向县委做检查，父亲哪里听得进去，梗着脖子说：我没错检查什么。善良的老魏替他写了份检查，求他在上面签个字，父亲说：想处分就处分我好了，字我决不签！

胡子奇听到后，说：行，这小伙子有骨气。他有骨气，县委更有骨气。他不怕处分，县委怕什么？

那个年代效率相当高，二天后县委的处分就用电话下发了，撤销崔子玉海流图乡党委副书记职务，停止其分管的工作。

老魏把电话记录递给父亲，父亲签了字起身要回南壕欠。老魏说：南壕欠你别去了，乡里另派人去。县委停止了你的工作，你先在乡里认识错误。

父亲怔了一会儿，说：那我也得把东西拿回来吧？

老魏说：拿了东西立刻回来。

父亲低着头说：我今天就回。

消息传得很快，父亲还没回南壕欠，人们就知道了。村里人聚到孟锡家。他们知道父亲因为不肯强办初级社被撤了职，对父亲的好感越发深了。

安慰的话他们说不出来，只是默默看着父亲，父亲本来不拿撤职当回事，去年他还是崔干部，以后还当崔干部，也没什么了不起的，只是不让他工作有些不适应，看到村里人送他，他感伤起来，跟人们一个一个地拉手，说我以后还回来。

孟锡把他的被褥放到马背上，公文包挂到马鞍上，他拉着白马从孟锡家出来，迎面看见了老常。老常装作不知道，问：崔书记，这是要去哪儿呀？

父亲说：回乡里。

老常说：不是要在南壕欠建共产主义吗？你走了谁建呀？

父亲听出他在讥讽，停下脚步看着他，说：老常，这你就不用操心了，共产主义早晚会实现。

老常说：你走了，谁领着我们实现呀？我们还想过点灯不用油，耕地不用牛，楼上楼下，电灯电话的好日子呢。

父亲说：你大概也听说了，以后我不是崔书记了，不过，初级社肯定要建起来，我走了，还有别的干部来，不光咱们村建，别的村也得建，你把我这话搁在这儿。

说完父亲上了马，他把马勒回身，冲着送他的乡亲们挥了挥手，这时他忽然难过起来，这么多乡亲送他，最惦记的那个人怎么没出现？还有孟铃，她们去了哪儿？他不便当着众人问，迟疑了一下骑着马离开了。

他刚走孟铃娘就回来了，孟铃娘带着孟铃去看未过门的婆婆，回来听到父亲被撤了职，埋怨孟锡：都是因为你办社不积极。孟锡说：你怨我，我还怨你呢，就因为那天我顶了老魏，老魏才害他。老魏说是崔书记指使的我，其实是你指使的。

这一说，孟铃娘更难受了。她一夜没睡，第二天一早就备马。孟锡问她：你备马做甚。她说：我去乡里看看崔书记。

草滩里白雪皑皑，根本看不见路，孟铃娘一扬鞭，青马在雪里奔跑起来。前面有以前马蹄踏出的蹄迹，孟铃娘想，说不定这就是崔书记走时留下的，她脑子里没有别人，只有父亲。

父亲感受到了人情冷暖，以前他是副书记，有单独的办公室，炕有公务员烧，马有公务员喂，现在办公室没了，在一间六个人的办公室里看简报，夜里跟另外两个干部在一间宿舍，炕得自己烧，马得自己喂。因为炕烧得不热，夜里起来给白马添了两次草，冷风一吹，又发起了烧。

孟铃娘进了乡政府，问：崔书记在哪儿。

公务员指一指父亲睡觉的屋子，孟铃娘连马都没栓，扔下马缰绳就进了屋里。幸亏青马认得白马，自己进了乡里的马棚。

父亲在炕上烧得迷迷糊糊的，听见进来了人，却不知道是谁。孟铃娘扑到他身上紧紧地抱着他。刚刚过去一天，父亲好像老了十岁，额上的皱纹深了，头发乱纷纷的，嘴上的胡须跟荒草似的。她流着泪在那荒草一样的胡须上狠命亲着。

父亲看到是她，也依偎到了她怀里。眼泪是不知不觉流出来的，好像看见了自己的大姐，自己的母亲，委屈一下涌了上来。

他离开家很久了，一直把革命当作事业，把单位当作家，把同事和战友当作亲人，以为有了革命就有了一切，他不知道仅仅有这些还不够，还需要一个拥抱，一份温暖，孟铃娘那热烘烘的怀抱成了他最好的安慰。他在那怀抱里闻到了一阵阵奶香，童年的感觉又回到了心里。

孟铃娘的嘴唇像狂风一样扫过他的眼睛，眉毛，耳朵，脸颊，她亲吻着他的嘴唇，父亲开始还躲闪，孟铃娘不肯放过他，她是一个成熟女人，看到自己喜欢的男人受了这么大委屈，除了热烈的怀抱，饱满的乳房，饥渴的身体，还有什么可以安慰他的呢?

她那湿润的嘴唇一吻到父亲干渴的唇上，父亲就再也不愿松开了。他觉得以前付出的那些辛苦，算不了什么，所谓的委屈也成了过眼云烟，人原来需要的很少，少到只要一个女人。

他们忘情地亲吻着，仿佛回到了草滩里。仿佛白马和青马还站在他们身边，仿佛成了草滩里的一双雀儿，一对野兔，一前一后奔跑的两只黄鼬，仿佛那些草呵花呵，都在为他们摇动呐喊，孟铃娘抚摸着他的脸，他的胸膛、身躯……她要解他的衣服，父亲推开了，孟铃娘索性解开了自己的衣服，她甚至都没关好身后的门，而刚刚出现的这一幕，恰好被外面的公务员看到。

公务员是个四十多岁的男人，光棍，他最初是当笑话看着屋里的一切，他把门推开一道小缝，父亲和孟铃娘亲热的情景让他血管贲张，父亲的推脱他也看见了，孟铃娘三下两下利落地脱了衣服，那白白的大腿让他觉得父亲太傻了，他甚至替父亲着急，埋怨父亲为什么到这时候还迟疑，在他看来，这时候拒绝对一个女人是不尊重的，是没有男子气概的。

他听见了身后的脚步声，转回身发现老魏在看他。老魏的目光在询问：怎么回事？公务员转身走开了，老魏一把推开了屋门。

孟铃娘尖叫一声，呆愣在炕上。过了好半天，她才想起应该把裤子穿上。老魏也愣了，这情景他事先没想到，看到孟铃娘愣着，他退了出去，等到孟铃娘穿戴好，把她带到了另外一间办公室。

老魏让孟铃娘在那间屋里待着，他先到父亲这边寻问，父亲一口承认，说：你看见什么，就是什么。老魏说：小崔，你傻呀？挺好的前程，为啥让一个女人毁了。

父亲说：我没觉得她毁了我。

老魏说：我知道你为什么，你是思想转不过弯来。合作化运动是毛主席发动的，你一时认识不到没关系。你还年轻，过些日子初级社搞起来了，你也认识了错误，职务很快就恢复了。

父亲说：这是两码事，我就是跟余立好。我喜欢她。

老魏摆了摆手，不让父亲说下去，问：是她勾引你，还是你勾引她。

父亲说：她没勾引我。

老魏说：小崔，这可不是小事。你思想错误是一回事，作风错误是一辈子的污点。

父亲不言声。

老魏又说：你在合作化运动中犯了错误，只要认识错误，还是好干部，可是跟房东女人搞到一起，这是败坏党的形象，再想一想是不是她勾引你。

父亲坚定地说：不用想，不是她，是我的错。

老魏一步跨到父亲跟前，狠狠打了他一个耳光。父亲没有躲闪，这个耳光不但没让他觉得疼痛，反而觉得烧一下退了，他对老魏说：打吧，再打也是我的责任。我知道你想让我说什么，我的错就是我的错，我不能让一个女人毁了名声，她还有男人，还有好好的家，还有三个孩子等着她照看。想一想，要是你，你该怎么办?

老魏叹了口气说：那好，你写个检讨吧，不是写现在的事，写初级社的事。

孟铃娘还在旁边办公室等着，她的衣服已经穿戴好，头发梳得整整齐齐的，坐在那里等着上边发落。在她看来，罪过肯定是她的，她喜欢崔书记。

老魏走进办公室，她把脸别向一边。她的身影是倔强的，至今不认为自己有什么错。老魏盯了她一会儿，心想：这娘们儿长得真不赖，他见过很多女人，她们是土，是泥，这个女人跟她们不同，是水，她眼睛里有水一样的东西能从你心上漫过去。她能淹死人呢。

她一冬天识了那么多字，在人前讲起话来条理清楚，要是参加了工作将来比武凤英一点不差，本来想让她当乡妇女主任，现在只能当一辈子农村妇女了。

他说：你回去吧。

孟铃娘问：你让我走?

老魏说：小崔你也看了，你回去吧。

孟铃娘又问：我走了，崔书记咋办。

老魏说：他的事你不用管，他是我们的人。

孟铃娘不甘心，她来是想把父亲带回去的。她说：让崔书记跟我一起走吧。

老魏说：他早不是崔书记了，跟你一起走算什么。回去好好过你的日子吧，今天的事，你别往外露，我们也不会往外露，好好拉扯你的三个孩子。

这话打动了孟铃娘，她想起了孩子，她说：你跟崔书记说，过几天我再来看他。

老魏说：你要再来，不光你，连他一块儿算账。我本来想让你到乡里当干部，好好一个机会让你糟蹋了，以后你再来我就不原谅你了。

孟铃娘听出来老魏是想包起来呢，前提是她不再来找崔书记，这虽然让她痛苦，也让她感激不尽，她什么也不怕，却不能不为父亲着想。她朝老魏鞠了个躬，低着头离开了。

出了乡大院，她心里涌上一阵愧疚。她骑马往回赶，心里涌上对父亲深深的思念和负罪感。

她走后，老魏来到父亲屋里，对父亲说：小崔，咱们也别争了，我承认初级社搞的太急，这不是我的过错，是上面让咱们这么做的。你写个检讨，配合我一下，连今天的事咱们一笔勾销。

父亲问：怎么个一笔勾销？

老魏说：今天的事谁也没看见，我跟县委说你态度转变了，保证在南壕欠把初级社推开，全村都办起初级社。

父亲低了头。

老魏又说：我知道你能干，你要是想办，一定能办起来。胡子奇说年底就让我回县委，以后，海流图的书记就是你的，你年轻，一步走错就把前途耽误了，我是为你好。

父亲沉默了一会儿说：魏书记，我在村里试过，不行。

老魏说：你还坚持原来的观点？

父亲说：不是我坚持，是事实，你说的这个检查我写不了。

老魏气得指点着他，说：好！你看着办吧！

6

我听老魏说起了这个故事时，父亲已经去世了。

我到海流图是为检查信用社收贷工作。老魏这时是县供销社副主任，人们还记得，一九六二年他把饿死人的责任承担下来，受到撤职处分，却保护了其他干部，所以这里的人还叫他老书记。我们喝酒时他突然问我：崔子玉是你什么人？我说：是我父亲。

酒桌上一时沉闷了。

晚上老魏找到我，问我父亲后来的事，他问一句，我答一句，我猜想我说的那些可能都不是他最想听的。

他叹了口气，说：你父亲这个人呵，他跟房东女人没逑啥事，偏要大包大揽，白白背了一辈子黑锅。是我把他保下来的。不是看见你，这话我得带进棺材里呢。

那天夜里，我睡在父亲住过的房子里，虽然过去了二十四年，海流图没什么变化，还是以前那个院子，那两排房子，前面的马棚还是以前的马棚，老百姓的日子没好多少。

父亲在南壕欠下乡时对群众说，实现了共产主义，就是楼上楼下，电灯电话，点灯不用油，耕地不用牛，家家上午吃白面馍馍，下午吃土豆烧牛肉，现在呢？

一到南壕欠我就打听孟锡家，村干部说：孟锡以前是村长，后来自己不当了。他的老婆可不是一般女人，年轻时差点儿当了乡干部，要不现在也是公社书记了。

我问：她为什么没当？

村干部说：她自己不愿意，舍不下男人跟孩子。

中午吃完饭，我想办法离开众人来到孟锡家，孟铃娘正在喂鸡。鸡们欢快地围着她，抢着啄地上的食儿，一只吃饱了的公鸡，围着一只母鸡调情，孟铃娘用手拢一拢散乱的头发，看着远处的天空。她的眼睛里有一种苍茫感。

我问：喂鸡呢？

她说：嗯，你从哪儿来。

我说：县银行的，来收贷的。看你喂鸡进来看看。

我仔细看着她，这就是父亲当年喜欢过的女人吗？或者是她非常喜欢父亲？看不出她有多么漂亮，一个平平常常的农村老太太，只不过穿戴得整齐干净些，在老魏的描述中，她当年是何等动人，岁月已经把她淘得平常了。

如果我算得不错，她现在应该是五十八岁，脸上却比一般五十八岁女人的皱纹多，她眼睛里有一种冷漠，一种高贵，一种不屈。听流海图的人说，我母亲曾经来找过她，她心里的滋味肯定不好受。还有孟锡，他后来怎么样？

她问：你在县里，知道有个叫崔子玉的吧？

我没想到她会主动问，有这一问，说明她心里还有父亲。我说：知道，他死了。

她说：我听说了，死得太早了。

我说："文化大革命"斗得他太厉害，给他挂着三十斤重的大牌子游街，上面写着走资派、反革命。还有一个大流氓，我没有跟她说。

那时父亲回到家里，母亲为这一条跟他争吵，质问为什么给他挂这个。父亲不理她，她就追到里屋，他们把门关上了，我听不清他们后来吵了什么，声音明显压低了。

孟铃娘看了我一眼，说：当年他下乡就住在我们家，文化大革命红卫兵找我们打证明，我们都说崔书记好，我们家男人，三个孩子都说崔书记是好人。红卫兵气哼哼地走了。后来又来过好几拨人，都没拿上他们想要的证明。

这些话让我心里好受些，倒不是因为他们证明了父亲无辜，而是因为这个女人的家庭看来没受什么影响。我好长时间不肯原谅母亲，她在父亲被游斗后，逼着问父亲为什么红卫兵给他挂大流氓的牌子，父亲疲惫地低着头的样子，让我久久不能忘记。

现在我才知道，这一切都是有原因的。家庭就像一个身体，给人看的永远是穿着衣服的身体，脱了衣服才看得见上面的伤痕。

眼前这个家庭呢？他们还住在原来的房子里，孩子都大了，即使有伤口，也会把伤口盖得严严实实，他们还能彼此信任吗？还能百分之百地相信上面派下来的干部吗？还能像以前一样，跟派下来的干部争论的面红耳赤吗？几十年来，他们会怎样小心地不去触碰那道伤口，不让自己回忆痛苦？

我想问问这个女人，后悔不后悔当年的事。犹豫了一会儿，没问。这不是我该问的。

那么我就问一问自己，会不会后悔？不会！我当然不可能理解那一辈的事，不过我也有自己的经历，我不后悔自己的初恋，不后悔自己全身心地爱上过别人，更不后悔自己年轻时的任何选择。因为那就是青春，是激情的岁月。如果有错，也是青春的错误。

我本来想告诉这个女人，我是崔子玉的儿子，犹豫了一下没说。我只是暗暗感激她，文革时她一家为父亲打了有利的证明，更感激的，是她真心爱过我的父亲，一个当年举目无亲来到张北的年轻人，一个从来不知道爱情是什么的年轻人，一个实践了不为自己活着的年轻人。

她让我进家里坐，我告辞了。本来还想问问她村里办初级社的事，仔细一想，没有必要了，不管有多少怀疑，犹豫，不满，所有农民还是要入社，这就是时代。就像现在人人都要面对商品大潮一样，那时人人要融入合作化大潮，南壕欠也不例外。

老鱼的梦

1

夏老鱼十点才从睡梦中醒来，趿拉着鞋走到村东井边，在那里洗了一把脸喝了几口水。井边有块磨盘大的石头，他坐下，摸出身上的烟口袋。村里如今没人卷旱烟了，七十岁以上的老人手里拿得都是中南海，不是离了婚，夏老鱼不会重新捡起来。

这是早春二月的一天，村里人都下地查看墒情，几只麻雀在树上叽叽喳喳地叫，趁夏老鱼不注意落到井边喝水。夏老鱼对着井口发愣。村里一对年轻人经过，手牵着手，连看都没看他。他一抬头，麻雀飞走了。

一个胖得像桶一样的娘儿们快步从井边走过，用怪异的眼光看了老鱼一眼，发现老鱼看她立刻把脸扭开了。这是村会计韩二旺的老婆。自从离了婚，村里女人们都用同情的目光看着他，同时又躲着他。夏老鱼瞅一眼井口，里面幽深幽深地发着寒气。他有一头栽下去的愿望。

这天上午，他在井边想了十几种死法，除了传统的跳井上吊、抹脖子喝药外，他还想到了摸电门，放煤气，跳进村里的铡草机，用刀割腕上的静脉等等办法，觉得都不合适。

最好让对方把他杀死。这既能达到死的目的，又能让对方接受法律制裁。不过，谁能保证对方正好把他打死呢？

两年多以前，他还过着平静的日子，美娟跟他谈不上恩爱，却也跟大多数家庭一样。他们的女儿在乡中学，老师说考上大学不成问题。日子平淡而有希望。

变化是从七月里的一天开始的，那天他家前前后后来了三个人。夏家在村里是小户，除了他们兄弟俩，另外两家姓夏的都是从外地迁来的，跟他们的夏不是一个夏。平时，在村里跟人遇上，他总是低着头。他有弱势人群的敏感，又比一般弱者更为自尊，他在村里越是孤单，就越是表现出对别人的不在乎，这让村里人都觉得他硌涩，现在突然有三个人来他家，而且是来求他的，让他有种翻了身的感觉。

第一个来的是村支书潘国栋，他已经当了二十六年支书，国字脸，眉毛挺浓，脸上的皱纹跟刀刻上去似的，好像藏着好些泥土，天天洗也洗不干净。有人说这叫陈永贵脸。

据说，长这种皱纹是因为童年生活太苦。他后来的日子并不苦，因为很久不干农活，脸上已经褪去了原来的黑赫色，变得青里透黄。眼皮有些肿，脸有些馕，给人以虚浮的感觉。脸上的威严还在，因为除了看见孙子，他没有笑模样。

潘国栋突然登门，让夏老鱼有些害怕，他在村外荒滩上开了一小片地，试着种了点儿白菜和大葱，他把家里的屎尿倒上去不少，两年下来居然真得长了几棵白菜和几捆大葱。这事儿他事先没跟村里说。

看潘国栋自己找了个凳子坐下，他才跟媳妇美娟说：给潘书记倒水呀。美娟扭着屁股要倒水，潘国栋摆摆手说：算了，你也坐吧。

潘国栋没笑，脸上却是和蔼的。夏老鱼冲他笑笑也坐下。潘国栋说起了村委会换届的事，在夏老鱼眼里，村里当家的就是潘国栋，村长不过是聋子的耳朵，他说：谁当村长，还不是听你的。

潘国栋说：过去谁当村长，是我跟乡里推荐，现在不一样了，乡里让民主选举，村长大伙儿一票一票选出来，人家就不一定听我的了。

潘国栋跟他说着村里的情况，他觉得潘国栋真有两把刷子，村里这么复杂几句话就分析透了，村长位置的重要，村里几股势力，哪些人想谋求这个职位，说得清清楚楚。

他还不知道，潘国栋在来他家之前已经去了村里大部分人家，他以为这是潘国栋看得起他，或者说以前看不起，现在看得起了。就凭这一点，他也得听潘国栋的。

听到最后他明白了潘国栋的意思，潘国栋是要自己兼村长，谁当村长他都不放心，只有自己当放心，夏老鱼赶紧涨红脸表示同意，他说：这村长绝不能落到别人手里。咱们村没有潘书记掌舵，肯定得乱了。

潘国栋得了准信儿要走，夏老鱼把他送出院门四下望了望，几个孩子在街上跑来跳去，没有注意到潘国栋从他家出来，他有些失落，要是让更多人看到潘国栋从他家出来多好呵。不过，现在夏老鱼已经有了成就感，他觉得自己在村里正变得重要起来。

下午他去了他哥家，从夏老杰嘴里，他知道潘国栋差不多谁家都去了，当了二十六年支书的潘国栋现在有了压力，村里好些人议论，想另选一个村长。

他们想另选是因为这个村经济上不去，潘国栋太独，来村里办企业都得给他好处，以前有个老板在村里开吹塑厂，潘国栋在“好再来”吃饭的钱都挂到人家账上，邻村的支书为了把这个企业拉到他们村，反倒请老板吃饭，吹塑厂迁过去后几年就做大了，成了县里有名的企业。那个老板逢人就说他的经历，弄得别的老板谁都不敢来这个村投资了。

潘家在村里并不是最大的姓，潘国栋在台上，潘家人各种好处都得了。开始人们觉得，潘国栋当支书当然要对潘家人好，现在有了选举的事，就说潘家好处已经得了不少，风水轮流转，也该让别人家得点儿实惠了。

夏老鱼听哥哥这么一说，觉得也是这么回事。不过，他已经答应了潘国栋，这时候还是想信守承诺的。

到了中午，家里又来了人，是村里以前的副书记老韩。韩家在村里是最大的户，差不多占了全村的一半儿，潘国栋也要让他三分。村会计韩二旺是他的侄子，潘国栋动钱的事没有一样能瞒得了他，却不敢换这个会计。

老韩对夏老鱼说，他辞了副书记后本来不想出来干了，村里人这回都想让他站出来，附近留村的人均收入已经达到了五千多，咱们村才四五百，再这么下去不光耽误了咱们这一辈，把下一辈也耽误了。他再不出来，人们不答应。

夏老鱼脑子随着老韩的话，浮现出潘国栋做得许许多多不妥的事，有些实在是太霸道了。老韩说：韩家庄不是韩家的，也不是潘家的，是大家的，大家的事就应该大家拿主意，毕竟村里经济上不去家家户户都吃亏啊！夏老鱼听得热血沸腾。要不是上午答应了潘国栋，他真想当下就答应了老韩。

老韩起身告辞，夏老鱼追着送他。到了门口老韩回过身说：你再考虑考虑。夏老鱼哈着腰说：好好。到了院门口，老韩又回过身说：我是为咱全村着想，不然才不站出来呢。

老韩衣服上蹭了一块儿泥土，夏老鱼殷勤地给他拍打干净，嘴里说：是，韩书记，我听你说得有理，受听。送走老韩后他琢磨这句话算不算答应了老韩，他认为不算，如果老韩认为算那是他自己的事。现在村里两个大户都看得起他，他觉得这比村里的经济还重要。

民主是一个排遣孤独的过程。村长是谁，对他来说不重要，他只是乐意被人看重，被某个群体接纳，这有点儿像爱情，爱情的意义绝不仅是男女间那点儿事儿，而是让男女都有了归属感。现在村里两个大户拉他，他的心像柳条一样浮荡起来。

他听到了鸟鸣，树上两个麻雀互相啄羽毛，在他看来也是有意味的。天空变得湛蓝湛蓝，云彩在天边像棉絮一样浮动着，一切都显得辽远，宽阔，甚至村里塑料厂冒出的烟雾，也不再让他感到厌恶。

他觉得这是新生活的开始。

晚上十点钟，他跟媳妇要睡了，外面又响起了敲门声。敲门声很急，夏老鱼猜出又是为选举的事，他走到院里在黑暗中定了定神，夜晚的凉爽从他脸上拂过，心情也跟着敞亮起来。他开了门，看到是村里的孙大疙瘩。这是他最不愿意看见的人，他不让开，站在门口说：孙总，有事吗？

孙大疙瘩说：有事。

夏老鱼说：我们都睡了。

孙大疙瘩绕开他径直往里面走，夏老鱼心里别扭，却不好意思拦。他媳妇美娟听到孙大疙瘩叫门，躲到了另一间屋，孙大疙瘩比夏老鱼大一岁，小时候他们天天在一起玩儿，孙大疙瘩常欺负别的孩子，夏老鱼跟他打过一架，从那以后两人见了都生生的，一点儿不像一起玩大的伙伴。

最让他不平的是，孙大疙瘩在县财政局当临时工时，不知怎么跟一个副局长搭上了，靠着这个副局长，回村办起了塑料加工厂。短短几年时间买了一辆捷达，换了一个老婆，又买了一辆马六，又换了一个老婆，都是一块儿长大的孩子，人家已经娶了第三个老婆，他还在村里抬不起头来，这让他心里特别不舒服。

看到孙大疙瘩进了家，他不冷不热地说：坐吧。说着递过一个凳子。

孙大疙瘩说：现在谁还坐这种凳子，回头我让李宝给你送几把椅子来。

夏老鱼笑一笑，不说要，也不说不要。

孙大疙瘩说完冲外面招手，进来的人小名儿二混子，大名李宝。孙大疙瘩说：老鱼，咱们是从小一起玩大的哥儿们，我天天忙，平时也没空儿跟你说话，今天县里领导叫我们这些企业家开座谈会，说让我们在村里发挥更大的作用，这不，从县里一回来我就来看你，想听听你的意见。

夏老鱼说：你发挥的不错了。他想把孙大疙瘩堵回去。

孙大疙瘩一挥手说：不行，县里觉得我还发挥的不够。我也不跟你绕弯子，找你来就是为了村里选举的事，你有什么看法没有。

夏老鱼低着头说：你还不知道我，从小就这样，没看法。

孙大疙瘩说：没看法可不行，现在不是以前了，上面让村民自治，民主选举，你怎么能没看法呢？你这个态度有问题呵！

夏老鱼忍了忍说：大伙儿的看法就是我的看法，选谁都行，我随大流儿。

孙大疙瘩说：随大流还叫什么民主选举，从小你就糊涂，现在到了关键时候，你还是这么糊涂，这可不行！

夏老鱼心想，这哪是拉票来了，是逼票来了。听你说话不像是求我，倒像是我爹在训我。他说：你也知道，我就这么点儿觉悟，再说了，村里的事还不是那几个人说了算，我这样的说了话什么时候算数过。你要是想当村长，就找他们说去，不用跟我说。

孙大疙瘩说：我怎么会想当村长，厂里的事儿我还忙不过来呢，别的不说，就乡里天天开会我都受不了。

夏老鱼抬起头看着他，见他一脸认真，不像在说谎。

孙大疙瘩说：我这次来是给你推荐我的兄弟，李宝你们都认识，比我年轻，比我能干，实话跟你说，他当村长就等于我当，我们塑料厂支持他带领全村人奔小康，他当了村长，村里需要钱，塑料厂出钱，村里修桥铺路，塑料厂出资，村里需要贷款，我替你们请客联系银行，说白了是因为我太忙，让他出来代表我管一管村里的事儿。这事儿我已经跟乡里沟通过了，他们也挺支持。现在就看村里人的态度了。

李宝没跟孙大疙瘩以前，是村里一个闲汉，庄稼活儿不愿意干，生意又做不了，天天找男人们外出打工的人家串门子，跟人家女人闲聊。那时候，四邻八村儿的鸡呀猪呀丢了，有一半儿能追到李宝这儿来，有一年农忙时留村的变压器丢了，县公安局来调查，据说也是李宝领着人作的案。

每年一到秋天，李宝领着村里混混在公路边截汽车，这条路是通往山西的，一入秋，一辆辆车上拉得都是块儿煤。李宝站在前面拦住，问能不能搭车，司机不同意，他却拦着不让人家走。后面有人早跳到车上，车开走，上到车上的人往下铲煤，铲得差不多了，再跳下来。每路过一辆车，他们都铲下几百斤煤来。

孙大疙瘩办了企业后特意把李宝招到手下当保安队长，据说有了李宝，厂里没丢过东西。现在这样的人要当村长，夏老鱼想一想都觉得恶心。他想当下拒绝，又不好当着李宝公开说，憋了半天，他说了一句：怎么着都行。

孙大疙瘩说：那就谢谢你了。

夏老鱼心说：谢什么，我又没答应你。孙大疙瘩却抱着已经答应了的意思，跟他道了别。夏老鱼拖着脚步跟到门外，冲孙大疙瘩摆了摆手，说：慢走。孙大疙瘩刚一转身，他就把街门咣地关了。

回到屋里，美娟让他到外地躲一躲，美娟的一个弟弟在廊坊某建筑队当厨师，前些日子捎话说，一个人蒸几百号人的馒头实在忙不过来，他过去管吃管住，一个月能挣一千五百块钱。夏老鱼没答应，他才不想天天蒸馒头呢。现在美娟又提起了这事儿，一半儿是心疼弟弟，一半儿是想让他躲开村里的是非。

他说躲不是办法，你躲了孙大疙瘩把潘国栋也得罪了。两口子为这吵了半夜，本来上午跟潘国栋聊了天，小肚子下面一拱一拱的还有点儿兴致，一吵什么兴致也没有了。

他觉得民主不光给了他希望，也带来了烦恼。

2

第二天一出院门，又遇见了孙大疙瘩。天有些阴，太阳在孙大疙瘩身后不红不白地悬着，几块青灰色的云遮住了阳光，燕子在空中飞来飞去，天大概要下雨了。夏老鱼猜出孙大疙瘩又到谁家拉票了，想装着没看见。孙大疙瘩却站住，冲他笑着点点头递过一支烟，他接过烟也笑着点点头，其实他挺想跟孙大疙瘩说明自己不同意李宝，看孙大疙瘩的样子终究有些胆怯，他把话咽了。

村里人见了互相都挺热乎，他们交流着情况，家家都跟他一样分别接待了三个人，至于打算投谁的票，人家都没有露，现在人精得很，不到最后时刻谁也不露底。

夏老鱼当然也不露，他跟人说这仨人都有能力，选谁他看大伙儿的。有人问他哥哥夏老杰的态度，夏老鱼说：没听他唠过。

这时候地里不太忙，村里人都无心下地，夏老鱼跟这个说说，跟那个聊聊，一天就过去了。晚上十点钟左右，外面又有人叫门。美娟让他不要开，夏老鱼觉得不开不好，投票得罪人是没办法的事，不开门得罪人就不上算了。

他开了街门，李宝径直往里走。他看见李宝手里提着东西，急忙喊：美娟，李宝来了。美娟正脱衣裳，听见他开门急忙又穿上。李宝进来时，还没有来得及系扣子，看到是李宝急忙把怀掩上了。

李宝没看她半掩的怀，把手里提的东西往地下一放要走。夏老鱼拦住他：李宝，你这是干什么。

李宝说：孙总让送来的。

夏老鱼看了看，是两袋子古船牌面粉，一桶金龙鱼大豆油。他说：李宝，你快拿回去。

李宝梗着脖子说：孙总的意思，你不想要找孙总去。

夏老鱼说：你先拿回去，我回头再跟孙总说。

李宝说：夏老鱼你什么意思，这村里我跑了三十多家了，还没有一家像你这样的，人家都是感谢孙总，你这算什么。

夏老鱼说：我也感谢孙总，不过东西我不能要。我不是那种人。

李宝说：操，谁是那种人，你把我们看成什么了，孙总看得起你，这是他的一片心意，你别不知好歹。

他这么一说，夏老鱼就不好再往外推了。李宝在他犹豫的时候已经走了，弄得他心里别别扭扭的，对美娟说，这东西你别动，以后再还他。

美娟却挺高兴，看着面和油说：还什么，还了不就得罪他了。

夏老鱼说：什么东西，仗着有钱颐指气使的，又弄出个混混要当村长，我偏不要他的。说着提起东西要给孙大疙瘩送回去，美娟一把拉住说：你让我省省心吧，人家都说孙大疙瘩跟黑道上人勾着，李宝是他的打手，你不怕得罪他，我还怕呢。

夏老鱼说：他跟黑道上勾着又怎么样，我不要他的东西，他还能打我一顿？

美娟说：你想还给他也行，明天咱俩离了婚，你再去还，到时候他们爱怎么着你，也跟我没关系了。

夏老鱼只好作罢。

又过了两天老韩也来了，旁边跟着老韩的女婿，老韩给他带来了二桶金龙鱼油，一袋七河源大米。算起来比孙大疙瘩花的钱多，夏老鱼因为对老韩印象不错，也没怎么客气就收下了。他觉得老韩当了，他心里也能接受。他虽然答应了潘国栋，老韩如果给的礼多他也可以投他一票。毕竟这两个人谁当，他都没意见。

现在，他的心已经偏向了老韩一边，他想起村里人说的话，风水轮流转，潘家该让别人得点儿实惠了。想到这儿他把老韩送了很远，走到街边转角的地方，他跟老韩说了孙大疙瘩的事儿。

老韩已经知道孙大疙瘩在挨家挨户送东西，却装作不知道，他认真地听夏老鱼说完，感慨地说：老鱼，还是你跟我贴心呵！说完紧紧地握一握手。

夏老鱼说：韩书记，你千万甭跟旁人说。

老韩说：你放心。说完迈着大步走了。

夏老鱼看着老韩的背影，觉得做了有生以来最聪明的一件事，老韩真当了村长，决不会忘记他今天说的话。回到家，美娟问他跟老韩说什么了，他说：老韩还是上回那些话，我什么也没答应。说完踏踏实实地睡了。

村里很平静，家家照常下地干活。以前没送东西时，互相见了还说谁谁来过家里，现在送了东西大家反而不说了，好像没选举这回事儿似的。傍晚时分，村里不同的群体开始往一块儿聚，这时候才称得上暗流涌动。

“文革”时，村里人都往生产队饲养房里聚，如今饲养房没了，都往饭馆儿里凑。

村里最大的饭馆儿叫“好再来”，是潘小六儿开的，真正的老板有人说是潘国栋，不过潘国栋自己不承认。乡里、县里领导来了，潘国栋都在这儿请客，以前孙大疙瘩也在这儿请客，塑料厂火了，他在旁边开了个银红酒家。孙大疙瘩的第三个老婆叫李银红，原来是酒家的领班。她给孙大疙瘩生了孩子后不当领班了，改叫经理。酒家里的大事小情都归她管。

老韩也开过一家饭馆，因为有了两家饭馆，他的饭馆生意不好，开了半年改成了建材商店，附近各村盖房装修，都从他这儿买东西。晚上，建材商店是免费的茶馆，也是聚集人气的好地方。

去“好再来”的大部分是潘家人，夏老鱼因为答应了潘国栋，也去“好再来”，那里人的说法是一山不容二虎，村里不能有二个说了算的，都说了算实际上都不算。当然也有不同意见，比如潘家有个孩子考到了北京一所大学，前几天他妈病了家里把他叫回来。他在饭馆里听见别人的议论，就说现代社会权力应该互相制约，一山应该有二虎，不光要一山二虎，甚至要三虎四虎才行。他的话被别人当成了小孩子的屁话，让他爹骂了几句，他就不说了。

还有人说，选领导不能跟养猪一样，养猪要换，养肥一个杀一个，换瘦的重新养。领导就不是，养肥二个领导比养肥一个领导成本高。换一个新领导，以前饿得急，一上台比旧得还贪。这话听起来恶毒，实际上还是要选潘国栋。人们听了哈哈一笑，都打定了主意。

夏老鱼笑完扭身去了建材商店，在这儿听见的就都是潘国栋的负面消息了。比如潘国栋把村里小学教师的肚子搞大了，人家父亲和哥哥找了来，他给了人家十万块钱，后来学校好长时间没语文老师，弄得孩子们考不上初中。

还有人说，乡里前年给村里拨了十万扶贫款，大伙儿一分没看见，有人说是干部们私分了，有人说是潘国栋独吞了。夏老鱼并不信，村会计是韩家的，潘国栋独吞韩会计不可能不知道。说这话的人也有理，潘国栋一下给了小学教师十万，钱从哪儿来的？他自己不做生意，没有外快，钱能从天上掉下来吗？这么一说，连夏老鱼也觉得是真的了。

夏老鱼把听到的情况跟美娟说了，美娟说：你别光听别人，咱答应了潘国栋，就投潘国栋的票。

夏老鱼说：潘国栋以前对咱们家有什么好？

美娟说：以前不好，有这次的事就好了。再说潘国栋把潘家的事也办得差不多了，下一步就该照顾你这样的，选上老韩，人家先得给韩家人办事，轮到你猴年马月了。

这其实跟养猪的说法一样，夏老鱼觉得有理。不过他想起老韩送了大米和油，就说潘国栋太不像话了，到现在连一分钱的血都没出就让别人选他，早知道这样，我真不该那么早答应他。

美娟说：你一个大男人，不能光盯着两袋子大米一桶油，离投票还有一个多礼拜呢，你知道潘国栋会让你白投？说不定有人早把这两家送东西的事告诉他了。

潘国栋第二天真的来了，他没拿油也没拿米，拿了一张卡片。夏老鱼两口子没使过这玩意儿，不知道值多少钱。潘国栋说，这卡里是一千块，到县城的美林商厦随便换东西。

潘国栋又说，自从酝酿竞选，大部分村民是好的，也有个别人故意造谣丑化村干部，咱们村小学校那个教师，是大学毕业来支教的，原来说两年，到了两年人家当然得回去。咱们村想多留几年，人家家长特意找到村里，我只好放了人家。还有扶贫款，开始乡里答应给咱们，村里有人告状，说咱们村为了得到扶贫款故意压低人均收入。我找乡领导，要求乡里下来调查。乡里没下来，扶贫款也没给。那点儿扶贫款本来就不够分，现在有下台干部告状，乡里正好把这款扣了。

这么一说，不是又成了老韩的。夏老鱼听得脑袋仁儿疼，他一边儿听一边儿想那个卡里是不是真有一千块钱，那么薄一个片子，怎么可能有那么多钱呢？

第二天，他跟着美娟进了县城，到了美林商厦，人家说里面真有一千块。这让他跟美娟心情颇愉快。从古至今，都是群众给干部送钱，哪有干部给群众送钱的，现在天跟地真翻过来了。

仔细一看，村里十几个人进了美林商厦，看来卡不光给了他一家，这越发让他觉得民主选举好，以前选村干部，乡领导一拍桌子就定了，其实乡领导也是因为有人送东西送卡，现在把卡和东西送给群众，比以前强多了。

一千块钱在卡里放着，他觉得不如换成东西。他给美娟买了两件衣服，给美娟的爹买了痒痒挠，给美娟的娘买了个电褥子，给自己的孩子买了新书包和一条裙子。美娟要给他买双皮鞋，他不同意，说是不是给我哥和嫂子买点儿东西，夏老鱼的爹死得早，全仗着哥哥顶门立户，前几年娘也死了，现在他一想孝顺老人不知不觉就想到了哥嫂。美娟不同意，说潘国栋肯定也给你哥家送了，还用你买。你要是不要皮鞋，我就给我弟弟买双皮鞋。夏老鱼同意了。

回去的路上美娟很高兴。夏老鱼本来不太高兴，美娟在没人的地方搂着他的胳膊，一对肥奶贴着他的身子，他慢慢也高兴了。趁着没人亲了美娟一口，美娟也没太躲，只是拧了他一把。

回到村里，见好些女人都穿了新衣服，她们见了美娟都会心地一笑。美娟也笑。夏老鱼知道，这一笑就定了潘国栋。

潘国栋对给不给人们卡，曾犹豫过几天。开始，他听到老韩和孙大疙瘩给村里人送油送面，立刻找乡里汇报。乡党委书记说：这怎么行，赶紧制止，坚决制止！说完却没有行动。给潘国栋的感觉是，乡里把制止的任务给了他。

他回来找几个心腹商量，打算在村里开大会，严肃选举纪律，利用村里的广播喇叭警告搞贿选的人。潘小六坚决反对：你在大喇叭里一嚷嚷，不光制止不了，还得罪人。谁不愿意让人给自己送东西，你制止了谁家高兴？再说你嚷嚷了就能制止吗？人家该送的照送，反正你又没有抓住人家。你这么一管，不光制止不了，还把自己的路堵死了。

潘国栋问：怎么堵死了？

潘小六说：等你发现管不了再想自己送，还怎么送，是你在大会上不让人送的，你以后还能挨家挨户送吗?

潘小六是村里唯一一个有中专学历的人，有文化跟没文化就是不一样。潘小六又说，送油送面太招摇，挨家挨户提着跑也累。他们这么跑行，你一个书记这么跑就失身份了。还不如到美林商厦办个卡，一张卡五百块钱，全村三百多户，花十几万就搞定了。这钱其实也不用自己出，等选举完了，找个机会在村里报了。

潘国栋觉得这主意好，不失身份，又有力度。他脑袋一热说，要办就办个一千的，不就三十多万块钱吗？夏老鱼不知道还有这些曲折，只觉得潘国栋送礼也送得大气，像个领导送的。他相信潘国栋当了村长一定会照顾他。

韩家庄是个东西向的村子，村东大部分是韩家人，后来107国道从村东经过，潘家人看村东兴旺，也迁到了村东，形成了村东大，村西小的格局。

孙大疙瘩刚建塑料厂时，潘国栋让他去村西。孙大疙瘩说村西离公路远，产品拉不出去。为了能在村东建厂，他在潘国栋身上花了不少钱，这是他看不起潘国栋的主要原因。

他的银红酒家建在塑料厂旁边，开始想建个住宿餐饮洗浴一条龙的休闲中心，李银红坚决反对，说投资太大她照顾不过来。最后只做了餐饮。去银红酒家的都是塑料厂的工人，一些年轻人愿意去，是看那里有几个细腰的服务员。这里的人气，明显比不上那两家。

最近，银红酒家渐渐热闹起来，这主要是因为李银红。村里人说，孙大疙瘩能做大一半儿是因为有李银红，这女孩子是哈尔滨人，长得水灵，脑子又好使。听说她原来的母亲跟人私通生了她，被她父亲打死了，父亲被判了死刑。

她是被舅舅养大的，小时候一直受舅妈虐待。长大后舅妈看她有几分姿色，想让她嫁给娘家一个瘸腿亲戚，李银红不凉不热地答应着，到了订婚前一天悄悄上了火车。

别的丫头到了内地都往大城市奔，她不去北京也不去深圳，一头扎到了韩家庄。等她舅舅找到她时，她已经跟孙大疙瘩结了婚，连孩子都有了。

她跟孙大疙瘩结婚后，对孙大疙瘩的两个前妻都挺好。不像孙大疙瘩的第二个老婆，看见前一房就吐唾沫。她不光对她们笑脸相迎，没事儿还拿着东西去看她们，对她们说：你们的现在，就是我的将来。这是说孙大疙瘩靠不住。这一下两个前妻从原来恨她，都变成了同情她。孙大疙瘩看她跟她们处得这么好，更喜欢她了。

她有二大本事，一个是喝，一个是说浑段子。孙大疙瘩拿不下的合同，她连干三杯就把合同签了。一些领导摆不平，孙大疙瘩也是靠她，她的浑段子都是从酒桌上听来的，经她一加工不可笑的也能让人笑晕，一场酒下来领导们没有不喜欢她的。

对推举李宝当村长，孙大疙瘩一直自信满满的，觉得世上没有钱摆不平的事儿。李银红却不这么想，她看见老韩的建材商店天天坐着好些人，再看好再来酒店，也是天天欢声笑语，只有孙大疙瘩这边冷清。

生了孩子后，她不怎么去银红酒家，现在特意化了妆，打扮得漂漂亮亮地站在大堂里迎接客人。酒家的服务员都换了新装，三个人一瓶高级香水，一进银红酒家香喷喷的。这么一来，村里年轻人来得多了。

以前李银红在村里不苟言笑，她能开玩笑，只跟领导开，能喝酒，只陪客户喝，现在银红酒家里服务员跟村里年轻人开玩笑时，她也会画龙点睛地插上一句，弄得酒店里笑浪叠起，人声鼎沸。

结账时她一律打六折，开始人们以为算错了，李银红说没错，咱们酒店今年开业五周年，这是对村里人的爱心回馈。这一来，连潘家和韩家的人都来银红酒家吃饭了。

夏老鱼听到消息一直想去看看，正好这时有人请他吃饭，请他的也是小户，以前在村里总受气，便到天津一家商厦当了保安，后来又升任安保处长，也算成了白领。那人因为在企业发展的不错，便说所有老板都是公平的，不公平不可能做大。还说村里选孙大疙瘩当村长，实在是好事。夏老鱼悄悄对他说，不是选孙大疙瘩是选李宝。那人说，李宝就是孙大疙瘩，一回事。

他们在酒桌上议论，李银红在不远处笑眯眯地听，她的眼睛照看着好几个桌子，看到他们桌要吃完了，屁股一扭一扭地走过来，一人敬一杯酒。敬到夏老鱼时，李银红笑着说：老鱼大哥，我听孙总常说你，常来呵。夏老鱼一喘气觉得空气香喷喷的，都是肉味儿，他紧张得连气都不敢喘了。

桌上坐了十一个人，李银红一连气喝了十一杯白酒，把夏老鱼都看傻了。李银红让服务员递给他们每人一张消费卡，说这卡上是五百块钱，没有期限，什么时候想吃饭拿着卡来，一次使不完下次接着使。李银红一句都没提村里选举的事，只是说感谢村里人这些年对他们公司的厚爱。夏老鱼心说：这娘们儿真是个人物。

听到发卡，村里人都往这边跑，李银红一视同仁，不管吃不吃饭每家发一张卡。有时当爹的领了，儿子再来还领。钱没有白花的，年轻人拿了卡，都说留村以前经济还不如咱们村，前些年把一个企业家请回来当村长，几年经济就上去了。人家现在每月给七十岁以上的老人发七十块钱养老金。年轻人结婚，村里一律出三万。结论是，村干部要让有经济头脑的人当。

这事很快传到了潘国栋耳朵里，他在街上碰见老韩，特意站住递上一支烟，问：银红酒家发卡的事你听说了吧？老韩说昨晚才听说。潘国栋说：这么下去非让这女人把选举搞砸了，她见人就发卡，把人心向背搞乱了。

老韩心想，是你先给村里人发卡的。但他不说，只是看着潘国栋的鼻子。潘国栋是个红鼻头，鼻孔里翘出几根白色鼻毛，推断下面阴毛肯定也白了，到了这把年纪还不培养年轻干部，只顾自己抓权。他说：银红酒家说，发卡是开业五周年搞的优惠活动。

潘国栋说：什么优惠活动，分明是收买人心。塑料厂把村里的土地，水，还有空气都污染了，还要扩建，我一直顶着呢，他们的人当了村长，以后肯定要扩大，这是危害全村的事。他们竞选村长，其实是为这个。

老韩一边点头一边想：塑料厂是你让建的，那么多企业你不留，单单留下个高污染的，得了多少好处你心里清楚。他翻着白眼，看着天上的一只鹞鹰在空中来回盘旋。潘国栋明白他心里想什么，说：你再想想这事儿吧。说完走了。

老韩觉得不对劲儿。

以前孙大疙瘩污染，村里还能制约一点儿，李宝真当了村长，再一扩建，这村里的水就没法儿喝了，气也没法儿喘了，这是千秋万代的事。潘国栋再不怎么样，危害还不能这么大。老韩想了一晚上，觉得应该到乡里说说。

乡政府在四十五里外的梁家洼，骑自行车蹬到那里已经三点，老韩并不急着找乡领导，给建材商店进了点货，到移动营业部交了话费，最后又去乡中学看了看正在上学的孙子。他做这些时眼睛一直瞄着乡政府，想等大院儿里人少了再进去。

快五点了他才往大院里走，没想到还是碰见了本家一个侄子，见了他恭恭敬敬地站住，问：二叔来乡里有事呵？

老韩含糊答应着，怕对方再问，抢先问：二贵，你来乡里做什么？

二贵说：我超生的那个二胎，一直没上过户口，今年就该上初中了，乡中学要户口本，我来乡里交罚款。

老韩问：交了？

二贵说：交了。

老韩说：你去吧。

乡政府是一座六层大楼，前年刚建的，盖这座大楼花了五千多万，不知道乡里从哪儿弄来的钱，建成后省里、市里来了大官儿，县领导都愿意往这里领，一看这座大楼，就知道这个县经济不错。

大楼前面是个喷水池，平时不喷水，上级来了才喷。池子里养着十几条红鲤鱼，乡干部没事拿饼干什么的往水池里扔，鱼有灵性，看到人不但不躲反而往前凑，老韩一到池子前，鱼们都摇着尾巴浮上来，老韩觉得是个好兆头。

池水旁边是个石桌，几个乡干部正围着下棋，老韩本不想惊动他们，他们发现了，都跟他打招呼：老韩来了。

老韩说：来了。

有事呵？

老韩说：没事。好长时间不来，想你们了。

想我们？你是想牛书记和严乡长了吧？他们都在四楼东头呢。

老韩红了脸，要往楼里走。

一个乡干部又说：这回竞选，村长是你的吧？

老韩说：不行，我哪有那个能力。

那个乡干部又说：两个大领导都在办公室呢，赶紧跟他们沟通，不然到手的村长就飞了。

老韩让他说得窘在那里，走也不是，不走也不是。只好先停下看他们下棋。乡干部们下得是围棋，看不懂，他歪着脑袋看喷水池前的雕塑。

雕塑是个铜牛，身上肌肉青筋暴起，撅着尾巴，两只牛角奋力往前面顶。腰上一个铜牌，写着“拓荒牛”三个字，是乡党委书记的亲笔。这牛是乡党委书记去深圳参观证券交易所得来的灵感，他说：搞证券讲究牛市，咱们抓经济也要造牛市，要有拓荒牛奋不顾身的精神。

证券交易所的牛略加改造，就成了本乡的牛，雕塑建成后县里组织各乡领导参观，人们给书记起了个绰号，叫牛书记，其实他不姓牛，姓詹。乡里人管乡政府大院叫牛院。还有更可恶的人，叫牛 × 大院，牛 × 书记。

老韩看着那头牛愣神，一个乡干部说：你这点儿文化也看不懂我们下的棋，还是赶紧上楼吧，一会儿领导就走了。

老韩得了特赦一般，进了楼里。

牛书记看到他来了，立刻起身让座，倒茶。严乡长也在，冲他微笑。老韩心一沉，他知道严乡长跟潘国栋关系不错。不过既然来了，也不能显出怯阵来，哈着腰说：领导们忙着呢？

严乡长说：老韩，你来得正好，跟我们说说你们村选举的情况。

老韩说：我也说不好，领导们最好还是去我们村看看！也该关心关心我们村了。

书记说：早就想去，就是这些日子太忙，顾不上。各个村都在搞换届选举，到处是反映问题的，我们只好哪儿出了乱子去哪儿。另外还有两个招商引资的项目，一个天津来的，一个东莞来的，我们也不能含糊，一含糊好几个亿的资金就跑了。又问：你们村进行的怎么样了。

老韩说：该报名的都报名了。

牛书记问：你报了吗？

老韩说：报了，村里人非拱着让我报，不报不行，不过我肯定选不上。

严乡长说：你怎么知道选不上，你在村里挺有威信嘛。

老韩说：有威信不假，不过，人家都发卡，我威信再高也抵不了人家的卡管事儿。

牛书记立刻正色道：谁发卡了。老韩说了银红酒家发卡的事，不过他没有说老潘发卡，只是说：听说有的干部也有这种行为。

书记以前听潘国栋说过，村里有人送米送油，他估计说得是老韩，现在听老韩说有人发卡，不用问指得肯定是潘国栋。他跟严乡长说：这可不行，这么下去选举就乱了套。又对老韩说：老韩你先回去，我们明天跟东莞那边把协议签了，后天就去你们村。如果是真的，一定严肃处理。

老韩反而对他们说：两位领导，这可不算我反映问题呵！我就是随便跟你们聊聊天，你们什么时候到了村里，我请你们吃饭。

两个领导一边送他，一边说：好，去了村里，我们找你。

乡领导的桑塔纳车一到，男人们要下地的都不下地了，下了地的听到消息也跑回来，站得远远的瞭望领导们的轿车，女人们站在自家院里干活，不时瞟着男人们站的方向。只有半大孩子们跑到村委会院里，一会儿趴到窗户上看，一会儿在院里跳来跳去。会计韩二旺从屋里出来，他们跑开了，韩二旺一进屋，他们又扑上去了。

潘国栋恭恭敬敬地做了汇报，说村里的工作这好那好，领导们不耐烦，打断他的话头说：先汇报民主选举的情况。潘国栋又汇报选举是怎么准备的，都谁报了名，等等。

牛书记拉下脸，说：不要光说程序，说问题。潘国栋不知道领导们听到了什么，一边汇报一边试探，牛书记索性不再听了，用钢笔敲着桌子对老潘说：你是村里的书记，选举工作你要亲自抓，不要因为你自己参加竞选，该抓的工作就放任不管了。目前最主要的是把选举风气扭转过来。现在有人反映，你们村有给选民发卡的情况，这个情况要坚决制止。

潘国栋听后吓了一跳，以为是说他，听领导的口气对他还是信任的，硬着头皮说：有发卡的现象吗？我还真没掌握。

牛书记厉声说：我们都知道了，你还没掌握？你这个书记怎么当的。你们村的银红酒家给村里人发了好些卡，你是真不知道，还是故意装糊涂。

潘国栋放了心，说：我真不知道。

牛书记说：火车跑得快，全凭车头带，村长选不好，村里的经济不可能搞上去。这几天就让侯副乡长在你们村蹲着，协助你们调查，一定要把事情查清楚，证据确凿就严肃处理，不能手软。

正说着，另外一个村打来电话，说他们村也出现了贿选拉票的情况，两个领导马不停蹄赶到下一村，潘国栋心里一块石头落了地，跟侯副乡长商量下一步怎么办？

侯副乡长说：按乡领导的意思，下午调查吧。

潘国栋试探说：咱俩是不是各带一个组，分别跟村民谈。

侯副乡长说：我来是协助你们村党支部的，别分组了，咱俩一块儿跟村里人谈！

村里人看到桑塔纳车来了，本来报了很大希望，一会儿看车又走了，心凉了不少。再看只留下个副乡长，心劲儿就没了。侯副乡长问他们是不是收过卡，都摇头说没收到过，说地里活儿挺多，没别的事儿我就走了。

倒是跟李银红谈话时，李银红痛痛快快地承认了，说：我们酒家是发卡了，那是爱心卡，我们酒家开业五周年，现在要对村里进行爱心回馈，跟村里的选举毫无关系，再说竞选的人也不是孙总，是李宝，李宝就是塑料厂一个普通员工，跟我们酒家没有任何关系。

侯副乡长第一次见李银红，看她一脸脂粉，一身香气，明白这不是一般女人。他又问了村里一些人，有的说没收过卡，有的说李银红没提过选举的事。孙大疙瘩听到乡里调查他，认定是潘国栋干的，恨得咬牙切齿。他让人给潘国栋捎话说：你他妈的自己送卡还调查我们，也不看看自己屁股干净不干净，再调查我让人把你送卡的事都兜出来。

潘国栋听到这话，对侯副乡长说：这事调查不清楚，我看就算了吧，警告他们一下，以后不敢再送也就算了。

事情不了了之。

这么一来，不但没把风刹住反而让孙大疙瘩胆儿更大了，选举前一天，他让李宝拿着钱挨家挨户送，除了潘家的人，每家送两千块钱。

李宝去夏老鱼家时，夏老鱼正在晾大缸里的绿豆，绿豆是去年收的，过了一冬，天一暖和飞出好些蛾子，美娟说：绿豆着了虫儿，你也不管管。

夏老鱼把绿豆倒进笸箩里，拿到院里晒，里面的小虫子一个个钻出来，夏老鱼看见拣出来扔到地上，院里的鸡奔过来抢着吃。正捡着李宝进来了。夏老鱼不愿意理他，还低着头捡虫子。李宝对他说：老鱼，你进来我有事儿跟你说。

夏老鱼说：什么事儿，在这儿说吧。

李宝说：好事儿，屋里说。

夏老鱼跟着进到屋里。李宝说：你坐。

夏老鱼心说，这是我家，倒好像成了你们家似的。

李宝说：明天就要选举了，孙总让我来看看。你看潘家在村里有自己的人，韩家在村里也有，就你们这些小户在村里没人，好事儿从来轮不着你们，以后，我就是你们的代表，我要是当上村长一定先把这些在村里多年受气的人挂在心上，维护你们的利益。潘家的人上了台，你就是给他投过票，他也得先替潘家的人着想，你说是不是？

这么说是李银红教给李宝的，夏老鱼觉得受听，细一想真是这么回事。接着李宝把两千块钱递上来，对夏老鱼说前几天乡里调查送卡的事儿，我也不给你卡了，这点儿钱算我一点儿心意，这事天知地知，你知我知。咱们谁都不往外说。

夏老鱼一把推开，说：不不，这我可不能收。

李宝半笑着说：你不收是什么意思，想选别人不是？

夏老鱼说：不是不是，我就选你，肯定选你，钱我不收。

李宝把钱往他怀里一杵说：你要是跟我没二心就拿着，钱是什么，钱不是王八蛋，是感情，是心意，咱俩交的是个心。你就是不投我票也没关系。拿着。

夏老鱼说：李宝，你的心意我领了，钱你拿回去，我真不能要。

两个人正僵持，美娟把笸箩一脚踢到地上，喊：夏老鱼，你怎么看的，绿豆都让鸡吃了。夏老鱼奔到外面，见笸箩翻了，绿豆撒了一地，十几只鸡正你一嘴我一嘴地抢着吃，连邻家的鸡都奔了过来。

夏老鱼把跟李宝的气都凝聚到脚上，一脚把一只鸡踢了个半死，其他的鸡都飞开了。美娟扔给他一个扫帚，等他把绿豆扫起来，李宝早已经走了，柜上放着两千块钱，还拿一只碗压着。

夏老鱼埋怨美娟：都是你瞎喊。美娟说：你怕什么，又不是咱们找他抢的，他有那个闲钱愿意给，你有什么不敢要的。再说你以前也要过人家的油和面粉，银红酒家也给过你卡，现在你倒不敢要了。

夏老鱼觉得媳妇骂得也是，看着美娟把钱收起来，他不再说什么。只是想到要投票，他就犯了难，他收了潘国栋的卡，也收了李宝的钱，从心里他愿意选潘国栋，不过李宝给的钱多，不投李宝似乎也不应该。他跟媳妇商量怎么办，美娟说你愿意写谁就写谁，你写谁的票，他们也不知道。

夏老鱼说不是那么回事，听留村人说，别看无记名投票，你投谁的票人家最后都知道，怎么知道的就搞不明白了。

这一说美娟也犯了难。

后来美娟想了个主意：说你肚子疼，我从村里雇辆拖拉机把你拉到乡卫生院，咱俩都不用投票了。夏老鱼说，我哥家里就有拖拉机，让他拉。

两口子跟夏老鱼的哥一商量，他哥也觉得这办法好。

选举的最后结果是，潘国栋得票最多，老韩票最少，潘国栋票多是因为牛书记在选举前讲话，明显倾向他，村里明白事儿的都听出来了。另外，潘家人这些年得了潘国栋不少好处，孙大疙瘩再拉票也拉不走他的票，韩家虽然在村里人最多，但是老韩没掌过实权，给韩家人办得事不多，他的票被孙大疙瘩一拉就拉走了。

这个票数基本上达到了乡里预想的结果，乡里也满意，但对夏老鱼来说，这才是噩梦开始。

3

选举后，孙大疙瘩见了村里人谁都不理。人们拿着卡再去银红酒家吃饭，李银红只肯给抵二折，她解释说：这卡没有期限，下次再来还抵，直到卡上的钱用完。

想到李宝没有选上，村里人也说不出什么。

夏老鱼在街上见了孙大疙瘩，老远就躲了，开始他还想跟李宝说话，毕竟人家给过他钱，看到李宝眼睛朝天的样子他打消了念头。他是个庄稼人，看人的脸色不如看庄稼的脸色。

从开春到现在没下过一滴雨，盐碱多的地已经龟裂了，麦苗在裂缝里呻吟，黄黄的叶子上爬着密密的虫子，这无疑让麦苗雪上加霜。再不来雨这一年的收成真完了。

乡里开了两次会，研究部署抗旱，村里也开会，潘国栋说人拉肩扛也要抗旱到底，实际上谁肯人拉肩扛，都等着村里的两台抽水机，两台机子日夜抽，排到谁家浇谁的地。

选举后潘国栋比以前公平些，他让人们抓阄儿定先后，夏老鱼手气好排到了第十三家，他半夜起来把水渠顺好，等着水往自己家地里流，凌晨时分水来了，他看着打蔫儿的麦苗儿支棱起来，回家吃饭去了。

吃完饭回到地里，他发现地只浇了一点点，水都流到了别人家地里。顺着水渠往上找，见半路上被扒开一道口子，韩二旺家的地已经浇了一大块。他把水渠堵上，过了一会儿发现水又没了，再往上找，水渠又被扒开了。他奇怪，我就在这儿守着，谁扒的？

走到口子跟前看了看，见旁边站着韩二旺的老婆，胖女人不等他开口就红着脸摆手：不是我，不是我干的。

夏老鱼问：谁干的。

胖女人说：我刚过来，没看见。

夏老鱼说：水流到了你家地里，你没看见？你就在这儿站着。

胖女人说：我也正纳闷儿呢。你把水再改回去就行了，一个村住着，我可不想占你的便宜。

夏老鱼怀疑地看着她，她又说：不信我走了，你看水还跑不跑。胖女人说完扭着屁股回了村里。

夏老鱼把水道改回来，过了一会儿看见李宝从另一条道上一晃一晃地过来，心里明白了七八分。李宝见他在，扭头去了另一方向。

夏老鱼想到了选举的事，他蹲在地上，想自己当时去医院是不是错的，俗话说宁得罪君子，不得罪小人。李宝跟潘国栋的票差了六、七十张，多他一票也不可能当选。不过，他要真投了李宝，潘国栋肯定能知道，把潘国栋得罪了更不利。

正想着，村里一个孩子跑过来喊：跑水了跑水了。夏老鱼顺着小孩儿指的方向往下找，看到一百多米外水渠被人扒开挺大一个口子，水都流到了杂草沟里，他心疼得想抽自己嘴巴。

想起李宝刚才从这边走过，他三两铁锹把口子堵上，顺着李宝的背影追过去。

李宝也不躲，转过身拄着铁锹等他，夏老鱼喘了几口气，问：李宝，那口子是你扒开的？

李宝反问：你看见我扒了？

夏老鱼说：刚才就你从那儿走，别人谁都没从那边过。

李宝说：我走就是我扒的？我天天从你们家跟前走，你家的房子塌了也是我扒的？你家的院墙倒了也是我推的？这话有点儿威胁的意思。

夏老鱼说：就你从那儿过了，不是你是谁？我跟你远日无冤，近日无仇。

李宝说：好一个远日无冤，近日无仇，说得好！你心里这不挺明白的。

村里人听到吵闹声聚集过来，大家都知道李宝为什么，想到自己也投了潘国栋的票，都不愿意上前劝，怕劝不好招到自己身上。

夏老鱼看没人上前，只好说：你不承认，那就算了，下回别让我看见你。说完扭头要走。李宝反而揪住他：你等等，你没看见凭什么说是我。法院断案还得有证据呢，派出所抓错了人，还得赔偿呢。你想这么就走？

夏老鱼说：你不是说不是你吗？这就算问明白了。

李宝说：你问明白了，我还没问明白呢。我告诉你，就是我扒的。

夏老鱼怔了一下，说：你扒的？好！这可是你自己承认的。

李宝说：我他妈的今天就扒了，你说怎么着吧？

夏老鱼说：你既然承认了，你说怎么着！

李宝说：我今天就他们妈的扒了，你爱怎么着怎么着。说着扭头走到水渠跟前，一锹把水渠的土铲起来，清凌凌的水哗哗地流到了草沟里，夏老鱼全身的血液一齐涌到脑袋里，他拿起铁锹照着李宝脑袋砍了过去。

李宝平时是练过的，身子一歪让了过去，夏老鱼跟着又劈了一锹，铁锹砍进土里一尺多深，李宝趁他拔铁锹，铲起一锹土，扬了他一脸。

夏老鱼拂土时，李宝又在水渠上扒开好几个口子！夏老鱼举起铁锹又朝他劈，村里人急忙上前拉开。一个长辈批评李宝，说：李宝这就是你不对了，现在水多珍贵，你有再大意见，也不该把水往野地里引。李宝呛白道：我的事关你蛋疼，你管得着！说完冲夏老鱼喊：水渠我就扒了，小子，有啥能耐我等着你！看到众人悻悻地看着他，扭头走了。

这么折腾了一通，下一家浇地的时间到了。夏老鱼看见一多半儿地还没浇，又心痛又沮丧。回到家躺到炕上，美娟问他怎么了，他不说，让他吃饭也不吃，一直睡到下午才跟美娟说了经过。

第二天早晨，夏老鱼看见李宝拿着个铁锹在他家门口转。开始他也没当回事，地已经浇不成了，他估计就是都浇了，收成也好不到哪儿去。他哥哥夏老杰是木匠，他想跟哥哥商量商量，下次出去干活能不能带上他。

走到夏老杰家门口，见李宝还在后面跟着。推开院门进了哥哥家，李宝在院门外不远站着。夏老杰迎上来，问他昨天怎么回事，他说了经过，夏老杰说：这是为了上回选举，咱们算得罪下他了。

夏老鱼说：村里没投他票的多了。

夏老杰说：他不敢惹别人敢惹咱们，咱们在村里是小户，多少年就是这么过来的。

夏老鱼有点儿后悔，不过他没跟哥哥说李宝刚才一直跟着的事儿，只是说想到外面打工。夏老杰说：当初爹让你好好学木匠，你不学，真应了那句话，不听老人言，吃亏在眼前。过些日子我出去干活，你还跟着我走吧。

从哥哥家出来，见李宝还在附近转悠，他径直从李宝跟前走过，到村里一家商店买了一袋盐一包火柴，又买了两节干电池，从商店出来看见李宝还在不远处，这时候他也不想回家了，就在村里漫无目的地走，走走停停，一会儿快一会儿慢。李宝歪戴着帽子，嘴里叼着一支烟，一直在他身后跟着，手里的铁锹一会儿扛在肩上，一会拖在地上，发出吱啦吱啦的声响。

夏老鱼索性在路边找了块石头坐下，他瞅准了旁边有块不大不小的石头，三面有棱，四面有尖儿，拿在手里正好。再看李宝也不往前走，若无其事地跟街边的人说着话，一边用眼睛扫着他。

过了一会儿，夏老鱼起身回了家，进院时扭身看了看，见李宝还在后面跟着。回到家跟美娟说，美娟说：别理他，大白天的他还能怎么样。

夏老鱼定了定神，拿起家里几件家伙，放在炕边顺手的地方，又把家里的两把菜刀都磨快了。他磨的时候美娟看着他冷笑，他说：你笑什么。

美娟说：瞧你吓的，他还能把你怎么样。

夏老鱼说：我一个人不怕，有你和孩子不能不防。

美娟：我不信他有这个胆子，我们娘儿俩的命就那么不值钱？美娟这么说，其实也是给夏老鱼打气，李宝以前的事她听村里人说过，只是怕显出怕来夏老鱼更紧张。这女人在娘家是最大的孩子，做什么都有主意。

这么跟了十几天，李宝不再跟了，夏老鱼的心终于放下来。

村里的地还没浇过一遍，雨就来了。老天也怪，一连好几个月没下雨，下起来又没个完，头天下了一场雨，过了两天又下。庄稼早就渴急了，雨当然是越多越好，夏老鱼家的地没有浇上，现在下雨等于救了他，两口子挺高兴。夏老鱼对美娟说：李宝想坑咱们，老天爷有眼来救咱呢！

美娟说：真是老天有眼！

雨下了整整一天，傍晚放晴，夏老鱼到地里看了看，见庄稼苗儿都像大姑娘似的，鲜鲜嫩嫩。在地里他又看见了李宝，背影一闪就不见了。他回过身仔细看了看自己的庄稼，一切都很正常，他放心地回了家。

第三天晴了一上午，下午天又转阴了。屋里很快暗下来，夏老鱼拉亮电灯，一道闪电从空中划过，跟着是一声雷鸣在头顶炸响。美娟吓得扑到夏老鱼怀里。狂风暴雨顷刻而至，把他家门窗吹得一阵乱响。美娟觉得脑袋上凉凉的，抬起头，一滴水正好落到脸上。她喊：漏了，房漏了。

漏还不是小漏，开始屋顶的天花板洇出一块一块的，像小孩儿的尿垫子，慢慢十几片尿渍连到一起，尿渍最深的地方往下滴水。美娟刚挪开，另一个地方也漏了，转眼间屋里滴滴答答像下雨一样，夏老鱼和美娟把家里的盆儿都拿出来还不够接的。

夏老鱼说：别接了，接也接不过来。这是房顶坏了。

房是前年盖的，村里家家户户都盖了新房，自己不盖就像最穷似的，夏老鱼家没有积蓄，只盖了三间最普通的砖瓦房，别人家房顶都是预制件儿，自然不会漏，他用不起，不过用得瓦却是好瓦，突然漏得这么厉害，他觉得不对劲儿。

他穿上雨衣，拿着手电爬到房顶上，瓦坏了几十块，有些干脆让人揭了。他把瓦又重新排上，让美娟把家里能找到的塑料布都递上来盖到瓦上，总算漏得少了一点儿。

回到屋里一边打寒战一边回想，认定是有人故意弄的，他问美娟谁上过房，美娟说昨晚你去建材商店，我听见房顶上有响声，黑灯瞎火的，我也不敢出去看。

夏老鱼坐在炕上，低着头抽烟。不用问他也知道是谁了。美娟问怎么办？他说：没事儿，天好了再修吧。他后悔昨晚去了建材商店。

选举完后，建材商店成了人们常去的地方。老韩没选上村长，村里人都同情他，对潘国栋有什么不满都愿意跟他说，他成了村里的编外村长，民间党支部书记。他对自己没当选看得很开，跟孙大疙瘩比他只花了几万块钱，损失不大，村里人只要盖房都从他这儿买东西，他收入并不少，不在乎这几万块钱。

夏老鱼浇地憋了一口气，一直想跟老韩说说。到了建材商店，人们正在说潘国栋要把孙春林家的宅基地挪到村西，把孙家原来在村东的宅基地划给潘家的人，这让村里人很不忿。孙春林一气之下决定不盖新房了，就在老房子里住着。

人们说潘国栋只敢欺负小户，塑料厂的烟冒了十几年，他竞选村长时答应治理，现在连动静都没有。有人说：他就是想治理，孙大疙瘩也不听。还有人说：孙大疙瘩抓到了他选举时的把柄，根本不尿他。

看到夏老鱼进来，人们都问那天浇地怎么回事，夏老鱼把经过说了一遍，他的脸一直对着老韩，想从老韩这里得到主意，老韩却什么都不说。老韩当了多年干部，知道倾听有时候比出主意更有效。

夏老鱼不知道他盯着老韩时，外面有人盯着他。看他聊得投入，那人径直走到他家后面，身子一耸上了房，轻捷的身手一看就是练过的。村里一个小孩儿好奇地看着，那人从脚下掀起一块瓦朝孩子扔过去，孩子吓跑了。

夏老鱼回到家倒头就睡，并没觉出房顶有什么异常。

雨下到傍晚才停，夏老鱼走到街上打听谁上过他家的房。一个孩子告诉他，昨晚看见李宝上过，还朝他扔瓦片儿，那孩子刚说了一半儿，大人就扇了他一个耳光，夏老鱼跳起来护住孩子。那家大人说：老鱼，孩子的话你不能当真。

夏老鱼说：我不当真，孩子就是不说，我也知道怎么回事。他觉得那个家长不是在打孩子，是在打他。他扭头回了家。

第二天上午他换了房顶的瓦，村里人知道瓦是李宝揭的，没人敢给他帮忙。他在上面抹灰，美娟在下面递灰，美娟个子小，递灰时得先踩到凳子上往房顶扬，有时手一软扬到了下面。夏老鱼只好从房顶跳下来，自己扬。街上人们过来过去看着，都不伸手。幸亏瓦坏得并不多，他一个人一会儿干完了。

干完活，夏老鱼到村委会找潘国栋。看到夏老鱼进来，潘国栋也不起身，耷拉着脸问夏老鱼：老鱼，有事呵？

夏老鱼说：有点儿事。他把这些日子遇到的都说了。

潘国栋跟尊佛似的坐在那儿，只见他手上的烟卷儿冒着烟，不知道他在听还是没听，夏老鱼说着说着没了劲儿，看着潘国栋。

潘国栋问：老鱼，你有证人吗？

夏老鱼不愿说出那个孩子，摇摇头。

潘国栋说：事儿都过去了，证人也没有，我怎么给你解决。我就是去找李宝，李宝也不承认。

夏老鱼说：浇地的事村里人可都看见了。

潘国栋说：看见了谁给你作证？都知道李宝是什么人，谁肯为你得罪他。

夏老鱼说：这么说我就没办法了？

潘国栋说：这一回就先这样吧，你没根没据的找我反映情况，我也不好说话。

夏老鱼想起潘国栋竞选村长时，坐在他对面给他细细地分析着村里的形势，那时的潘国栋多么有能力，有办法，现在村长当上了，却没法儿给他说话了。他后悔还不如把这一票投给别人。回到家里，把潘国栋的话跟美娟说了，美娟说：那天咱们去了医院，没有给潘国栋投票，潘国栋肯定也不高兴。

夏老鱼说：我没投他的票，也没投李宝，明明对他有利。

美娟说：你以为潘国栋会跟你说这个，他只是想给了咱们卡，白给了。

夏老鱼觉得自己怎么做都不对。不得罪潘家，就要得罪地痞。想到这儿他骂起来：以后再弄选举，谁他妈也别找我，爱谁当谁当，反正谁他妈当了也不给我做主。

美娟说：别骂了，再骂让人家听见还找你事儿。

心里有气，夏老鱼好几天懒懒的，不想下地，美娟也没催他，只是说：什么事儿都想开点儿，生气最耗人了。他点点头，觉得院门外有人，出去一看，什么人没有。待一会儿又觉得外面有人，出去一看，是村里的老严。

夏老鱼狐疑地问：你怎么在这儿站着？老严说：我来看看你。夏老鱼疑疑惑惑地把他请进家，猜他是什么意思。他跟孙大疙瘩没特殊关系，跟夏老鱼也没来往，这时候突然串门，想干什么？

老严索性直说：老鱼，你跟李宝的事儿我听说了。冤家宜解不宜结，说开了什么事儿没有，这个扣子老系着对谁都不好。

老严也是村里的小户，不过他闺女嫁给了潘国栋的儿子他在村里就硬起来。他这人好事，红白喜事，保媒拉纤他都愿意掺和。他来是潘国栋的意思。潘国栋怕不管，真出了大事儿把自己送卡的事儿带出来。他跟老严说，你去劝劝他们，别这么折腾了。

老严说：老鱼，我看这事儿不大。咱们在村里定一桌酒，我请你们两个一块儿坐坐。你看好不好。

美娟立刻说：那敢性好。老鱼，哪能让老严请，咱们请。

夏老鱼说：是，我请。说了一半儿，觉得自己窝囊，明明是李宝欺负人，凭什么我请。又跟了一句：我请你，不是请李宝。

老严说：你这就孩子气了，光请我能解决什么问题。我请。

夏老鱼只好说：我请。

老严又说：既然请李宝，当然在银红酒家最好。夏老鱼还没有答应，美娟就说好。老严又说：咱们去早点儿，别让人家李宝等咱们。夏老鱼只好点头。不过他心里嘀咕，这么请就跟他给李宝道歉似的。

第二天他早早去了。一进门看到李银红在大厅里站着，穿一件粉红旗袍，侧面开着一条缝儿，白晃晃的大腿从缝儿里露出来。夏老鱼心说，这娘儿们的腿真白，脱光了不定多白呢！他朝李银红笑笑，李银红全当没看见，完全不是当初挨桌子敬酒的样儿。

夏老鱼正在大厅里发呆，老严来了，一进门问李银红：李总，我们在哪个雅间？

李银红问服务员：给他们留得哪个雅间？服务员说：没雅间了，坐大厅吧。指了角落里一个大圆桌让他们坐下。老严让夏老鱼点菜，夏老鱼让老严点，老严说：老鱼，那我就替你做主了。话里还是夏老鱼请客的意思。夏老鱼心想，别管怎么说，把事儿解决了比什么都强。

老严点了四个冷盘六个热菜，他报的时候夏老鱼心里算账，估计三百块钱下不来。老严点完了跟服务员说：剩下的等李宝来了再点吧。夏老鱼只好点头。老严又问夏老鱼：咱们喝什么酒？不等夏老鱼回答，服务员说：咱们店最好的是绵竹大曲。

老严说：那就绵竹吧。

服务员问：菜什么时候上？

老严说：现在就上，李宝马上就来。

服务员上了菜，李宝却不来。夏老鱼两眼看着老严，老严说：我打个电话催催。拿出手机给李宝打，李宝不接，过了一会儿回了短信，说让他们先吃。

夏老鱼说：咱们先吃算什么。

老严又给李宝打，李宝还不接，两个人只好等着，开始他们还说一些闲话，慢慢没话了就干坐着。快到十点了，老严又给李宝打，李宝还是不接。老严说：看样子他来不了啦，咱们吃吧。

夏老鱼说：我本来也就想请你一个。老严说：李宝今天肯定有特殊情况，他这个人还是讲义气的。咱们先吃，今天的饭我请客。

两个人喝了，吃了，结账时夏老鱼抢先一步奔到吧台上。回过身看老严，见人家并没有抢着结账的意思。夏老鱼拿出李银红给他发的卡，服务员说对不起，刚才读卡机坏了，只能收你全款，李总说以后机子修好了，你再拿着卡来。

一顿饭花了四百多，夏老鱼心里苦，脸上还得笑。老严却做出栽了面子的样子，伤感地对夏老鱼说：以后村里的事儿我也不管了。

夏老鱼安慰他说：你是潘书记的亲家，谁敢不敬你。说着两个人分了手。

这件事很快在村里传开了，银红酒家的人说起夏老鱼结账时哆哆嗦嗦的样子，笑得前仰后合，笑完了又说老严不地道，潘国栋自己不敢管李宝，让老严给他当先锋，白白把他的脸丢尽了。

在“好再来”没人说潘国栋不好，只是嘲笑夏老鱼，嘲笑过后也闪过一丝担心，他们都收了孙大疙瘩的钱，却投了潘国栋的票，李宝会不会找他们的麻烦？

最公允的是建材商店，人们开始也笑夏老鱼，老韩说了一句：这么下去，以后人们还怎么投票呵？笑得人都住了声。老韩让女儿女婿给大家倒茶，没人喝，人们都沉默着不说话。

夏老鱼分明跟他们是一回事，找夏老鱼的麻烦就是找他们的麻烦。他们想着自己的卑微，自己这一票权力的渺小，想民主是一件多么重大多么庄严的事，到了这里却成了一个笑话。大家有些悲凉。

过了好半天有人说话了，是老韩的一个远房亲戚，小伙子年轻，嘴快。他说：这事要怪就怪潘国栋，他当了书记又当村长，该负责的时候却推出来一个替身。

老韩点头。

接着他又说：新选的村委会上台后，没推出一件发展经济的好办法，只是浇地的时候抓了一次阄。外地有人来咱们村开厂子，潘国栋还是以前那一套，把人家推走了。这么下去咱们村的经济还跟以前一样。

人虽然年轻，话却得到了普遍认同，有人想到自己也把这一票投给了潘国栋，有些后悔。也有人说孙大疙瘩不对，李宝这么干不还是当混混那一套吗？只说了一句，立刻有人说：墙外有耳，大家就都不再说了。他们不怕得罪潘国栋，却怕得罪孙大疙瘩。

大家觉得扫兴，各自拍屁股回了家。

孙大疙瘩要的就是这个效果。他并不指望村里人拥戴他，塑料厂天天冒黑烟，排污水，村里人不可能欢迎他，他只要人们怕他就够了。

选举败北，他觉得不能算完。什么是威信，威信就是别人见了害怕，没当上村长可以，威信不能没了。过几年还有选举，到了那时人们也收他的钱，投别人的票，他怎么办？他跟李宝说，得给村里人一个教训。

有人告诉他，是夏老鱼把他送米送油的事透给了潘国栋，还说到乡里反映送卡的事，也是夏老鱼干的。孙大疙瘩并不信，他知道夏老鱼没这个胆子，造谣的人很可能就是告状的人，村里人有说不清楚的事都往小户人家推，这一点他看得清楚着呢。

他选择夏老鱼，是觉得夏老鱼最合适，在村里既不属于韩家，也不属于潘家，没依没靠的就是个软柿子。他对李宝说：不能饶了他。李宝说：已经把他整得差不多了。他说：不行，还差得远着呢。整不疼他，村里以后谁还怕你。

李宝得了他的话，第二天带着手下一个人来找夏老鱼，那人是刚从东北来打工的，脸上有一道刀疤，挂着一丝一丝横肉。两个人进到夏老鱼家没说话先吐痰。李宝吐痰有特点，既不咳嗽，也不打喷嚏，嘴里一裹，一口痰就到了嘴唇上。这口痰他先不吐，挂着痰先说半句话，再吐到地上。

夏老鱼不言声，慢慢走到碗橱跟前，碗橱里有菜刀，他一伸手就能拿出来。

李宝靠着床半站半坐，一条腿翘起来在空中抖着。说：夏老鱼。啪一口痰吐到地上，接着说：我这次来没别的意思，上次我给你的钱，你得还我。

夏老鱼一怔：什么钱。

李宝说：选举时给你的钱，两千块。

夏老鱼说：那钱可不是我跟你要的，我当时不要，你非放在我家里，这咱们得说清楚。

李宝说：反正钱在你家里，我明人不说暗话，当时那钱是让你投我们票的，你没投我们票就不能得我们钱。这天经地义。

夏老鱼说：我不是不投你票，投票那天我肚子疼，投票的事再要紧，总不能比我的命还要紧吧？

李宝打断他说：你再说什么也是没投，没投票就还钱。

这时美娟进了屋。看到夏老鱼僵在那里，接过话碴儿说：老鱼，不就两千块钱吗？咱们见过钱，给他。

李宝转向美娟，瞪着眼说：你说什么呢？你说我没见过钱？实话跟你说，大爷我一天见得钱比你一辈子都多，这钱大爷吃了它，喝了它，扔了它，也不能便宜了你们。你没投我票，两千块钱就得还我。

这时夏老鱼也不怕了，大着胆子说：给你也行，你把我们家的水渠挑了，把我们家房顶的瓦弄坏了，这又怎么说。

李宝说：你说怎么说？

夏老鱼说：反正我不能受损失。谁弄坏的，谁赔我。

李宝说：我赔你个鸡巴毛。告诉你，那两千块钱你给就给，不给我也不要了，我把话放在这儿，只要有胆子你就别给，咱们走着瞧。说完对手下人说：咱们走。

夏老鱼一时反应不过来，呆呆地看着他们走远，美娟埋怨夏老鱼：给了他两千块钱，事儿就了啦，就是你死心眼儿。

夏老鱼说：没这么欺负人的，把我的渠挑了房顶弄坏了又来要钱。我给了他这钱，咽不下这口气。

美娟说：凭你们家要人没人要权没权，还咽不下这口气。你以为我愿意咽这口气，早知道你在村里这样，我就不该嫁到这儿来。

夏老鱼没有想到她会这么说，一时气极，说：我们家在村里没权没势也不是一天了，你嫁到这儿也不是我追的你，看不上你就走。

美娟娘家在八十里外一个山区县，当时嫁到这儿算是好地方。听他这么说，美娟说：好，好，你跟外边人窝囊，跟我倒横。算我没出息，行了吧。要不是我，你当时把潘国栋的侄女娶了，在村里就不受气了，谁让我从八十里外上赶着嫁给你呢，我对不起你。

夏老鱼没结婚前，潘国栋曾托人说他的侄女，那闺女抽羊角风，村里没人敢娶。夏老鱼当时一口就拒绝了。奇怪的是，结婚以后那闺女却再没抽过。夏老鱼想，早知道当时还不如同意了呢。

这事儿两口子亲热时，夏老鱼说过，他说这没别的意思，一是美娟在村里听说了，在床上问，二是也想抬高抬高自己，没想到美娟这时候提起来。

听美娟这么说，夏老鱼脱口说道：这话可是你说的。

美娟心眼儿活络，看他真恼了，说：咱们这是干什么，本来是跟外人生气，怎么自个儿吵起来，算我错，行了吧？

夏老鱼不再说什么。

两个人虽然不再拌嘴，两千块钱究竟怎么办，却没有主意，给了咽不下这口气，不给又惹不起人家。夏老鱼一夜没睡着，第二天一早他去找夏老杰商量。他哥哥说：既然当时没给，现在也别再送了。平时躲着他点儿就行了。正好县一中请我去做木活儿，你跟我去吧，一个月两千块钱，管吃管住。你也出去躲一躲。

夏老鱼回家跟美娟商量。美娟说：他再来要钱怎么办?

夏老鱼说：钱我给你准备好，他来要，你就给他。你一个女人家给他，传出去也不丢人。他倒丢人。

美娟说：咱们家的瓦，再让他毁了怎么办。

夏老鱼说：不会吧?我不在家，他再跟你一个女人家弄这个也就没意思了。

美娟说：那你就躲躲吧。

夏老鱼说：我不是躲，一个月管吃管住两千块钱呢，咱们种一年地才能落下几个。今年收成不好，不出去做真不行。说着把从哥哥家拿来的两千块钱给了美娟。

美娟接了钱，说：那你就放心去吧，家里的事有我。

4

夏老鱼跟着哥哥去了县城，一个月后回来一趟，问美娟：李宝来要过钱没有?

美娟眼睛闪了一下，说：没来过。

夏老鱼又问：房顶没再漏吧?

美娟说：没漏。

夏老鱼放了心。

住了一夜，夏老鱼返回了县城。县城里原来说一个月两千，看他们哥儿俩干活实在，又给加了三百奖金。一个月两千三，夏老鱼挺满意的。他自己留了二百，两千一都交给了美娟。没想到美娟说：穷家富路，还是你带着吧。

美娟是个爱钱的人，现在突然不要了，夏老鱼觉得奇怪，美娟说：你跟哥哥在一块儿干活，花钱的事要勤快点儿，别总让哥哥垫，身上多装点儿钱心里有底。再说你上次还从大哥家拿了两千，也该还给人家。以后你挣了钱，就在自己身上装着吧。

夏老鱼觉得老婆变了，懂得心疼他体贴他了。唯一让他别扭的是，晚上美娟突然来了例假，本来想过几天再回来一趟，学校里活儿多，一拖又过了两个月。夜里他常常梦见美娟，熬不住了，白天就用哥哥的手机给美娟打电话，电话费挺贵，也不能常打。

烦闷时他愿意使劲儿干活儿，他跟着哥哥学了不少手艺，以前给哥哥打下手，现在哥哥让他干主要的活，是想把他教出来。他感激哥哥。想到美娟一个人在家里天天担惊受怕，也感激美娟。他想，手艺学成了就带着美娟出来做，让孩子也转到县一中，总比留她一个人在村里强。

正呆想着，哥哥的手机响了。那天夏老杰出去把手机拉在了工房里，夏老鱼看见机子响过去接，却是嫂子打来的，嫂子听到他的声音愣了一下，问：你哥呢？他说：尿尿去了。嫂子说：跟你哥说，让他赶紧回来。

夏老鱼问：怎么了？

嫂子说：家里有事儿。

夏老鱼跟着哥哥回到村里，自己家没进先进了哥家。看到哥家里一如往常，没有什么要紧事。哥哥说：老鱼，家里没事儿，你先回去吧。

回到自己家，看到也正常，对美娟说：嫂子给我们捎信儿，说家里有事儿。美娟的眼睛闪了一下，说：咱们家没事儿，兴许是哥哥家有什么事儿吧？

夏老鱼也没多想，到了晚上，他要上床，美娟说：我身上不舒服，你到那边屋睡去吧。夏老鱼奇怪，问她怎么回事。她说又来了例假。夏老鱼心里不高兴，却说不出什么。坚持要跟美娟一张床睡，夜里他要抱美娟，美娟一把把他推开了。夏老鱼说：你来了例假，抱一抱还不行？美娟说：我当初是上赶着嫁给你，你也看不上我，还抱什么。夏老鱼再往前凑，美娟抱着被子就要走。夏老鱼看她真要翻脸，只好罢手。

第二天，夏老鱼把两个月的工资交给美娟，美娟不接，说：你拿着吧。

夏老鱼说：我拿这么多钱，丢了怎么办？

美娟说：钱是你在外面辛苦挣的，自己留着花吧。家里的钱够用。我一个女人家，手里拿这么多钱也不安全。下地干活儿，还得天天操心让人偷了。

身上的钱没有留下，夏老鱼的心一直吊着。晚上两个人躺在床上，却什么都不让做，就觉得还不如一个人躺着好，他找到哥家，说：哥，咱们回县城吧？哥哥说：你家里没事儿了？夏老鱼说：没事儿了。县一中的活儿多，咱们赶紧做，争取秋收时能赶回来。

哥哥看他这么说，就答应了。

他哥哥其实什么都明白，他们到县城后，李宝常去他家，开始他嫂子还以为李宝是找麻烦去的，过了些日子觉得不对劲儿。有一次看到李宝去了，他嫂子赶过去，听见美娟在屋里咯咯地笑。嫂子没有进屋，在外面听着。听见美娟说：没你这么馋嘴的，连天黑也等不及了。

嫂子不敢再听下去，悄悄离开了。本来不想跟夏老鱼的哥哥说这事儿，李宝天天去夏老鱼家，村里议论多了起来。美娟开始还知道避人，慢慢连人也不避了，她才把哥儿俩叫了回来。

夏老杰一时想不出该怎么跟夏老鱼说，在家里住了三天，带着夏老鱼回了县城。看到夏老鱼天天脸发绿，猜出夏老鱼可能也知道了，就把村里这一类的事一件一件地跟夏老鱼说。他说：咱们村早先有个叫傻大杨的，结了婚他老婆对他不好，明里暗里跟乡里一个男人靠着，傻大杨忍不住带着人捉奸，结果奸没捉成，把自己的命送了。这大杨也是，既然知道那媳妇不是好东西，为这么个女人拼命，真不值得。

夏老鱼听了，不言声。

过了几天，哥哥又说：我当兵的时候，我们连长的老婆跟他的警卫员好上了，连长这人脑子明白，先是安排警卫员退了伍，后来又找了个别的理由，跟老婆离了婚，再往后又找了卫生队一个大夫，两口子生了个儿子，一直过得挺好。

哥哥说着，夏老鱼突然流了泪，说：哥你别说了，我知道你的意思。

哥哥反而说：我就是说闲话。你怎么哭了，家里怎么了？

夏老鱼不言声，哥哥说：咱们是兄弟，有什么事儿你就跟哥说，哥给你做主。夏老鱼憋了半天，才说：哥，美娟不跟我同房。我每次回家，她都说来了例假，非要赶我走。我觉得她是看上别人了。

哥哥听出来夏老鱼并不知道真相，就把听到的告诉了夏老鱼。这时候夏老鱼反而不哭了，说：哥，你这一说我就明白了，今天我就回去，跟他李宝拼了。

哥哥说：哥这两天翻来覆去地给你举例子，你怎么还不明白。这样的女人就不该是你的，你趁早跟她离了，将来李宝也不会娶她，让她自作自受去吧。

那天晚上，哥哥给夏老鱼出了好些主意，大致意思是：离婚的事要让美娟先提出来，她提出来，你就不提李宝的事，她体面些，你也不用跟李宝生气。钱的事咱们不在乎，反正家里就那些东西，她愿意要什么就给什么。

夏老鱼觉得哥哥的主意对。他跟哥哥保证，不会跟美娟挑破这事儿，哥儿俩这才返回了村里。

晚上，夏老鱼要跟美娟一个被窝，美娟推他。夏老鱼说：我过了半个月才回来，难道你又来了例假不成。美娟说：老鱼，事到如今我也不想瞒你了，我跟你说实话，我在外面有人了，我已经跟人家睡了就不能再跟你睡。我是正经女人，只能跟一个男人睡觉。

夏老鱼给了美娟一嘴巴，美娟嘴角流了血，却不躲，也不还手，对夏老鱼说：老鱼你扇得好，我要是你也得扇我。扇一个不够，你再扇几个才好，本来我还觉得对不起你，再扇几个咱俩就扯平了。

她这么说，夏老鱼反而不再打了，问她这人是谁。美娟说：你也别问，告诉你对你不好。事到如今，咱俩也没法儿再往下过了，离吧，你走你的阳关道，我走我的独木桥。家里的东西除了我的衣裳，我啥也不要，房子、钱我都不要，只要一个自由。

这本来是哥儿俩商量好的最佳结局，夏老鱼却哭了。说：美娟，咱们过了这么些年，我不离。我离不开你。

美娟冷笑，说：离不离不是你说了算，我已经成了人家的人，你不离我也不让你上我的身，你愿意这么拖着就拖着。

那天晚上美娟搬到了另外一间屋，夏老鱼一个人在床上躺着看房顶，他想起雨季时这房子漏水的情景，那时美娟还在旁边给他递盆儿，转眼就成了仇家的人了。他想找李宝拼命，李宝身边常跟着个东北人，那人练过，李宝也练过，他只能想象自己怎么把李宝捅了，又想象自己跪在美娟面前，求美娟不要离开他。美娟看他一直在哭，心终于软了。第二天醒来，美娟的心却一点儿没有软。她说：夏老鱼，我再给你做三天饭，这三天你想好了，三天以后咱们办手续。

夏老鱼看着碗里的饭，一口也吃不下。他把碗放下，说：我不办手续，我不离。

美娟说：我不跟你一个屋，你不离有什么意思。

夏老鱼说：不在一个屋我也不离，外人也不知道咱们不在一个屋。

美娟说：你愿意戴这个绿帽子，我还不愿意呢，三天后不管你办不办手续我都走人。

哥儿俩从县城回来，村里人以为会有一场好戏，想不到夏家异常平静，美娟的身影在院子里进进出出，吆喝鸡的声音很响亮。夏老鱼偶尔从家里出来，脑袋比以前耷拉了，话少了，不过没看到他有什么异常举动，人们猜测他可能还不知道，或者知道了装不知道。李宝是个强大对手，他不一定有拼命的决心。

李宝也不一定真看上美娟，这还是为投票的事，有人说：美娟有点儿狐媚，说不定李宝玩着玩着成了真的，他们绘声绘色地说着美娟在床上的花样，一边说一边笑。

说过笑过，还是认为李宝报复的成分大，就是一时迷上美娟也有厌倦的时候，她的下场好不到哪里。

三天后，夏老鱼和美娟办了离婚手续，美娟不光没要钱，还给夏老鱼留了五千块，说这是他们在一块儿过日子时悄悄攒下的。放下钱美娟带着孩子走了，李宝在市里给她买了房，还让她在市里的医院摘了环儿，准备再生个儿子。

美娟离开的那天，村里人远远地看着夏老鱼家的院子，院里很安静，没一点儿声响，村里几个年纪大的人进去看了看，见夏老鱼愣愣怔怔的，人们问他话，他也不回答，再问，他躺倒睡了。人们只好出来。

晚上做饭时，他家房顶没冒烟，村里人知道这是还在睡着，第二天早晨再看，还是没有冒烟，有人沉不住气说：别出了什么事吧？几个人找到夏老鱼的哥哥，说：你快去看看吧，别出什么事。夏老杰说：没事，睡几天就好了。

过了几天，他家还是没冒烟，不知道夏老鱼天天吃什么。倒是上午十点多的时候，看见夏老鱼走到井台上用手捧了水喝，没人挑水，他就坐在石头上发呆，有人挑水，他就转身回家。

家里的窗帘一直挂着，从来不打开，窗户一直黑着。有时候看见他走到院里，坐在门槛上拿一个干馒头吃，不知道是别人给的，还是自己蒸的，说自己蒸的，没见他家冒过烟，别人给的，没见别人去过他家。

家里的鸡早就饿疯了，跳到别人家院里抢食吃，邻家怜惜他，鸡过来也不赶，一块儿喂了。那些鸡倒有家的观念，在别人家抢了食晚上还回自己窝里睡，村里人说美娟还不如一只鸡。

夏老鱼坐在门槛上吃馒头，几只鸡过来抢着啄，夏老鱼有时候赶一下，有时候也不赶，一个馒头倒让鸡抢了好些，后来他干脆把馒头扔到地上，芦花公鸡叼起来满院子跑，其他的鸡在后面追，也算是让村里人听到了他家一点儿声音。

村里人对夏老杰说：还带着你兄弟出去吧？老这么憋着不行。

县一中早就催他们去干活儿，夏老杰一直拖着，他在等老鱼自己从离婚里走出来。

又熬了几天，县一中又打电话，他才去找夏老鱼。一进屋，闻到一股浓郁的尿臊味儿，床头柜上摆着一个挺大的夜壶，那尿可能好几天没倒了，发了酵。夏老杰提着夜壶到院里倒了，把夜壶放到鸡窝顶上。

回到屋里，看到夏老鱼还没起来。再看他旁边还有个被窝，夏老杰吓了一跳，以为他搞上了别的女人，仔细看了才明白，那被窝是空的，枕头上放着美娟的头巾，被筒里是美娟的内衣。夏老杰心里一阵发酸，装着没看见，说：老鱼，起吧。

哥，你回去吧。我没事儿。

夏老杰说：一中那边打了五回电话了，让咱们去呢。

你去吧。

夏老杰说：一中说咱们再不去就耽误学生了，学生的事上面查得紧，说大就大，说小就小，有报纸一曝光小事就成了大事，他们不敢拖。

夏老鱼说：那你就去。

夏老杰说：古人讲过的话，上阵亲兄弟，打仗父子兵，咱们还是一块儿干吧。一中的活儿干完，再去别处做。县里的活儿做不完。

夏老鱼坐起来：哥，我哪儿也不去，就这么挺好的。

夏老杰说：老鱼，我早跟你说过了，这事儿算不了什么。世上离婚的人多了，人家都能过来咱就能过来。大领导也有离过婚的，你这算什么。远得不说就说咱们村，孙大疙瘩离了几回婚了，人家不照样儿。

这一说，夏老鱼突然说开了：我能跟孙大疙瘩比吗？人家离婚是外面有人了，我呢，是老婆跑了，孙大疙瘩离了马上能娶，我能娶吗？都是你非让我跟你去县一中做活儿，我鬼迷心窍儿去了，让李宝勾走了美娟。我说不离婚，你非让我离，现在我家没了，老婆走了，孩子没了，我还出去干什么？我挣钱有什么用，挣了给谁花？

夏老杰说：我是你亲哥，还能害你不成。

夏老鱼说：你不害我，别人能害得了我吗？你不是我亲哥，我能听你的？我现在能一个人这么苦吗？

夏老杰低着头听凭夏老鱼数落他。老鱼把从小到大在哥哥这儿受的委屈一股脑儿说出来，什么小时候父母事事都偏向着夏老杰，当兵本来该他去，爹娘让夏老杰去了，分家产时爹娘把一大半儿分给了夏老杰，给他少得可怜，等等。所有这些都不是事实，当哥哥的一点儿也不申辩，一边听一边忍着泪。

直到夏老鱼不说了，夏老杰才说：兄弟，我知道你心里不是那么想的，你心里明白，哥最疼你，你是让美娟气糊涂了，哥不怪你，你说什么哥都听着，哥就是一句话，兄弟，跟哥走吧，咱们出去好好干，只要挣了钱哥再给你娶个媳妇，哥跟你嫂子说好了，以后挣了钱都给你攒着。不出几年，哥让你再过上暖和日子。

夏老鱼也哭了，说：哥，我就在家里等着，说不定美娟还回来呢，哪怕她回来不是复婚，是为了回家拿东西，我也想跟她见一面，哥，我知道你对我好，你别等我了，你去吧。

夏老杰从兄弟家出来，人们“哗”地围上去问：怎么样？夏老杰说：随他去吧。大伙儿看见夏老杰脸成了绿的，摇着头走开了。

第二天夏老杰去了县城，夏老鱼也从家里出来，村里人走过来跟他打招呼，他不回答，只是呆呆地看着人们。过了一会儿，又回了屋里。

下午，人们看见夏老鱼离开自己家的院子，先在井台上坐了一会儿，然后在村里到处走，他到哪里都不说话，只是看。别人跟他说，他也很少回答，有时候他会到没人的角落里待着，在那里看半天再出来，接着找别的角落。

他去过“好再来”，那里的人看见他进去都不言声，只是看着他。他也不理人，掂起脚尖里里外外看了一遍离开了，接着他去了银红酒家，李银红看见他立刻扭转身，不过却悄悄打手势，让服务员递给他一个馒头。

夏老鱼没有接服务员的馒头，他在里面到处找，把各个角落都看过一遍，才拿着馒头离开。他走后，酒家里人说他可能在找美娟，盼着美娟回心转意呢。也有人说他在找李宝，李宝害得他没了家，没了老婆，这叫夺妻之恨，这个仇夏老鱼肯定放不下。

李宝好长时间没在村里出现，孙大疙瘩在市里开了办事处，李宝是主任。美娟带着孩子跟过去，孩子上学，美娟成了办事处的员工。村里人说夏老鱼还是没血性，真有血性到市里一找就找到了，用不着在村里到处找。

那天晚上，村里下了入冬以来的第一场雪。雪下得无声无息，大片大片的雪花轻轻落下来，地上，树上，家家户户的屋顶上盖了厚厚的雪被。人们在雪夜里拥着棉被，睡得深沉，踏实，各自做着自己的美梦。

忽然，一阵尖厉的声音传来，高亢突兀，令人寒入骨髓，村里人被惊醒，女人们把孩子紧紧搂在怀里，男人们披上棉衣，在黑暗中坐起来仔细听着，随时准备冲到院里。渐渐他们听明白了那是夏老鱼在哭。一边哭一边骂，哭骂声不像是男人的，甚至也不像女人的，有人说像鬼魅的声音。

他骂得不是美娟，不光不骂，还说他的前妻如何如何好，有美娟他多幸福，没有美娟多么难过。他骂李宝、孙大疙瘩，骂潘国栋，每骂一句后面都跟着一声凄厉的长啸。在这寂静的寒夜里长啸划破夜空，融入浓黑的雪夜里。

第二天，人们看到夏老鱼家院门没有打开，屋门也紧关着，这时候家家户户都在清扫院里的积雪，夏老鱼院里的积雪还在，上面没有脚印，不光没有人的脚印，连猪呀鸡呀的脚印都没有。

十几个人站在夏老鱼家的院门前，他们不敢进去，怕进去看见意外，有人去叫了夏老鱼的嫂子，嫂子听了听里面没有动静，也不敢一个人进去，就让村里两、三个上岁数的人陪着进到院里。院里的雪很松软，踩上去像棉花，嫂子一边走一边喊：老鱼，起来了吗？

没人回答。

嫂子推开屋门，先跺了跺脚上的雪，是为给夏老鱼一个通知，接着推开里间的门，看到夏老鱼正在炕上呆坐着，腿在被窝里，上身披着棉袄，嫂子说：老鱼，怎么才起。

夏老鱼问：外头下雪了？

嫂子说：下雪了，起来跟嫂子回家吃饭去。

夏老鱼说：我不去。

嫂子说：不去你吃什么？天天也看不见你做饭。

夏老鱼说：我有得吃。

嫂子说：一个人的饭，别做了，就在嫂子家吃吧。

夏老鱼却坚决不去。

村里人看他没事都摇着头走了，他还没有穿衣服，嫂子也不便一个人在他屋里老待着，只好嘱咐了几句转身走了。

夏老鱼穿好衣服来到院里，他在院里伸了个懒腰，雪后的阳光格外好，阳光照在身上暖融融的比在屋里还暖和。鸡们看见他出来，都从鸡窝里跑出来围着他扇动翅膀，有的鸡看他手里没馒头就啄他的脚面，他听到肚子里饿得咕咕响。

村里一个老人走过来，隔着院门喊：老鱼，没吃呢吧？去我家吃吧。让你婶子给你下面。

夏老鱼也不推辞，跟着老人走了。他对老人说：我嫂子也叫我了，我哥不在家，我不想去我哥家。

老人说：以后你就在我家吃吧，有好吃好，有孬吃孬。

5

从那以后，一到吃饭时间就有人叫他，他也不客气，跟着进家就吃，吃完就走。时间不长吃了多半个村子。有一天，他忽然想起村里人都叫他，只有潘国栋不叫，潘国栋在村里见过他几次，每次都跟没看见似的，有一次他特意站住想跟潘国栋说说美娟的事，还没开口潘国栋就走了。李宝的爹娘已经都死了，村里只有一个堂兄，就连李宝的堂兄都叫过他，只有潘国栋没叫。想到这儿他气不忿，赶一个吃饭时间径直进了潘国栋家。

潘国栋见他来了，连座都没让，耷拉着脸问：老鱼，有事儿呵？

夏老鱼说：没事儿，进来看看。

潘国栋说：看什么，我挺好的，不用看。

夏老鱼见潘国栋不让他坐，两手抄进袖筒里蹲在地上。潘国栋不说话，他也不说。后来潘国栋点了一支烟，说：老鱼，有事儿就说。

夏老鱼说：没事儿。我就是家里没人做饭，做饭的跟人跑了。

潘国栋说：这事儿我可管不了。

后来村里人都说，潘国栋不该说这句话，哪怕说让你嫂子给你说个媳妇，也比这么说强。老鱼别管怎么说是你的村民，你解决不了他的问题，表示一下关心也好，再说夏老鱼成了这样就是为了选举的事，你潘国栋村长也当上了，怎么连个暖和话都没有。

听潘国栋这么说，夏老鱼火上来了。不过他并不发火，只是蹲着不走。这时潘国栋家的饭熟了，潘国栋老婆把饭端到桌上，对夏老鱼说：老鱼，你要没旁的事就走吧，我们吃饭呀。

夏老鱼站起来，几步坐到他家的饭桌前，说：潘村长，我也不跟你客气，我还没吃呢，今天就在你家吃了。

潘国栋的老婆要发火，潘国栋冲她摆了摆手，一家人都不吃饭，看着夏老鱼一个人吃，夏老鱼不说话，一直低着头吃，吃到半饱了才说：你们怎么不吃？跟我还客气啥！

潘国栋的老婆要说话，潘国栋又摆摆手不让她说，直到夏老鱼吃完了站起来，潘国栋才给他让座：老鱼，你坐椅子上。又跟老婆说：给老鱼倒水。

夏老鱼说：不坐了，你们吃吧，我走了。

第二天到了吃饭时间，夏老鱼又去潘国栋家。潘国栋看他来，让老婆拿碗拨了一份儿饭菜递给他，是不想让他上桌的意思。夏老鱼说：不用单拨出来，我跟你们一块儿吃就行。说着又在饭桌前坐下了。潘国栋的老婆看着夏老鱼，不知道该怎么办。潘国栋说：那就一块儿吃吧，老鱼也不是外人。

吃完饭夏老鱼要走，潘国栋拦住他说：老鱼你站一下，我有话跟你说。夏老鱼说：你什么也不用说，我就是没地儿吃饭，等家里有了做饭的我就不来了。说完又要走。

潘国栋再次拦住他：老鱼，你天天这么着可不行。我是村里的书记，村长，不是村里的大户。你天天都来吃我也管得起，村里人要是都学你，我就管不起了。

夏老鱼说：你让人家来人家也不来，我是没办法了才来。

潘国栋说：你没办法了自己想办法，不能天天来我家。

夏老鱼说：我想不出办法，当初你选举的时候去我家，亲口跟我说的，要是选你当村长，全村人的日子会怎么怎么好，经济会怎么怎么发展，村里的事儿会怎么怎么公平，现在你书记村长一肩挑，村委会一成立你就买了辆汽车，自己屁股底下冒烟，我们房顶上的烟不冒了你连问都不问。

潘国栋的老婆要插话，夏老鱼不等她开口又说：选举完了，你的日子变好了，我的日子没变好，你们一家热乎乎的，我们家冷冷清清的，你有胖乎乎的老婆晚上搂着，我得搂着冰凉的枕头苦熬。

潘国栋说：你没能耐，连自个儿老婆都看不住，能怪我吗？

夏老鱼说：那我怪谁？能怪村里别的人吗？当初浇地时，李宝把我家的水渠挑了，你不管，后来把我家的瓦毁了，你也不管，再最后把我老婆拐走了，你问也不问。我当初要是投了李宝的票，也得罪不下他。

潘国栋说：你当初没投李宝的票，也没投我的票，我不领你这个情。要怪就怪你贪心收了李宝的卡。

夏老鱼说：我想不收他的卡，敢吗？他带着保镖拿眼瞪着我们，村里谁敢不收？是你先在村里送卡，李宝才跟着送，后来乡里让查送卡的事，查了一半儿你不让查了，有没有这回事？为这一张卡，我家没了，人没了。我不找你找谁？

话说到了潘国栋的短处，潘国栋指着夏老鱼说不出话。潘国栋的老婆接过话头说：夏老鱼，别说我们家老潘还当着这个官儿，就是什么也不当，我们一大家子人也容不下你胡来。今天你饭也吃了，水也喝了，你唱戏拿鞭子——走人。明天你再来，我让人打断你的腿。

夏老鱼说：想让我不来？你给我做饭去。

潘国栋的老婆说：放你娘的屁，你又不是我儿子，我凭什么给你做饭。

夏老鱼说：那我还来。

村里人听到夏老鱼跟潘国栋吵，远远站在街口一边听一边笑。他们觉得夏老鱼办法虽然赖了点儿，理却是正理。看到夏老鱼出来，有人上前搭话，想问问事情的来龙去脉。夏老鱼不想细说，敷衍几句走了。

晚上，夏老鱼去了建材商店。他已经好长时间不来这里了，看到他来，闲坐的人想跟他说点儿什么，他懒懒地不愿开口。老韩让女婿沏了茶送上去，夏老鱼却推开了，说喝了夜里睡不着。老韩说：给他倒点儿白开水，把瓜子花生拿上来。

人们吃着花生瓜子说着闲话，夏老鱼只是听，并不插嘴，开始他还在人们让的座位上坐，后来一点一点往后挪，挪到了角落里。有人问他跟潘国栋的事，发现他把背冲着大家，对着墙角发呆。

人们互相看看，老韩摆摆手，人们就不理他了。

过了一会儿，听见他在身后低声说：美娟，下雪了。好大的雪呢！

商店里一时鸦雀无声，所有人一齐回过身看着他的背影，等着他说下一句。他却不说了。

人们又开始闲聊，忽然听见他又说：美娟，外面冷呀！回来吧！外头再好，也不如家里好，家里暖和。

听见的人心里都涌上凄楚，他们听了一会儿，走到夏老鱼跟前说：老鱼，天不早了，回家吧。

夏老鱼站起来，往外面走。

一个岁数大点儿的人说：老鱼，明天去我家吃吧。

夏老鱼摇头，说：潘国栋让我去他家吃。

另一个人说：潘国栋家的饭不能老吃。

夏老鱼说：潘书记关心我，让我去呢。

老韩走到他跟前，扶住他的肩膀：老鱼，再去他们真动手呀。以后，你就去我家吃吧。

夏老鱼说：韩书记，我早想了，让他们动手吧。我不想活了，要不是怕把咱们村的井脏了，我早就跳进去了。他们动手也省得我自个儿费事儿。

老韩说：日子还长着呢，过了这一关以后有的是好日子，你不能破罐子破摔了。以后你谁家也别去，就在我家吃。我这商店里缺人手，以后你在我这儿干得了。

夏老鱼摇摇头，说：潘书记关心我呢！我就去他家！说完扭身走了。

潘国栋把几个亲戚叫到家里，说：你们在西屋里待着，夏老鱼再来，我一喊你们就出来，一齐动手给我狠狠打，打得他再也不敢来为止。

七八个人一齐说：行，你就等好吧！

潘国栋又说：也别打坏了，打死人还得偿命呢。

七八个人说：我们捡肉厚的地方下家伙！

人已经布置好了，夏老鱼却没来，不是怕，是半路上碰见了李银红。李银红发现最近去银红酒家的人少了，不光吃饭的人少，闲坐的人也少。人少不是一下子显出来的，是一点一点少下去的，今天少几个，明天少几个，慢慢酒家晚上没人了。

在街上，村里人都绕着她走，以前岁数大的人绕开她，现在年轻人也绕开她，以前年轻人当着岁数大的人绕开她，现在不当着岁数大的人也绕开她。她意识到这是李宝做事太过，把村里的人心失尽了。

她在街上等着，看到夏老鱼过来，说：老鱼，怎么不去我们店里了。夏老鱼不想理她，正要走，她又说：我前些天在市里碰见美娟了，跟我打听你呢。

夏老鱼站住，问：她说什么了？

李银红说：你来店里，我详细告诉你。

李银红让灶上炒了几个菜，又特意让大厨出来陪着老鱼喝酒。夏老鱼也不在乎，现在谁让他吃饭他都吃，谁家有酒他都喝。看李银红在旁边站着，他也不理，只是不停地吃。李银红告诉他，孙大疙瘩知道了李宝跟美娟的事，很生气，把李宝骂了一通，以后不让李宝在公司里管事儿了。夏老鱼还是低着头吃。李银红又告诉他，孙大疙瘩在市里建办事处，就是要把李宝打发到外面，不让他回村。夏老鱼仍然低着头吃，吃完了问：你不是看见美娟了，说什么了。

李银红说：美娟问了问你，别的什么也没说。

夏老鱼有些失望：没说什么时候回来？

李银红说：没说。

李银红一边说，一边把旗袍稍稍拉起来，让白白的大腿冲着夏老鱼。

夏老鱼只扫了一眼就转过脸。以前有美娟，他还觉得李银红大腿白，没了美娟，李银红的大腿反而没了魅力。他想起结婚那天晚上，美娟先钻进被窝，把被窝裹得紧紧的，只把一条腿露出来，美娟的大腿远比李银红的大腿好看。这么一想，他钻心地痛。

李银红看他不感兴趣，又坐到对面笑着说：夏老鱼，你以后也别在外面这么跑了，来我们酒家干吧，我给你开工资。

夏老鱼摇头，既然没有美娟的确切消息，他擦擦嘴站起来。

李银红又说：我给你开高工资。从一来这个村我就觉得你这人不错。以后咱们天天一块儿干活。看夏老鱼往外走，她又追着说：你想不想学厨子，我让大厨教你，好不好？

夏老鱼早已经出了门，他还惦记去潘国栋家呢。

潘国栋准备好了要揍夏老鱼，夏老鱼没来，就以为夏老鱼得了消息，怕了。他让亲戚们走了，没想到晚上睡觉的时候夏老鱼又来了。

他老婆看老鱼又来了，立刻溜出去叫人。潘国栋问他：老鱼，怎么这时候来了，这会儿不是吃饭时间。

夏老鱼说：我知道，这会儿是睡觉时间。大冬天我家里不开火，太冷。你家里有暖气，我就在你这边睡了。我也不跟你和你老婆一个屋睡，你把旁边那间偏房给我就行。

潘国栋冷笑，说：好，你等着吧。

正说着，潘国栋老婆领着几个亲戚进来，没等潘国栋下令，几个人就把夏老鱼围了起来。夏老鱼没还手，甚至都没喊叫，他只是抱着头蹲在地上，听凭雨点般的拳脚落在身上，开始他的身体像刺猬样团成一团，慢慢在别人的拳脚下伸展开，变得跟面条一样柔软了，等潘国栋喊停时，他已经不省人事。

潘国栋有些怕了，这是在他家，出了人命不好说。他埋怨几个亲戚不知道轻重，亲戚们也有些怕，问潘国栋怎么办？有人说：干脆给他扔到外面算了。潘国栋说：扔到外面不好，万一真出了事儿咱们说不清。不如把他送到乡卫生院，再给卫生院里放下五千块钱，你们就回来。

有人把村委会的车开过来，商量怎么送夏老鱼。天还没黑透，他们怕村里人看见想再等一等。潘国栋说不能再等了，晚了怕救不过来。

村里人知道夏老鱼去了潘国栋家，都在留意潘家的动静，他们没有听到夏老鱼喊叫，却听到了施暴者的狂喊，不一会儿看见夏老鱼被抬到了村委会的夏利车里，一只胳膊在车门外耷拉着，潘小六把胳膊送进车里，关上了车门。

几个年轻人忍不住跑到车前。夏老鱼满身是血，额头、腮帮子上是一块块青紫，他的脑袋随着车的震动来回晃着，显然已经人事不知。夏利车开走了，他们呆呆地站在那里。他们也觉得夏老鱼不该来潘国栋家，看到潘家这么下毒手，还是涌上来一阵不安。他们的背在黑暗中僵硬着，两只手不自觉地攥在一起，手心里出了好些汗，冰冷的汗水让他们胃里一阵阵不舒服。

潘国栋在院里喊了一声：都站在那儿干什么！他们默默地走了。

几个人来到老韩的建材商店，那里已经坐了很多人，看到他们进去都站起来问。经过他们并没有看到，看到的只是结果。人们也不需要了解经过，都是一个村的人，事情的来龙去脉谁都清楚，每人心里都有一杆秤，夏老鱼也许做得并不好，结局却不是大家乐意看到的。最主要的是，大家都产生了不安全感，他们替夏老鱼难过，更替这个村子难过。

老韩的女婿给大家倒水，大家喝了都不说话，喝多了尿多，商店后面就是一个厕所，只见人们一趟趟地跑厕所，却没有听到人们表什么态。老韩知道人们想什么，别人不说，他也不说。

终于有人憋不住了，这是个二十多岁的年轻人，因为刚结婚不久，还没有出去打工。他突然冒出一句：我走！

别人以为他要回家，他又说一句：走，走得远远的，到外边打工去！

另一人说：打工也有回来的一天，总有打不动的时候。

他说：打不动了我也不回来，我再不回这个村了。

没有人附和他，心里却和他是同样的感觉。他们不再爱这个村子。人们在商店里又待了一会儿，想说的话不敢说出来，只好起身回家。

这时夏老鱼正在医院里躺着，他一会儿清醒，一会儿昏迷，人们都以为他很痛苦，很伤心，他没有。他只是觉得全身得到了释放，他躺在那里非常舒服，觉得整个心灵都放松了。他愿意让潘家的人这么打他，他想，只要死不了，出了院他就要再去潘家，让潘家的人打，没有人知道，当那些拳脚加到他身上时，他得到的那种轻松感，释放感。他肉体疼痛，灵魂却从身体里飞升起来，他看见村里又在选举，所有候选人在台上说着自己的抱负，说着发展经济的措施，没有人挨家挨户送东西，更没有人送卡，每个人都在认真地想选哪一个人好，自己的一票虽然微不足道，却要投给最合适的人。

他手里也拿着一票，还没有决定投给谁。

同一条河流

1

邢丽来到市政府大院，正要进入主楼，看见市长焦远从后边小楼里出来。她本能地转过头加快了脚步，却听见焦远喊她：小丽。

她停住脚步侧过身子看着焦远，犹豫该迎上去还是该等着。想了想，还是朝着市长走过去。焦远问她：今天周五了吧？

她说：是。

焦远说：周一下午，你来我办公室一下。

市长说完就走了，扔下邢丽在那里发愣。邢丽在市药监局工作，她来市政府办公厅是取文件的，签字时她把名字写成了焦远。市政府办的小陈说：你是市长？她的脸倏地红了。

从市政府出来，本来要坐 46 路公交车，却阴差阳错地上了 27 路。下车时还把高跟鞋崴了，那双鞋是过生日岳大健给她买的，她拿着断了跟儿的鞋，恨透了焦远。

她跟焦远已经好些年不来往了。那天他叫她小丽，让她回忆起他们是一个院子里长大的。焦远是她的表哥。她还记得小时候她妈和焦远的妈一块儿上街，后面就跟着她和焦远。那时焦远已经是大孩子，她才五六岁。

焦远当市人事局长时，她曾找过焦远，求焦远给岳大健调个好点儿的单位。岳大健在市环卫局上班，每天早晨五点起来扫马路，焦远说：我刚当上局长，全市的人都看着呢，给你调了我还怎么工作？

邢丽站起身就走。她说：以后我再找焦远办事儿，就不是人。

焦远从人事局长提成组织部长，从组织部长提成常务副市长，前年又成了市长。每提一次她心里就恨一分。他当官没给亲戚们办过事，亲戚们都跟他疏远了。

周一她不情愿地走进市政府，一个身材瘦小的秘书把她领进市长办公室，她的脸一直木着，焦远却冲她笑得非常开心，他说：小丽，我们好几年没见了。

她说：我们天天见你，在电视上。

焦远转了话题问三姨身体怎么样，三姨夫身体怎么样，孩子怎么样等等。邢丽一一回答。这么对答了几句，话题就断了，不知道往下该接什么。

恰在这时来了一个电话，焦远接的时候她看了看这间办公室。窗台上的一盆君子兰，叶子郁郁的，有种涂了腊的感觉，她想到语文课本上鲜花怒放这个词。她一直不理解什么叫怒放，现在终于知道怒放就是带着气放。她相信那花儿是带着气的，带着气的花儿自然鲜艳夺目。

地上是一个很大的假山，周围众星拱月般摆了许多花儿，有些连她也叫不出名字。焦远对着电话说什么她没听，只是想怪不得人人都想当市长呢，这一间办公室比我们两套房都大。光摆得这些花花草草的，也够我们吃三年的。

这么想着，焦远已经放了电话。她等着焦远问她，焦远却没问，她觉得屋里非常安静，阳光热热地照进来刺着她的身体，令她觉得局促，难受。仿佛是这办公室的大，衬出了她的卑微。她看见焦远在一张纸上写着什么，就想起身告辞。焦远却抬起头问：大健还在环卫局上班吗？

她说：他没本事，能去哪里。

焦远说：也该调出来了。

邢丽没说话，心却不听话地跳起来。

焦远又说：那年你找我，有个副局长正在市里告我。市委副书记还是他的亲戚，我压力正大。现在想起来，我对不起三姨。

邢丽的心一下就软了，眼睛不由地有些湿润。焦远没说对不起她说对不起三姨，使她更难受。她不由地说：我妈从来不怨你。

焦远说：你写个简历来，我批一下，把他调到市物价局吧！局长是我提的，我刚才在电话里也跟他说了。

邢丽恍惚想起焦远刚才对着电话说过，给你那里调个人好不好？想不到是在说岳大健。焦远说：我明天，后天都有会，周四下午在。你周四给我送过来，还是这个时间。

邢丽没有说谢谢，却说：我看你喜欢花，我家里有一盆……

焦远说：我这里什么都不缺，你就抓紧时间办吧。我也许要调到别的市，慢了就来不及了。

邢丽心里已经完全是感激了。

岳大健恨恨地说：我不去物价局，我不沾他的光这些年也挺过来了。邢丽说：得了吧，人家主动帮咱们，你还有什么不乐意的。你愿意天天扫马路怎么的。

回到娘家跟母亲一说，母亲挺高兴：我就知道焦远这孩子不会忘了咱们，我是从小看着他长大的。错不了。

母亲高兴，邢丽自然也高兴。说：焦远还问你了呢？

母亲说：问什么了？

问你身体硬朗不硬朗，我说你硬朗。七十多的人了还能跳街舞呢。

母亲笑了，说：你告诉他，我硬朗。让他把那个市长当硬朗了。

周四下午，邢丽如约去了市长办公室。她认真地化了妆。她知道，小时候焦远对她很有好感，七岁时有一次跟焦远到街上玩儿，她困在一个高台子上下不来，还是焦远把她抱下来的。焦远当时还红了脸。

想到这些，她细心地在脸上描画着。焦远接过她递来的简历草草翻了翻就在上面批了字。他的办公桌左侧放着一个的地球仪，右侧插着一柄小小的国旗，邢丽想：这就是市长的心胸呵！她不由地说：哥，我该怎么谢你呢？

焦远说：谢我干什么？你快去办吧。

她说：哎。

正要走，焦远忽然问：小丽，你的身份证在身上吗？

她说：在呵。

焦远说：我借用一下，几天以后还你。

邢丽想也没想就把身份证拿了出来。她递给焦远时，焦远说：物价局长跟我挺铁，你现在就去找他。越快越好。

从物价局出来，天蓝得亮眼。刚走到站牌，一辆公交车就驶到她身边，她跳上车，一个男士立刻站起来给她让座儿。心想，今天怎么这么顺呢，怎么净遇上好人呢？

看到人们用公交卡刷卡，她才想起焦远要走了她的身份证儿，前几年她拿着二万块钱炒了几年股，知道身份证开户有用。焦远不会也要炒股吧？又一想，他是市长，还能干什么？总不会拿着出去诈骗吧？就算是干了什么，他当市长的不怕，我还怕什么？

回到家里，她没把这个细节告诉岳大健，只是跟岳大健说：焦远已经批了，她也见了物价局长。局长说现在就是走手续的问题，用不了多少时间。

岳大健高兴地把她搂在怀里，她推开他说：该做饭了。岳大健说：还做什么饭，出去吃。

那顿饭他们花了一百多，邢丽想起来就心疼。岳大健喝了酒，流了泪，说：小丽，我以后真得再也不用五点钟起床了？邢丽心里也酸，把他扶到床上，说：再也不用五点起床了，想几点醒几点醒。

岳大健反而凌晨四点钟就醒了，邢丽睁着蒙胧的睡眼问：怎么这么早就起，早班儿没上够是不是。

岳大健说：想到以后再不能上街扫马路，心里挺留恋的。

邢丽说：留恋什么？

岳大健说：看到马路干净了，心里有种感觉。市里每个人都得从马路上走，我就觉得这一辈子不白活。你说，人为什么非要调，一辈子干这个有什么不好？

邢丽说：要不我明天就找物价局，就说咱们不调了。岳大健便不再说什么。过了一会儿又说：我总觉得，这事儿没这么容易吧？

邢丽说：市长办事还不容易？说到这里，心里不由地跳上了身份证的事儿，隐隐浮上不祥的念头。

几天后她接到一个电话，看到是陌生号码，心突突地跳，她压着声音问：哪位？里面一个男子说：我是焦市长的秘书，焦市长让你来一下。

邢丽匆匆赶到市长办公室。焦远问：见了局长吗？

邢丽说：见了。

焦远又问：他怎么说？

邢丽说：他还埋怨你现在才跟他说，我说是我们不愿意麻烦你。

焦远“哦”了一声，说：上次我跟你说过，我可能要调走。就怕现在的人，人在人情在。

邢丽觉得焦远多虑了，当领导的最怕自己说了话不算数，却不知道当下属的最怕领导不让自己办事。她告诉焦远说，物价局长把他们的关系告诉了药监局长，药监局长现在对她特别热情。

她很想问问身份证的事，却没敢问。焦远主动说：你的身份证，还给你吧。

她说：我拿着也没用。

焦远轻描淡写地说：原来想在省城里买套房，想了想还是不买了。什么时候买，我再找你。

邢丽说：你用的时候就找我。心想，焦远肯定是房买得太多了。

两天后她又接到一个电话，还是陌生号码。这一次不是市长的秘书，却是焦远本人。他说：小丽，你来我这里一下，马上就来。

焦远脸有些发僵，眼睛里闪着一道道红丝，衬衣洁白，挺挺的西服上系着鲜亮的领带，刚刮过胡子的脸青青的，仿佛每一条皱纹都见棱见角。他用一双深沉的眼睛看着她，问：物价局那边有信儿吗？

邢丽说：局长说没问题，我没再去问。

焦远说：催他们一下，这事要快。

邢丽说：刚给了人家简历。

焦远说：你就说我问过。

邢丽：好吧。

看到焦远没别的事，她说：没别的事我就走了。

焦远说：你走吧，有事就打我刚才的那个手机。你把号记下来，不要告诉别人。

焦远站起来送她，跟她握手，她觉得那双手冰凉，前些日子握手时那双柔软温暖的手给她留下了深刻印象，心想到底是市长的手，想不到短短几天竟这么干硬冰凉。焦远把一个手包塞进她手里，说：我这里有个重要的东西，你先替我保存一下。以后我用得时候再找你拿。

邢丽后背窜过一道凉意，她看着焦远略显苍白的脸，意识到事情远没有那么简单，她把那个包放进自己挎包里，冲着焦远点了点头。

焦远说：有些事，想来想去还得靠自己人。小丽，这事儿就靠你了。

邢丽说：你放心。

焦远说：那你快回去吧，跟谁也不要提起。

邢丽说：行。

邢丽离开市政府大院时一直低着头，心一路都紧缩着，回到药监局才觉出手心里都是汗。她在洗手间里洗了手，又洗了一把脸，才觉得身上好受些。

从洗手间出来，正好碰上局长。局长问她：小丽，你看我这身西服怎么样？她笑着说：当然好呵，是名牌呢吧？局长说：小名牌，现在越是大名牌越不可靠，都是温州出来的。邢丽就笑。她奇怪自己还能笑出这么好听的声音。

回到办公室，她跟科里的孟姐说菜市的行情，一会儿旁边的翟大姐来了，她们又说美容面膜的效果，三个人有说有笑。她脑子里时常跳出虚伪这个词，虚伪其实挺容易的，只要你身上装一个不同寻常的包。

回到家她打开焦远的包，看到里面空空的，什么都没有。难道焦远是跟她开玩笑吗？又打开夹层，看到里面有一封信。信是封着的，她不便打开。不过心里倒也放松了。一封信又有什么呢？

2

药监局的人一直不理解，邢丽怎么会找环卫工人。

她在局里算漂亮的，细细的腰身，清清秀秀的脸庞，生了孩子以后还留着清水挂面似的头发，平时一说话就笑。人们觉得找一个机关里像回事的科长都委屈了她，怎么就跟了扫街的？

给局长开车的刘师傅在旁边说：邢丽好色。

女同事们都笑：听说过你们男人好色，没听说过女人好色。刘师傅说：有男人好色，就有女人好色。有爱江山的，就有爱美男的。你们都是爱江山的，邢丽爱美男。

岳大健高高的个子，身板挺直，远看像日本著名演员高仓健。他的嘴唇饱满厚实，唇线棱角分明，鼻子挺拔的像一颗葱，眼睛是双眼皮，黑白分明，晶莹明亮，看起来十分性感。别人给邢丽介绍时，邢丽第一面就喜欢上了。

那时也没想岳大健会当一辈子环卫工，上面答应岳大健的父亲，让大健在下面锻炼两年就把他调到环卫局，没想到换了一个局长原来的话不算数了。

岳大健长得粗壮，心却很细，他下班早，从书店里买了菜谱细细地看，菜谱上偏贵的材料，他改造成便宜的，一顿三口人的饭花钱不多，做得菜是菜，汤是汤，邢丽一下班就热热地捧上来。

岳大健不是讨好她，他天生就是女人性子，环卫大队工作单纯，他一颗心就在邢丽身上，邢丽在局里有天大烦恼，想到家里这份温暖也就不在意了。

岳大健的缺点是心里放不下事，焦远找她存包的事，她没敢说。她把焦远的包扔到了箱子里，把那封信放到了首饰盒最下面的一层。焦远冰凉的手告诉她，信的内容远不是那么简单，她愿意把这事往好了想，一个市长能有什么大不了的事？就算有什么事也跟她没关系，她不过是替他保存了一下。

有时在家里看着电视，她会发愣，岳大健问她你想什么呢？她说没什么。岳大健敏感地说：你是不是有事瞒着我呵？她说：我在想你调动的事，快一个月了怎么还没信儿。

岳大健说：有的调了两年都没调成呢。岳大健说的时候，邢丽把台调到本市新闻频道，看到焦远正在一个乡视察，对身边的干部们说：一定要抓好农业，落实好中央的三农政策。她看焦远气色很好，说话声音很足，就想自己太多虑了。

第二天她又去物价局，局长说已经给环卫局发了商调函，环卫局回复同意后，人事局才下调令。又说：有焦市长，这些环节都没问题，有问题了我去跟他们说这是焦市长的意思。邢丽道了谢，脚步轻松地离开了。

过了几天，传出焦远要调到另一个市当市长的消息，是省会市，虽然一样是市长，其实也算是提拔了。药监局长主动把她叫到办公室说：焦市长还年轻，能到省会当市长将来肯定要再往上走。邢丽替表哥谦虚了几句，局长说：你在局里干了这么些年，我跟班子里的人碰了，下次调中层打算先给你调成副科，你愿意去哪个科，我给你换换。

邢丽说：现在的科就挺好。局长说：有什么想法就跟我说。邢丽说自己能力不够，也没什么想法。局长说：那我给你考虑着。

想到药监局长的态度，邢丽觉得焦远即使调走，岳大健的事也没问题。她在局里工作这么些年，深知领导想干的事没一件干不成的。想到焦远托付给她的那封信，她就把自己当成了焦远的心腹，觉得焦远调走也不会不管她。

环卫局收到了商调函，环卫大队的人就都知道了，他们说岳大健找了个好老婆，漂亮女人没有办不成的事。这些话岳大健听不到，他现在每天恨不得多扫一些马路，有别的工人请假，他主动要求替班，好像生怕以后再也扫不上似的。

有时他会想起高中时语文课本上的一段话，无非是主人翁什么的意思，他扫了快二十年马路，从来没觉得自己是主人翁，反而觉得自己是这个城市最底层的，现在却没来由地想起了自己是主人翁。说到底还是因为邢丽有这个表哥，有这个表哥了他是主人翁，没这个表哥他就不是主人翁。

现在他真想躺在马路上，告诉别人他在这条路上生活了二十年，从十八岁到现在，只差七个月就是二十年，一对夫妻二十年也是老夫老妻了，有什么矛盾也磨合了，丑得也看成了漂亮的，他觉得自己跟这条马路就像夫妻，就像亲人，就像左手跟右手。他觉得每一个走在这条马路上的人，都是他的亲人。

局里领导告诉他，已经给物价局回了函，为了到那边好安排，局里决定给他先改成干部身份，环卫大队的工人们让他请客，他说还没调呢，师傅们说：没调也得请，调了还得请。他说：好吧。时间就定在下一周。

岳大健回到家里，告诉了邢丽，邢丽却说：真调了再请也不迟。岳大健对邢丽的话从来是句句都听，他果然就没有请。

下一周正式宣布了焦远调走的消息，接任的市长都来了，焦远也到省会上了任。焦远刚一走，市里的干部们就到省会看他，最先去的是市政府几个副市长，和秘书长们，接下来是市委和人大、政协的，物价局长给药监局长打电话，两个人准备一块儿去看，想把邢丽也带上，邢丽说家里老人病了走不开。局长说，那就下次去再带你吧！一副遗憾的样子。

没想到就是那次去出了事，焦远让他们到了省城后先去古城会馆666雅间，他散了会就赶过来。晚上七点，焦远没有来，药监局长问要不要打电话催催，物价局长说催什么，刚到一个新地方肯定事儿多，等吧！等到八点还不见人，药监局长实在等不了，拿起电话给焦远打，焦远手机关了，又给他的秘书打，通了却没人接。几个人有些垂头丧气，心想这一趟是不是不该来呵！一直等到晚上九点半还没人理他们，心里涌出来的都是怨气：我们官再小也是看你来了，犯不着这么冷落我们。心里怨恨嘴上却不说，只说一些黄段子，一桌人笑得挺热闹。快十点，市政府一个秘书长给他们打电话，问他们在哪里，他们说还在省城，秘书长说：快回来吧！出大事了！问：怎么了？秘书长说：先回咱们市，电话里说不清。

几个人开着车回到市里，才知道焦远被中纪委的人带走了，连秘书带司机一锅儿端。人是在新地方带走的，事儿却是在老地方出的，本市社保基金少了十多个亿，市里有个不知死活的人一直往上告，省领导跟焦远关系不错，本来想让他挪个窝儿也是保护他的意思，最后还是没有捂住。

药监局长回到市里，第一件事就想起了邢丽那天不去，觉得这女人跟焦远不是一般亲戚关系。她在局里这么长时间，跟焦远是亲戚却从来没露过，一个女孩子这城府也了得。从那以后见了邢丽就疏远了很多。

邢丽是第四天才知道焦远出事的，头两天她只是觉得局里人见了她有些变，客客气气的又有些疏远。以前自己身边热热闹闹的，现在突然冷清了。

倒是岳大健知道得快，环卫工人们说：岳大健，我们喝不上你的酒了。岳大健问：什么意思？一个工人说：焦远让中纪委领走了。岳大健不相信，他们说：不信你打听打听。

回到家跟邢丽一说，邢丽意识到这是真的。第二天她抽空去找了物价局长，物价局长说：我们已经下了商调函，不会变。

又过了半个月邢丽再去物价局，局长躲着不见她了。局长的秘书告诉她：我们局里没变，是人事局那边不同意。她只好离开。想到人事局还有个熟人，就跑去跟人家商量，熟人说：小丽你傻呵，焦远出了这么大事，你趁早死了心吧。

邢丽回到家觉得心痛。岳大健眼巴巴地看着她，她不敢看岳大健的眼睛。岳大健终于明白了，说：我在环卫大队挺好的。以前说调我还舍不得呢！邢丽什么话都说不出来，只是紧紧捏着他的手。

现在，两个人比以前更亲密了，上街时紧紧地贴在一起走，熟人都躲着他们，他们也躲着熟人，实在躲不开了说几句，他们的手还不自觉地握在一起。

假日里，他们一块儿逛商厦，邢丽不看价钱，见着好衣服就要试。岳大健在一边鼓励她买。价格自然是贵，要是以前，打死她也不会买，现在一咬牙买了。她要穿得鲜鲜亮亮的，让人们知道她还是以前那个邢丽。

下个礼拜她又到商厦里买了一件，她不是买给自己，是买给别人看的。焦远没倒，她没沾过焦远的光，焦远倒了也跟她没关系。她活得是自己。

局里刚调过中层，提了四个副科根本没有她。以前她在走廊里常碰到局长，现在却碰不到了。有一次她在局大门口迎头撞上局长，局长低下头点了支烟就把她错过去了。焦远的变故使她对这个世界看得更清楚了，她只盼着早早下班早早回家。

现在她不再让岳大健做饭，自己做。岳大健瘦了，短短两个月掉了十六斤，以前说要调走他反而勤奋，现在说不能调了反而没了工作热情，别人的路段扫完了，他的路还留着好长一段，邢丽每天给他做好了饭端到桌前，他吃几口就吃不下去了。邢丽说：你不能这样，该吃吃该喝喝，你看看我。邢丽端起碗来大口地吃着，说：有什么了不起，咱们丢了什么了？不还是以前的日子吗？

岳大健说：真倒霉。

邢丽说：再倒霉还有焦远倒霉吗？人家关进去的都没事，咱们反要垮了。

前几天单位里传达焦远的问题，说他挪用住房公积金八个亿，受贿五千多万，讨论的时候大家都不说话，邢丽自觉地走开了。据说市里有人到看守所看过他，说他反而比在任时胖了。她说：人家都心宽体胖，咱们有什么想不开的。

岳大健说：因为他捞足了，够本了。咱们招谁了惹谁了？咱们抱着一条马路天天扫，凭什么让咱们受这个打击。明天给我两千万，我不用他们查，自己就坐监狱去，一样也能胖了。

这一说，邢丽才想起来焦远还在她这儿存了东西。看到岳大健睡熟了，她又拿出焦远那个包里里外外看了，捏了，没有别的东西。从首饰盒里拿出信来捏了捏，觉得里面硬硬的，邢丽在外面文静，在家里从小就是个敢决断的孩子，到了这般时候她没有犹豫，当下就把信拆开了。

里面的信是写给她的，满满三页纸。信里还裹着一张卡。邢丽看了一眼岳大健，生怕他醒来。她一只手拿着卡，一只手拿着信一目十行地看。先看了一遍，没看明白，定了定神又看了一遍。还是不太明白。焦远在信里说，你看到这封信时我肯定出了意外。人生无常，现在想来还是当老百姓好。接着是一大堆感慨人生，和回忆他们小时候在一起的话。最后说随信的这张卡，是留给你的，用的是你的名字。不为别的，就因为总觉得这些年对不起你们。卡里的钱写得你的名字，就是你的。你想怎么用就怎么用。只是希望将来有机会你能照顾一下我的孩子。

邢丽又看了一遍，总算把意思看明白了。她想起来焦远的老婆跟她长得有几分相像，肯定是他老婆把这钱以她的名字存下了。既然信是写给她的，她拆开就不算错。焦远说卡上的钱是她的，她当然可以收下。不过这算什么呢？是赠送，还是收买她。钱肯定是焦远受贿或者贪污来的，她再接受算什么？应该不算受贿吧？没有市长贿赂科员的。她猜想他的本心绝不是要给她，他没法儿直说，只是委婉地暗示她，希望以后能以她的名义用到他孩子身上，他的心思没那么简单。

看来这一天人家是早有准备的，只有自己像晴空遭了雷劈一样。现在她倒想看看卡里到底有多少钱。

3

邢丽已经十几年没来北京了，北京变了，一幢幢高楼大厦像中学生，天空被高楼切割着，湛蓝中透着青春，道边的树木剪得整整齐齐，一块块

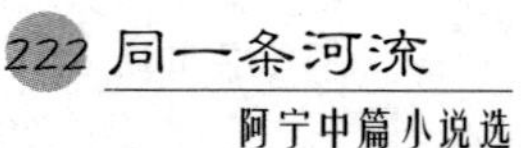

草坪铺展在高楼间，新鲜的像小孩儿的屁股。这真不是以前的北京了。

她来北京就一个目的，想知道卡里有多少钱。她不花这钱，心里也要有个数儿。

她进了一家银行，等着叫号，她前边有一对老夫妻安安静静地厮守着，像湖边的一对水禽。左边是个中年人，不停地抖着手里的报纸。她觉得这人以前见过，不会是特意在这里等着她吧？她右边不远是几个年轻女孩子，像是打工仔，互相叽叽喳喳地说着话。等了漫长的时间，终于叫到了她的号，营业员问她办什么业务，她说先查一下余额，营业员敲击着键盘说：一千一百万。

她没听清，又问了一遍。营业员肯定地说：一千一百万。一瞬间周围静了，没有声音，营业员的声音在她耳朵里冲撞着。心在狂跳，好像一个拳头在嗓子里捅着，她咽了口唾沫朝周围看了一眼。没人注意她，只有营业员在窗户里看着她，问：取多少？

周围噪声又响起来。一个可疑的人正朝这边接近。她想，这么大的余额取少了肯定不合适，就说：取三万。事后一想还是取少了。不过她一个人身上带钱多了不踏实。营业员动员她购买一种理财产品，她不言声。后来又动员她存五年定期，她只说了一个字：不。就再也不说话了。她牢牢地闭紧嘴巴，生怕多说一句露出什么马脚来。

接了钱她急忙离开银行，一个人在北京大街上走着，一个长着卷曲头发的小伙子拦住她，她惊愕地看着他。他侧过身体，朝她亮出手里的一款手机，她意识到这是卖手机的，自己以前在本市也看到过。她摇摇头，快速地离开了。

本来还想在北京逛一逛，现在不想逛了，北京这么大，人这么多，反而让她惊恐，身上的卡没有让她觉得这个世界亲近了，反而让她感到了疏离。

地铁里人很多，人们好像都在看着她，知道她有钱，他们觉得她是好人吗？好人不该这么戚戚慌慌的，她参加工作十八年，一直是坦坦荡荡的，因为所有利益都离她远远的，她不想得到，也不害怕丢失，现在她失去了平静。

出了地铁她往西客站走，过天桥的时候一个衣着破烂的孩子伸出手向她乞讨，她躲开了。不是不想给，是两只手要护着自己的包。听说这种孩子都有大人在远处指使，他们一天的收入可能比她上班还多，这个世界如此丰富，如此多彩，她不了解别人，就像别人也不了解她一样。

听别人说，焦远受贿数额巨大，很可能要判死刑，一些贿赂是通过他妻子接受的，他妻子也被抓了进去，估计至少也要判二十年，他的女儿在加拿大，据说嫁了一个华人移民的后代，那么这一千一百万是没人知道的，这卡牢牢地抓在自己手里。

焦远信里的话她记得清楚：这卡用了你的名字，就是你的。她想，这真是一个急剧变幻的世界，昨天她还是个倒霉的小人物，现在好事又降到了她头上。上帝给她关了一个门，又给她开一扇窗。谁能知道她现在是个千万富翁呢。

十几年了领导没找过岳大健，现在有人通知他，到大队长办公室去一下。

岳大健探着身进到屋里，看了一眼，觉得坐在靠墙的椅子上比较合适，大队长没有请他坐，他又停住了。大队长递给他一支烟。邢丽禁止他吸烟，这是领导给的，他只好接过来。领导给他点烟时他有点儿慌手慌脚，把领导的火吹灭了。领导索性把打火机给了他。

领导说环卫大队新进了一批扫路车，这种车价格很贵，最初没想安排他学习驾车，他调走是早晚的事，现在领导征求他的意见，问他愿意不愿意学。

领导是问他还能不能调走？岳大健说他不想调了，就在环卫大队干一辈子。

大队长是个三十多岁的年轻人，以前在局里给领导当秘书，经验不少。他说他愿意把这种车交给老职工，主要是因为岁数大了需要减轻劳动强度。其实老职工也不是谁都能轮上，你一直工作勤勤恳恳的，先照顾你。岳大健知道这是因为他刚刚经受了打击，是想安慰他。他说：我笨，怕学不会。

领导说：跟你爱人商量商量吧。给你半天假，你回去吧。

他急忙跑到药监局。局里人告诉他邢丽一早跟单位请了假，说家里有事。他回到家里却没有邢丽，以为邢丽回了娘家，到了娘家一问，邢丽也没有回来。

他脑子里“嗡”的一声，这些日子他一直觉得邢丽反常，花起钱来大手大脚，说话像聋子一样吝啬，早晨明明告诉他中午在单位里吃，现在却莫名其妙地失踪了。

正急着，邢丽回来了。

邢丽是四点钟从北京回来的，一下了火车她就踏实了，包也不再抱得那么紧。路过菜市场还买了一条鱼，几捆青菜。背着一包钱，拎着一条鱼进了门，看见岳大健正急的嗓子冒烟呢！

邢丽问他怎么回来的这么早，他说领导让他回家征求意见。邢丽说：这有什么好征求的，你想怎么样就怎么样。岳大健说我想扫僻静的路，邢丽说：那你别学驾车了。驾车省力气也有风险！

邢丽说单位里今天没事，她提前下班想给他做一顿好吃的。岳大健脸白了。她明明没上班为什么要这么说？邢丽没察觉，继续说着单位里的事。她今天有些兴奋，虽然卡上的钱不是她的，她也高兴，她把单位里前几天发生的事都放在了今天，一顾脑儿地倒给岳大健。

岳大健不说话，邢丽也没觉出今天不说话和以往有什么不同，跟岳大健聊了一会儿，就到厨房里做饭去了。岳大健赶过去要帮着做，其实是想听她继续解释，邢丽说你累了一天歇着吧。岳大健回到客厅打开了电视。

电视里演得什么他没看见，光是想邢丽到底去了哪儿，为什么不告诉他。他下意识地换了几个台，一低头看见了茶几上邢丽的包，三万块钱在包里放着，明显跟平时不一样，岳大健回身看了看厨房，邢丽正把鱼放进锅里过油，“呲”的一声，接着就是铲子的声音。他小心地把包打开，看到了里面一捆一捆的钱，没有细数也知道个大概。他的心哆嗦了一下，把包又拉上了。邢丽端着菜过来，他若无其事地站起来到卫生间洗手。回到客厅，邢丽已经把包拿开了。

吃饭时包在衣架上贼头贼脑地看着他，包里的殷实衬托着他的贫寒，除了一条马路他什么都没有，他从来没有给家里拿回过这么多钱，他的老婆拿回来了。

她是个好妻子，一条糖醋鲤鱼从刮鳞到出锅不过十几分钟，顺便还做了清炒油菜，凉拌苦瓜。她在机关上班，工资表上的钱不如他高，拿回家的却比他多，这回是不是也太多了点儿？多得出了边儿是好事儿吗？

邢丽在外面紧张了一天，身上有些累，她平时不喝酒，岳大健喝的时候偶然跟着抿几口，今天兴奋了也想喝。她给岳大健倒一杯，自己也倒了一杯。这在岳大健看来大有深意。岳大健不说话喝着闷酒，想听邢丽解释包里的钱是怎么回事，偏偏邢丽一句也不提，她说他们局长要调走了，到下面一个县当县长，听说新来的局长是个女的，以前在人事局是副局长。她说人生如梦，世事如烟，一点儿都不假。

岳大健喝一口酒，低着头吃菜，他不敢抬起头看邢丽，他替邢丽难受。他觉得邢丽今天的兴奋和殷勤大有原因，不说破是给她一个面子。她不该这么大张旗鼓地把兴奋洋溢到脸上，这些日子她买了多少高档衣服，老百姓可不想过这种不明不白的日子。

喝了酒的邢丽脸上灿若桃花，她穿着薄薄的汗衬，前胸丰腴地隆出一块诱惑，抬起身给他夹菜时，一道乳沟在他面前晃着，他不满地闭上眼睛。从一认识她就知道她漂亮，这漂亮时时刻刻提醒着他是个环卫工，他怀里什么都没有，只有一把扫帚，他能跟她过到现在是靠小心翼翼，他不是在过日子，是在捧日子，他守的不是妻子，是精致的工艺品。这个工艺品把一份宁静一份满足回报给他。

他抬起头扫一眼那个包，那么多钱他一年都挣不来，减去花销，扫三年马路都剩不下这么多，如果她用这些钱羞辱他，他守着的就不是工艺品了。他希望这是个误会，家里的钱他从来不问，上一次她说存款已经够十二万了，他不知道怎么会攒了这么多，现在他把以前的事都怀疑了。

吃完饭她去刷碗，他坐着不动，从结婚到现在他都觉得对不起她，现在不这么想了。看她今天兴奋的样子就知道她得到的远比他多。

包里的钱他下决心不问。邢丽当然也不说，她怕他心里搁不住事，谈恋爱时她整天跟着他看电影，逛公园，像跟着大哥哥，一结婚就变了，是大姐姐领着小弟弟，什么事都是她拿主意。他比她大三岁还多，不平衡的婚姻把他们的年龄改变了！

刷过碗洗了澡她就睡了，他也上了床。他挨着她躺着却觉得离她很远。有一阵他听到她在打鼾，很快就没有了。他感觉到她虽然闭着眼睛，实际上却没有睡着。

邢丽只睡了几分钟就惊醒了，梦见卡丢了。她在寻找。紧张一直持续到醒来，心在狂跳，大祸临头的感觉，她回想梦中的情景，想跟什么人说一下，却不愿意跟岳大健说。她小心地翻一个身，想离得岳大健远一些。岳大健也翻一个身，离开她更远了。

这张卡怎么办？可以交给市里，也可以自己留下。占上风的念头是留下。谁愿意让到手的钱飞了呢？如果没人问她，就没有这卡的事。以后有人问她可以说不知道。焦远只给了她一个信封，她不知道里面有什么。

可是她从卡上取了三万块钱，怎么办？留着还是花了？当然是花了。邢丽从来是个敢想敢做的人，她嫁给岳大健只考虑了几分钟就决定了，经过了焦远的事，反而破罐子破摔了，谨小慎微地活也是活，轰轰烈烈地活也是活，感激涕零地活也是活，理直气壮地活也是活，焦远能有一千万，她为什么不能有？

她想起那天在市政府大院看见焦远的情景，焦远在阳光下朝她笑着，人家想的就是今天，说是给岳大健调工作，不过是给她点儿甜头想把这钱从家里转移出来。报上公布他受贿五千万，在别人看来是天文数字，却没想到这里还有一千多万。

她没有觉出岳大健醒着，这个男人天天在马路上辛苦着，他凭什么不该过得好点儿，他应该有件好点儿的大衣，上街时他应该穿得像回事，别人越是看不起，他们就越应该看得起自己。

岳大健却在想她白天到底去了哪儿？设想了许多人，都觉得不像。真正的可疑从来都是在不可疑的地方。这么一想又都像了。隔壁传来一声清脆的耳光，接着听见了砸东西的声音和女人的哭声，那家天天打架，白天却挽着胳膊走着。这个世界有多少秘密？有多少他们不理解的事？在别人眼里他和邢丽也是恩恩爱爱的，可是他们都在想着自己的心事。一个看不见的对手在远处威胁着他，这个夜晚再也不能安静了。

岳大健一上班就找领导说他愿意学驾车。

他到驾校报了名，下午三点回到家里。邢丽也从单位回来了，要他陪着上街。岳大健说：你自己去吧，我挺累。邢丽立刻不高兴了。她在家里说话从来是圣旨，容不得岳大健不听她的。

岳大健只好跟着她去，却想不到是给他买衣服，一身西服花了四千多元，邢丽拿起来就付了钱。她让他把旧衣服脱下来换上新买的西服，他要个子有个子，要气质有气质，怎么会成了环卫工呢？如果不是投错了胎，就是命运出了差错。

凝视着穿上崭新西服的岳大健，邢丽被自己感动了。她是个好妻子，她跟这个人一心一意，她感激命运，如果不是在环卫大队上班，岳大健还会喜欢自己吗？金子都是埋在沙里的，不埋在沙里岂不是人人都能看见？她庆幸他在沙子里，庆幸自己在沙子里看见了他。她挽着岳大健的胳膊走着，大厦里的人拥来挤去，她觉得自己和别人一样幸福。

岳大健觉得胳膊挺沉，酸酸地不舒服。他试着脱离开，邢丽紧紧地挽着他。他想到了虚伪这个词，如果她现在疏远一些，倒让他觉得更自然。商厦里像他们这个岁数的人熙来攘往，有几个像他们这样亲密的？

她的包已经不那么鼓了，钱放到了哪里？敢这么大手大脚花钱，不是有了另外的来钱渠道又是什么？他觉得全商厦的人都在嘲笑他。后来邢丽又给他买了衬衫，内裤，他没有推辞，仿佛那不是给他买的而是给另外一个人。

看到他不说话，邢丽以为他是心疼钱，对他说：钱挣了就是花的，留着钱没用。将来物价要大幅上涨，现在四千能买的东西明年说不定就涨到了八千，买了就是省钱。后来邢丽说累了，他便默默地跟着她回了家。

4

一滴雨落在岳大健脸上，他打了个寒战。这不是夏天的雨，是冬天的。它在空中是个雪粒，到了脸上才融化成雪。

岳大健在路边走着，依稀觉得自己在上晚班。他在驾校学习了两个多月，参加了四次驾考，每次都被淘汰下来。教练是个比他小十多岁的复员兵，骂人不带脏字，他被骂得最多。

同时学习的工人早就拿到了驾照，大队长有一次问他学得怎么样，他一脸惭愧。邢丽看他天天沮丧，问他怎么回事。他简单说了几句，邢丽说：我告诉过你别学，你偏要学。

他知道邢丽肯定这么说，这是他结婚后第一次没有听邢丽的，她当然不满。下午她在商厦里给他买了一双皮鞋，花了一千多块钱。她自己则买了比那双鞋多好几倍的东西，化妆品专柜上的一小瓶面霜就两千多元。

交款时他觉得商厦里的空气都凝固了，收银员盖章的声音像惊雷。他不由地嘟囔了一声：这么贵！

邢丽不满地说：怎么？心疼了？

他不是心疼，是想她为什么敢花。邢丽说：我又不是花你的。我们局里的姐妹们早就使这种牌子的香水了，人家都是老公给买。

从商厦出来她要打车。岳大健顾虑花钱，说想走一走，邢丽说：你天天在马路上抱着扫帚走，还没走够吗？他梗起脖子说：对，就是没走够。他甩开邢丽自己朝前面走了。邢丽没被他这么呛白过，当下眼睛就红了。她抹了一把泪自己跳上出租车。

岳大健在街上站着，感受着冬雨落在身上的感觉。他不想回家，这世上最可靠、最亲密的就是马路，永远不会抛弃他，让他永远在马路上站着好了，他可以没有家，没有妻子，但他仍然有人生。

邢丽看不起他。她知道一个环卫工养不起天天抹香水的娘儿们，他对她的世界一点儿不了解，在他眼里药监局是政府大机关，里面有的是能挣钱的男人，想想焦远受贿了五千多万，就知道工人跟官员差距有多大。她往脸上抹那么多贼贵的东西干什么？

他料定明天的驾考肯定通不过，他不在乎，一个老婆都不在乎的人还在乎什么？

他回到家时邢丽还在想卡的事，每次花钱都带着恶狠狠的感觉，不是说他们都是公仆吗？谁家有这样的仆？他们不是仆，是祖宗，过去地主一年才剥削多少？五六千万相当于多少个地主？他只是许诺给她丈夫调动一下工作，就把这么大一个包袱甩给她。她为什么不买？

从北京取出来的三万块钱很快就花完了，她又取了五万，拿起钱时快乐像炸弹一样在体内膨胀，觉得自己要疯掉！她想起一句话：如果你不能改变命运，就安静地接受命运的赐予。是的，这就是她现在的状态！

局里人注意到了她的变化，孟姐对她说：小丽，你现在可真想开了，比我们还敢买呵！这话的意思是，你丈夫是个环卫工人。孟姐的丈夫是土地局副局长。

传说中的女局长没有调来，新上任的局长是他们局原来的纪检组长，谁都没想到他会转正，原来跟二把手亲近的人迅速做出调整，邢丽很漠然，焦远一倒断绝了她的前途。她现在是看戏的人。局里许多心有不甘的人跟她议论着，说他们科原来的孟姐跟新局长关系如何如何不同寻常。

新局长一上任就把孟姐调到了市场科当副科长，孟姐喜滋滋地拎着十盒保健品来看邢丽，说这是一个公司送来的，还说这就是管市场的好处。从她们身后经过的翟大姐看见了，让他们一时都挺不好意思。翟大姐邀请他们晚上到她家吃饺子，说她老公出差了。

到了对方家里才知道人家为什么让她们串门儿，这是一套别墅式的住宅，从三楼到一楼，一共四百多平米，院里还有车库，游泳池和一个大花园。她们进去时看到一个披头散发的妇女正在清扫院子，她们都以为是雇的保姆，一问才知道那是翟大姐的老妈。

邢丽见到了从来没见过的家具，电器，化妆品，听到了翟大姐刚刚从上海买回来的发烧友级的音响。她坐在沙发上，感受着各种声音在身上跳跃着，从上到下，从里到外洗浴着身体，她实实在在地开了一回眼，好几次想大声感叹，都被孟姐的眼神阻止了。那顿饭吃得淡而无味，她们只吃了十几个饺子就匆匆地告辞了。

回到家邢丽久久不能平静，跟人家一比，她家简直就是贫民窟。市里现在还有几家住这种老房子？老住户大部分都搬走了，跟他们一起住的都是从农村刚进城的打工者。

她又想起了焦远，听说他住的是三室一厅，纪检部门从家里搜出了大量的珍玩字画，传达的文件中说他在北京，省会，海南各有好几套房，都是开发商们送给他的。这翟大姐家恐怕就没法比了。

好几天她都在想要不要买房，她有一千多万，买一套房不成问题，不过，她该怎么跟别人解释？买房总要跟岳大健商量一下，她没法跟岳大健说清钱从哪里来。她面对的是社会的一个巨大伤口，还是不要让岳大健担惊受怕了吧？

她在暗暗怨恨他，过去淘粪的有时传祥，当木工的有李三辈。她当年不算不漂亮，完全可以嫁一个比他更有地位的男人，人家都说男怕选错行，女怕嫁错郎，这话应到了他们两个人身上！

不过她并不想抛弃他，手里有一千万也不想。他们在一起生活了十九年，她想起岳大健的许多好处，他先人后己，有好处总往外让，他当了十八年先进工作者，论品行比焦远他们强得多，只是社会没有肯定他，她把他甩在大街上自己打车回家，并不是恨他没本事，恨的是他的善良。

半夜里岳大健发起高烧，睡梦中邢丽听见他问星星落下来没有，问彩娟儿愿意不愿意坐在云彩上。彩娟儿是他们邻居家的女儿，那是个没轻没重的女孩子，小时候过家家她当妈，竟然解开怀让岳大健吃她的奶。岳大健跟邢丽说的时候，笑得脸都红了。

后来她听见岳大健哭了，她伸出手推他，摸到了他滚烫的身体。

她给他吃了药，想多给些爱抚岳大健躲开了。

早晨，岳大健身上的烧退了，匆匆吃了点儿饭他赶到驾校参加考试。几百个学员在等着，排到他时已经快十一点了，他觉得自己又烧了起来，头昏昏沉沉的，知道自己肯定考不过索性就不在乎了，只想快一点儿完事回家躺着去。没想到这一次反而通过了。考官给了他八十五分，他都来不及跟考官说声谢谢就晕倒在了车旁。

醒来时他在一家医院的急救室，邢丽一直在医院里陪着他。医生说不能小看感冒，感冒的死亡率比别的病并不低。她后悔自己那天回了家把他扔到外面。

病房里有点儿臭，右侧病床上的老爷子是化纤厂的退休老工人，那是个上万人的大厂，老人两个女儿一个儿子一个孙子都在那个厂，月工资没有超过一千元的，连大城市的低保都不到。前几年厂里搞了股份制改革，厂长由月薪改成了年薪，一年五十万，工人工资却只涨了三十块钱。他们下了班就到夜市上摆小摊儿，鞋袜不用说都是臭的。

老人的媳妇跟她说：当工人挺好，省心。他们从来不想是不是公平，也不反感厂长，认为厂里效益差是因为市场环境不好。

他们都羡慕他俩，他们眼里的环卫大队是旱捞保收的好单位，他们说大兄弟太有福气了，现在哪找像弟妹这么贤惠的女人呵！一个国家干部给你剪指甲，我是工人都没给我们那口子剪过指甲。邢丽看一眼岳大健，见他憨憨地笑着。

她该不该把那张卡的事告诉他？不能！在他眼里，十万元就是巨款了，上千万就不是钱而是一枚炸弹，告诉他是害了他。岳大健住院时她在家里翻阅法律书，看不出这算什么罪，至少这不能算一件光彩的事。她不想让丈夫掺和进来，所有罪恶她愿意一个人担着。再说这事本来就跟他无关。

天已经晚了，岳大健催她赶紧回家，她带着担心回到家里。

打开门觉得有些异样，她疑惑地看着，想不明白哪里出了问题。记得走时她没有收拾，餐桌上的碗筷乱放着，但椅子的位置不对。一把椅子不该拉出来，她想不起另一把椅子原来怎么放的。走到里间，看到柜橱上的抽屉被拉开了，但这是她当时仔细关过的，那里面有户口本，有房产证。她急忙打开抽屉，看到里面已经乱了，不过户口本和房产证都在，连里面的五百块钱还好好地放着。

是不是她记错了？抽屉里不该这么乱，明显有人乱翻过，这人钱都不拿要拿什么？她看了看家里，门没坏，锁也好好的。快步走到厨房，卫生间，也都没有什么变化。她想自己是不是记错了，她的精神是不是太紧张？

她又看了看厨房的窗户，发现扳锁坏了。灶台上有一个不太明显的鞋印，这证明她的记忆没错。她自己不可能踩到灶台上，再说那是男人的鞋印儿。岳大健一直在医院，不可能中间回来。她又跑回里屋，想起那张卡和焦远的信放在里屋的床下。她把所有窗帘都拉好，又确定屋里没人才钻到床下面。谢天谢地，那张卡还在，焦远的信也还在。不过，床下的东西明显被别人动过，这个贼再有一点儿耐心，就能发现最大的秘密了。

她从床下出来，仔细地看着屋里，发现许多地方都被人动过了，甚至连枕头都被人拿起来过，钱却没有少。家里值钱的东西一样都没少。这个贼要干什么？这分明不是一般的贼，是有目的而来的。

邢丽出了一身冷汗。她给弟弟打了电话。

弟弟把窗户重新修好了，要陪她。她说不用，窗户修好就没事了。弟弟走后她好长时间睡不着，觉得今天的事蹊跷，贼如果不是来偷钱的，那一定是盯上了她家更要紧的东西，卡的事只有她和焦远知道，连岳大健都不知道，还会有什么人盯着她呢？

第二天她听院里人说，这一带好几户都遭了贼，贼挺有意思，家里有一千块他只拿五百，有八百只拿四百。邢丽听了有些放松，这么说贼是看她家太穷放过了她，可是他到床下找什么？他想在枕头下面翻到什么？这好像是个为了娱乐的贼，有一家说他们放在床头柜里的避孕套让人拿走了，钱却留了下来。

不管怎么说贼不是冲着她一家来的，邢丽还是放松了，第三天看到岳大健的烧已经完全退了她才告诉岳大健。岳大健再也住不下去了，他办了出院手续。

5

出院后岳大健又在家里养了两天才上班。

领导分给他一辆清扫车，把钥匙交给他时说，你也该省省力气了。他感激地一笑。实际上他并不快乐，他倒不在乎家里被偷过，不是也没丢什么吗？邢丽后来发现，她刚买的那瓶香水没了。这让她放了心，贼可能知道那很贵就不再拿别的东西了吧？她买了一件男式衬衣，把卡放在内衣兜里。焦远的信她放在了更隐秘的地方。这些岳大健都不知道，他的烦恼自己也说不清。

过去他只扫一条偏北的马路，现在他要开着车在主要街道上从东跑到西，从西跑到东，为了不让熟人看见他戴了墨镜，还觉得人们在看他。过去扫马路他并不觉得冷，一干活身上就热了，现在觉得骨头缝儿里都是塞气。他跟邢丽抱怨，邢丽说，谁让你去学车的。

好几天他们无话可说，他不知道邢丽天天想什么，孩子不在家，两口子也就是伴着一个电视。他们看不到一块儿，邢丽愿意看韩剧，岳大健愿意看动物世界。遥控器总是邢丽拿着，岳大健便坐到一旁翻看不知从哪里找来的街头杂志，邢丽对表现夫妻感情的情节特别在意，现在又对表现偷窃的情节注意了。有时她为某个情节感慨，岳大健知道她叹息的是剧情便不理不睬。

手机响了，邢丽跳起来快步去接。岳大健也放下了杂志，他知道这是孩子的电话。

孩子在长阳县上学。高一时他在市二中跟一个男生打了一架，那男生从身上掏出了刀子。邢丽听到后不敢让孩子再在二中上了，想把孩子转到一中，一中的条件是交四万块钱，四万块差不多是他们积蓄的一半儿。岳大健主张交，邢丽却在犹豫。

她听说长阳县一中的升学率特别高，学校里全是懂得上进的农村孩子。邢丽跟孩子一说孩子马上同意了。那所学校是半军事化管理，全体学生住校，每年只有假期能回家，生了病家长都不能接出来必须由学校安排治疗。邢丽一开始天天担心，夜里常在噩梦中惊醒，假期见到孩子，却发现孩子长高了，嘴上有了黑乎乎的胡须，一说话脖子上滚动着喉结，声音比以前更沉稳憨实了。

全班九十五名学生，孩子的学习成绩从刚开始的倒数第二，一年后进入了前三十名，高二第一次月考，他从二十九名考进了十八名，最近的一次月考又成了二十九名，电话里邢丽听到孩子懊悔地说物理没考好，考物理那天感冒了。他向妈妈保证下次一定进入前二十名。邢丽又欣慰，又心痛。如果她是个有钱有势的母亲，怎么会让孩子受这份罪。想到这里她就觉得那张卡是苍天给的，她得好好留着，既然贼都不偷就更说明她应该得到。假如将来真受什么惩罚，也是值的。她对孩子反复地说着身体第一的话，如果不是有那张卡在手里她怎么敢这么说？

放下电话她跟岳大健说了孩子的话，岳大健什么都没说，小时候孩子淘气岳大健打过他一次，从那以后孩子跟他就疏远了，他觉得孩子是因为知道了他是环卫工，这孩子大了想起被一个扫街的工人打过，心里会怎么想呢？

邢丽想得还是那张卡，总觉得放在哪里都不安全，有一次她在电视里看到一只小动物把采集来的食物从一个地方倒到另一个地方，她觉得自己就像那个小动物。她想，最好的办法是把钱花了，花钱最好的办法是买房。

她跟岳大健说翟大姐家的房子多么好，家里多么宽敞多么豪华。她嘟囔说人家都住别墅了，咱们还住在老房子里。岳大健用警惕的目光看着她。过了一会儿她又说：咱们要是买，我爸妈说能给出点儿钱。

岳大健用生硬的口气问：剩下的怎么办？能从天上掉下来吗？邢丽说：能，能从天上掉下来。她身上有一张卡，差不多就是从天上掉下来的，可惜她不能说。她说：咱们贷款，让银行从天上往下掉。岳大健说：那不是从天上掉钱，是从天上掉勾子，勾住你难受一辈子。

邢丽不再说了。

如果她再多说几句，岳大健就要跟她好好谈一谈。自从焦远出了事，他们没有好好交谈过。他想起病房里的那个老工人，他们无怨地活着，不认为日子有什么不好！焦远的手撕开了社会的一角，让他再也回不到以前那份单纯和满足了。

星期天领导通知岳大健加班，晚上回到家里，看到家里多了一个冰箱，一个洗衣机。邢丽解释说，冰箱老了耗电多，换一个新的省电费，用几年冰箱的钱就出来了，还有洗衣机也是一样，现在买的滚筒式洗衣机更省衣服。

邢丽兴冲冲地看着洗衣机，把家里要洗的衣服塞进里面，听着它转动的声音。她说：你听，比以前那个声音小多了。看到岳大健面无表情，她把笑容收敛了。

新冰箱容积更大，以前放不下的菜，现在都能放到冰箱里。这对岳大健无所谓，对一个主妇就太有用了。过去讲有钱能让鬼推磨，无休无止的家务活简直跟推磨没什么两样。她不是喜欢钱，是喜欢钱让人省力气，省时间。

那张卡上的钱要是自己挣来的多好，她就能买别墅，买好家具，也把局里人请到家里让人家都羡慕她，尊敬她，嫉妒她。就像电视里说得羡慕嫉妒恨。她愿意看见钱变成冰箱、洗衣机，被搬回家里。

第二天她回到娘家，父母听说她家遭了贼，问怎么样。她说什么都没丢，贼大概是听到她回家的脚步声跑掉了。母亲抚着胸说可吓死我了。母亲告诉她，她弟弟想买房家里没有多少钱，不买又觉得过几年更贵了，现在他们攒的钱能买一个客厅，明年大概就只能买个卫生间了。老百姓拼死拼活，攒钱的速度赶不上钱毛的速度。

邢丽从来没觉得弟弟拼死拼活过，从小父母都偏向他，钱呀东西呀都先仅着这个儿子。不过那张卡上的钱总要想办法花出去，在卡里放着还不如借给弟弟，她问：他们打算买多大面积的？

母亲说：怎么也得八九十平米吧？

邢丽说：问问他缺多少，我借给他点儿。

母亲问：你能借给他多少？邢丽问：他缺多少呢？母亲小心地说着：好像还差四五十万呢。

我借给他五十万好了。邢丽是脱口说出来的，母亲吃惊地望着她。她想不到女儿攒了这么多钱。邢丽说：我们就攒了这么点儿，都拿出来了。母亲问：岳大健能同意？

邢丽说：没事儿，我能做主。

母亲还是不放心。又说：你们怎么挣了这么多钱，孩子，我跟你爸可是一辈子行得正，走得正，人穷不怕，就怕没骨气。

邢丽打断她说：行得正有什么用，不还是买不了房吗？

母亲说：那也不能像焦远那样，这不一辈子都完了，好好一个家毁了。

这话打动了邢丽，她看着母亲。母亲六十多了眼睛还是黑亮黑亮的，现在正审视着她。她说：妈，你放心吧，我就是想当焦远，公家也没给我那个权力，我以前当了十多年打字员，现在是普通科员，想跟焦远学也学不来。

母亲似乎放了心，邢丽问了母亲的账号，说明天就把钱打到母亲卡上。

自从有了那张卡，她懂了好些用卡的知识，懂得了转账，还会用取款机转。一个月前她给自己办了张新卡，从焦远的卡打到自己的新卡也就几秒钟的事，她再也不用往外地跑了。她想把新卡办成岳大健的，怕将来有事连累岳大健，索性用了自己的名字。把五十万打给母亲后，她特意嘱咐母亲，不要跟别人说这事，也告诉弟弟，不要到处乱说，因为她不想让家里再遭贼了。她这么一嘱咐，母亲又疑疑惑惑的。她说：这是我们两口子省吃俭用攒下的，你有什么不放心的。母亲说：妈相信你学不了焦远，可是女人家也要懂得自重，男人有钱就学坏，女人学坏就有钱，咱们可不能那样。

她低了头避开母亲的视线说：妈，这话你说晚了，我都快四十了，想学坏也没人看得上我。你放心，岳大健天天扫街，比别人挣得钱多，我们局里福利也挺高的，吃药买保健品都便宜，我们又手紧，攒点儿钱不算什么。

母亲又问：那你们怎么不张罗买房？

邢丽说：我们就这么点儿钱，哪够买房的。要不妈你借给我五十万，我也买。我知道你的钱都贴给你儿子了。你是不是也想让我买一个客厅呀？这话让母亲惭愧了一下，也让她彻底放了心。

邢丽感慨当母亲的心，怕你过不好，又怕你做过了。又要心疼儿子，又怕冷落了闺女。人家都说天下真正爱你的只有父母，说两口子恩爱其实是有条件的，今天的爱不代表明天也爱，明天爱也不见得能爱一辈子，真有了苦呀难呀还不一定怎么着。不过，她是真心爱着岳大健，不然早就把卡的事告诉他了。

她回到家岳大健已经下了班。听她说回了娘家，他问怎么没在那边吃。邢丽说我在那边吃你怎么办。话虽然生硬，岳大健还是听出了爱意。吃饭时他告诉邢丽，老刘的儿子要结婚，让他们都去参加婚礼。接着他吭吭哧哧地说，老刘跟他说手头有点儿紧，能不能暂时借几万块钱，婚礼完了就还给咱们。

邢丽轻描淡写地说：明天我给你取三万。岳大健本来担心邢丽不同意。看到她这么痛快就答应了一时不知道该说什么。想跟邢丽说一句感谢的话，一抬头却说不出来了。

他看见家里变了，刚回来时没有察觉，现在才发现原来的电视搬走了，换成了一个液晶面板的，比以前大了好些。他问：又买了一个电视？邢丽说：现在谁还用那种老电视。邢丽让他去端菜，他进了厨房，发现厨房里也添了一个新电饭煲。

吃饭时他憋着一口气，想一想这些日子花的钱，少说也得大几万了，邢丽连商量都不商量。以前去商厦里买衣服邢丽还让他陪，现在自己就把东西买了回来，花了这么多钱，她都是从哪里来的？

他不由地想到了焦远，除了同事，跟她有来往的就是这个表哥了，不会是他给了这个表妹钱吧？他又要给她丈夫调工作，又要给她钱是什么意思。报纸上说他有好几个情人，报社里有个漂亮记者被他送到了国外，这个道貌岸然的东西背后做得都是什么？法院判了他死刑又缓期二期执行，立即执行一点儿都不委屈他。还有他的老婆，也判了二十年，听说这两口子各有各的相好，他们其实比什么都脏。

看到她不明不白地花钱，他心里总是吊着。家里的钱平白无故地多了，谁心里能踏实，特别是你有一个漂亮而又有地位的老婆。

从结婚他没有跟她说过一句重话。现在他刚说了句：你这一天花了多少钱？邢丽立刻呛白他：又没花你挣的你操什么心。他低声地嘟囔：不是我挣的是谁挣的？邢丽反而大声地说：你说是谁挣的？我没埋怨你，你倒埋怨起我来了。

这话一说出来，就像一道水坝突然开了口子，邢丽的不满倾泻而出。她哭了，说着在局里的压抑，说着社会上的目光，说自己的一生总是这么不顺，一步走错就步步走错，一步赶不上就步步赶不上。岳大健知道她说的一步走错是什么？不就是跟一个环卫工人结了婚吗？愧疚突然升起，让他忘记了对她的怀疑。

岳大健走到跟前，给她擦着脸上的泪水，擦着擦着邢丽依偎到了他怀里。一丝温暖的东西升起来，充满了他的心灵。

这个夜晚他们拥抱着进入梦乡。半夜里邢丽醒来，她是被岳大健的鼾声惊醒的，她觉得他好久没有这么踏实地睡过了。他的手仍然搂着她的一只胳膊，这个男人看着高大结实，内心像个孩子，从结婚起他睡觉的时候就总是愿意搂着她点儿什么。看他睡得这么香甜，邢丽心里也踏实了。如果她没做过什么对不起他的事，又为什么要担心呢？

6

早晨醒来，外面一片洁白。雪无声无息地下着，像是给大地盖上了一层厚厚的被子。小区里的一些树被雪压折了枝条，残枝横在路上。岳大健搬着自行车小心地迈过去。

下雪天是环卫工忙碌的日子，这时候清扫车用不上了，铁锹和扫帚更有效率。风不太刺骨，脸上吹拂着有暖融融的感觉。阳光照在雪上，女孩子的羽绒服在雪地上格外鲜艳。雪让人漂亮了。远处电线上停着一串麻雀，胖胖的，或聚或散，像五线谱似的。岳大健的心情一下好了，他回忆起离开家时邢丽给他的一个暧昧笑容，身上顿时热起来。那是他的老婆，这错不了。

快中午他看见一个熟人走过来，他一直躲着熟人，躲避不开只好抬起头笑着，接着看见邢丽的弟弟出现在熟人身后，冲他叫着姐夫，邢丽的弟弟是来感谢他的，他要买房，姐姐和姐夫借给了他那么一大笔钱，他以前有点儿看不起姐夫，现在对姐夫刮目相看。岳大健开始没有听明白，后来听清楚是邢丽借给了他五十万，脑子一下乱了。

邢丽的弟弟又说了什么，他没听清，他极力不把反感表现出来，后来他把目光越过邢丽弟弟的头顶，看着远处的积雪和行人。一个行人在路上摔了一跤，他听见了一片笑声，邢丽弟弟的感谢却很模糊。

邢丽的弟弟发现异常，急忙离开了。岳大健仍然低着头铲雪，那五十万就像一根棍棒，重重地打在他身上。现在再回想邢丽早晨的笑容，觉得非常可疑。她哪里来的五十万？前几天还说起自己买房钱不够，要从娘家拿，现在却把五十万借给了娘家。她还借给了刘师傅三万，这些日子家里出去的钱，比过去十年的总和还多，她的大方令人生疑。

一上午他郁郁寡欢，队里人问他是不是身体不好，不行就回家。他不想回家。那个家不是他的，钱也不是他挣的。人是他的吗？他怀疑。

他觉得自己的一生很失败，事业、爱情他什么都没有，有一个家却更像是妻子的。这个妻子他一点儿不了解，这一段时间经她手出去的钱少说也得有六、七十万，这钱大有名堂。他觉得街上的行人，每个人都戴着绿色的帽子，如果他戴了绿帽子，还有谁没有戴呢？再一看，别人谁都没有戴只有他戴了。

下班了，他在队里磨蹭了好长时间才往家里走。他不知道回家后跟邢丽说什么。

邢丽的心情却特别好，说到底她也是小人物，来自娘家的称赞让她有成功感，她给岳大健做了爱吃的菜，看到岳大健不高兴，问他怎么了，岳大健不愿意说，她也就不再问了。她记得他早晨离家时心情还很好。

吃饭时手机响了，她以为是孩子打来的，她接电话，岳大健抬起头注意地听着。

她喊了一声儿子，就不再说话了。接着她说了一声对不起。电话里不是儿子的声音，是一个陌生男子，那人恶狠狠地说：谁是你儿子，你叫谁儿子。

她说：对不起，我以为是我孩子打来的电话。

那人问：你是谁？

她说：你找谁。

那人说：我就找你。你是不是叫邢丽。

她说：是。

那人说：是不是药监局的邢丽。

她说：是。有事吗？

那人说：有事。事情还不小。我想问问你，最近你是不是买了冰箱，买了彩电。

她说：是。

那人说：你还买了洗衣机，买了好些衣服。对不对。

她说：怎么了？

那人说：不怎么，我就是想问问，你怎么想起来买这么多东西？

她不言声，脑子紧张地转着。这人什么意思。她问：这跟你有关系吗？

那人说：你这是什么态度？我告诉你，你这个态度咱们就没法儿往下谈了。我现在跟你谈这些，是挽救你。

她说：我认识你吗？

那人说：你说认识就认识，你说不认识就不认识。从现在起就算认识了？

她问：你是谁？

那人说：不用问我是谁？你只要问一问你自己，花钱是不是多了点儿。怎么一下子那么阔？你一个月挣多少钱，你老公一个月挣多少？

她想说：你管得着吗？毕竟有一点儿心虚。她换了个说法：我们以前不认识，都管好自己的事就行了，你要没有其他的事，我就挂了！

说完她把手机挂了。

她站在那里发愣，想这是怎么回事？是什么人跟她开玩笑。除了局里同事她在外面认识的人不多，她参加过一个中学同学的聚会，有个挣了一些小钱的老板对她表示过好感，她没理睬。过了半年，一个女同学找她买周林频谱仪，她带着找了人给她便宜了几十块钱，除了这些，再没什么来往的人了。

她看了看手机，是个陌生号码。这人不像是开玩笑，不过他也没说有什么目的。她想自己可能花钱多，让什么人嫉妒了。

刚坐回饭桌前，手机又响了。这一次她走到了外屋。果然又是那个男人。她说：我不认识你，你老给我打电话干什么。

那人说：你这么说话以后要吃亏，你花了那么多钱，我是好意提醒你一下。

邢丽全身的血液往上涌，她忍不住说：跟你有什么关系，你管得着吗？我花钱又没花你的钱，你有什么不乐意的。

那人说：嘿嘿，你要是花我的钱，我就不提醒你了。正因为花的不是我的钱，才要提醒你一下。不是自己的钱不要花。

邢丽身体颤抖起来，大声地说：神经病！说完狠狠地挂了手机。

扔了手机，邢丽走到卫生间里想让自己冷静一下。她控制不住地想撒尿，坐在马桶上却没有尿出多少。腿在发抖，呼吸急促。从马桶上站起来洗了洗手，对着镜子看自己，脸色因为激动有些发白，心有些慌。她把脸浸在凉水里，让身上的血液慢慢冷却下来。她认定这个人不是开玩笑，是恶意的。他妈的，这些日子总是遇到倒霉事。

回到饭桌前，岳大健正在注视着她。她不想跟他说什么。说也说不清。她自己都不知道是怎么回事。岳大健看她低下头吃饭，也吃着。见她总不说话，忍不住问了一句：谁的电话？

邢丽说：打错了的。

打错了的怎么会打这么长时间？邢丽耷拉着脸不往下说了。一个电话有什么不可告人的？开始他以为是孩子老师打来的，听了听不是。分明是有什么纠纷。后来她去了外面，他听见他们在电话里吵起来，吵得什么听不清楚。邢丽的脸涨得通红，她从卫生间出来时紧锁着眉头，哪里有她说得那么轻松。

这顿饭吃得心事重重。邢丽仔细回忆电话里的声音，想什么时候听到过。在她的印象中，这样的说话声她确实听到过，只是想不起来什么时候。对方对她花钱的事知道得一清二楚，显然是个对她很了解的人，她的脑子开始往小区里转移，楼上楼下的邻居大部分是新搬来的，有一户是因为买的新房还没有交钥匙，只好先在外面租房住，剩下就是周围县里进城打工的农民，这个小区不远有一所重点小学，不少人是冲着小学搬到这里的。

她没发现他们对她有什么恶意，印象中都是些善良本分的农民，比她和岳大健还要地位低，花钱再多也碍不着他们，没有攀比的条件。就算她花钱多了，有什么不可以？管我钱是从哪里来的。这个人是想跟她借钱，还是想讹她一笔？

岳大健审视的目光不停地扫过她的脸，她没有在意。没接这个电话前还想跟他好好聊聊娘家的事，说说母亲为什么对她弟弟这么偏心，弟弟小时候得过大脑炎，差一点死了。活过来好长时间都有后遗症，大了以后才彻底好了。弟弟借钱的事她不可能永远不跟岳大健说，她得先铺垫一下。现在她的脑子都让这个匿名的电话搅乱了。

吃完饭，她没敢开手机。到了孩子该打电话的时候，她也没有开。晚上十点钟她开了机，看到十个来电都是那个陌生号码打来的，她急忙又关了机。

岳大健觉得她反常，回到家本来好好的，接了那个电话后就沉默了。她不可能没事，他觉得她说得那些话，什么你是谁，我认识你吗？都是故意说给他听的，以便显示那是个打错了的电话。

岳大健又想起了家里出去的这六七十万，远远地超出了他们的收入。这里面不可能没事儿。天上不可能往下掉钱，唯一的解释是某种交换，一个女人有什么可跟别人交换的？

这么一想头就大了，不愿再想，再想他自己都受不了。他往好的方向想，想邢丽救了一个人，就像电视里演得那样，她做了好事但是某个人赖上了她。

第二天早晨他差点儿迟到。昨晚总是睡不着，半夜里偷看了一次表，是深夜三点，什么时候睡着的他不知道。一醒来就晚了，他穿衣服的时候听见邢丽在打呼噜，她跟他一样，也是后半夜才睡着的。

他骑着自行车狂蹬，大队领导新的规定，迟到三次扣全月的奖金，他真在乎那点儿奖金。上了清扫车他觉得不值，就算扣了奖金又怎么样，还不够邢丽花得那点儿零头儿呢。

清扫车启动后他回不过神来。路两旁的雪已经化了，有点儿脏，昨天的洁白显得不真实，刚认识邢丽的时候她那么单纯，毫不犹豫地表现出对他的好感，恋爱时一直是她在追他，他一个扫街的怎么敢追一个机关干部？他还记得在夏季的黄昏，邢丽把他带到公园里，他们坐在一个僻静的角落里，看见不远处的一条长椅上一对情侣在亲吻，他不敢看，邢丽却用胳膊捅一捅他，说：你看，那是干吗呢？

他当然知道那是干吗，她这么说什么意思？是不是也想那样，他觉得他们才见了三次，时间还短，似乎不该这么快吧。他想的时候邢丽怒冲冲地站起来，他只好跟着她往前走。

走到湖边，他问邢丽要不要划船，邢丽说你愿意划就划吧，其实他不愿意划，他知道那得花不少钱，可是邢丽总在湖边走着，他只好租了船，他们划到湖心的时候，看到另一只船上两个青年在亲吻，船桨掉到了水里，船在湖心打着转。邢丽又一次问他：那是干吗？

他不言声。过了好一会儿他问：是说船上那两个吗？

邢丽怒冲冲地说：我说得是岸上。

岸上什么也没有。他煞有介事地看了一会儿，终于看见有两个孩子正在水边拿着网抄子捞鱼。他告诉邢丽，邢丽不满地说：你这人真没劲！

一直到送她回家，她都闷闷不乐。他不觉得自己笨，但他赔着小心希望她高兴起来。他的笨拙让她原谅了他，走到她家的楼门口前，她说你回去吧。

楼门口左边有一棵树，树冠很大，她站在阴影里对他说：你回去吧。黑暗中他看见她不再生气，甜甜地笑着。她的笑容鼓励了他，他跨上前一步拉住她的手，黑暗中他感觉到她的手紧紧地攥着他的手，他们的呼吸急促了。他上去拥抱了她亲吻了她，那一瞬间他把什么都忘了，真正的爱情是忘了差别，忘了地位的。他们只是两个实实在在的人，喜欢着对方。

他们在树下亲吻了好长时间，直到一群孩子从楼里出来，邢丽在黑暗中灿烂地笑着，对他说：明天见。

他也说：明天见。

他看着邢丽进了楼里，邢丽回过头宛而一笑让他神牵梦绕了好长时间。

现在回想这些已经没有温馨，剩下的是她令人生疑的主动。她是个敢说敢做的女人，只要她认为需要从来不羞怯，他开着清扫车，依稀看见一个挺着大肚子的男人站在某个地方，她指着远处亲吻的一对男女问：那是干吗呢？而那个男人正坏笑着看着她。

等他发现车冲着一队过马路的行人冲过去时，已经没有了意识，他想的不是危险，是黑暗中的某个阴影，也许他盼着的就是这个时刻，可以让自己自由地放松一下，不管后面是什么结局。

关键时刻他清醒过来，下意识地打了一下方向盘，车向着路中间的隔离带冲过去，他看见一大片雪扬起来，像电影中的慢镜头，惊呼和尖叫是过了好长时间才听到的，其实他听到的时候那些惊叫已经停息了，他听到的是回忆。他的一只胳膊受了伤，胸口重重地撞到方向盘上，车门也坏了，他从车上下来时费了一些周折，他下了车冲着周围的人笑着，没有人跟他笑，都冷漠地看着他。

没撞到人是不幸中的万幸。这辆车得送修理厂，车的价格不菲，领导知道后没有责备他，只是让他先休息一下。一个师傅告诉他，他以后开不成车了，得重新拿起扫帚扫街。

这没什么遗憾，他早就想这样，如果不出这次事，他的心会好长时间平静不下来。这是一次发泄，他清楚地记得车朝着路中间冲过去时，他心里的那种解放感，几十年来他一直控制着自己，现在他控制不了就再也不用控制了。

保险公司认定不是他的全责。几个行人在红灯的时候抢道过马路，也有责任，但领导不会因此原谅他。他也不需要领导原谅。他认为这是享受，他享受到了那种释放感。

晚上回家他没有告诉邢丽。邢丽也没有察觉出他有什么变化。只是躺下时才看见他胳膊上的伤，问他怎么回事，他轻描淡写地说没什么，在队里碰了一下。她不再问了。

这一天她过的也不容易。

早晨岳大健起床她没听见，睡醒已经八点多了。局里今天开全体会，走进会议室时人们都看她。局长在台上强调要杜绝迟到早退。局长把这提高到政治高度，说：九点上班，怎么落实科学发展观！

她抬起头朝天花板上看，上面的吊灯落满了灰尘，局长的声音在空中飘着，一些灰尘随着声音的强弱在空中舞动。局长又说其他工作。她感到包里有震动，早晨离开家时她把手机调成了震动模式。现在它在包里顽固地跳着。

她打开手机，看到又是那个号码。原来对局长的一点点歉疚消失了，她想把手机砸了。可是她怕孩子给她打电话，也怕岳大健找他，还有母亲。在家里她可以关手机，因为岳大健的手机还开着，在单位里就不行了。

坚持了一会儿，她还是关了手机。这人是个无赖，不关就不停地打。坐在她旁边的同事已经注意到她总是不接电话。散了会她回到办公室，过一会儿办公室的电话响了，她拿起电话听到那个声音说：你今天上班晚了。

她拿着电话呆愣着：………

对方又说：怎么迟到这么长时间。

办公室里没有别人，科里另一位同事出去办事了，科长另有一间办公室。她说：什么意思？你是谁？

那个声音说：我是谁重要吗？想知道我是谁很容易，到了该让你知道的时候自然就知道了。你为什么关手机？再不开手机，我以后天天打你办公室的电话。

她问：你想干什么？

那个声音说：不想干什么，想跟你聊会儿。你放心，我不跟你借钱，你再有钱我也不跟你借，我想要的是应该属于我的那一份儿。

她说：再这么胡搅蛮缠我就报警了。

对方笑起来，说：报吧，我才不在乎呢。我怕什么，你不报警我还想报警呢。我不怕民警，他们介入对你更不好。你突然有这么多钱，公安一查就明白怎么回事了。

她停了一会儿，终于认定对方说得有道理。但是她不想让对方以为自己软了。她说：那你就等着吧！

那个声音说：你不能说明白钱从哪儿来的，我就不放过你。报警只对你没好处，现在我不过给你打打电话，报了警就不是这样了。你现在有一笔巨额资金在手上，想想怎么做才算更聪明。

对方说完把电话挂了。她坐在办公桌前发愣。对方说得对，报了警对她没好处，这个人好像在暗处观察着她，她做什么都知道。他不会是局里的吧？局里每个人的声音她都能听出来，不过也不排除是局里某个人指使的。

她依稀听出了他的胆怯，他那些话其实是害怕她报警。她当然不会报警，不过，她可以去公安分局转一趟，正好局里有一件事需要找公安分局协助。

她当下就去了北市区公安分局，在那里跟一个女干警聊了一会儿天，快十一点时她从公安分局里出来，她警惕地望着四周，想看看周围有没有可疑的人，她认定这个人正在附近观察着。现在她把手机打开了，她要看看这个人敢不敢再给她打电话。

整个下午她都是在担心中度过的，就好像一个相声里说的，一只鞋子砸在了地板上，又在等另一只鞋子。对方一下午没打电话，第二天上午也没打，但是在她回家的路上，给她发了一个莫名其妙的短信："你小心点，这几天有人在到处找你，说无论如何不会放过你，他们一个叫恭喜，一个叫发财，领头的叫小康。"

这是一条祝贺短信，她读来却觉得充满暗示，一股怒火从胸中串上来，又没有可发泄的地方。她恶狠狠地看着周围，谁找出那个人来。

她没心思回家了。岳大健在刘师傅家参加婚礼，她一个人回去有什么意思。路边新开了一家小馆子，是清真的。她在那里要了一份儿牛肉罩饼，一边吃一边看着周围，吃饭的都是些年轻人，没有一个像是打电话的，换一个角度看也没有一个不像。

她朝窗外看去，见一个妇女正领着孩子在街上走着，那孩子手里举着五颜六色的风车，一个老太太卖冰糖葫芦，几个女孩子围着她嘻嘻哈哈地笑着。不知道那个老太太说了句什么，她们举着手里的冰糖葫芦大笑着离开了。她突然想哭，觉得这些人都比她幸福。她想让自己倒退回半年以前，那时她手里没有卡，花一块钱都心疼好半天，但远远比现在幸福。

晚上回到家岳大健还没回来。中午是正式的婚宴，晚上刘师傅又把婚礼上出了力的都留下了，岳大健也算一个。刘师傅说晚上你多喝点儿吧，这些年你对我的帮助最大。他激动地说不出话来。

刘师傅敬了他酒，刘师傅老伴儿又敬，接着总管又敬。刘师傅也喝多了，对他说：大健，我们都以为你这回高升了，外面传得可邪乎了，说你老婆跟焦市长……不是一般关系，你岳母跟焦市长的老母亲是亲姐妹，焦市长要不出事儿你这回真是一步登天了。可惜你小子命不好，姓焦的怎么在节骨眼儿上出了事儿呢？

刘师傅的老伴儿在一旁拉刘师傅，不让他说，刘师傅说：别拉我，我喝了酒跟大健说点儿心里话。大健，你认命吧，你娶了个不简单的媳妇，不过你的八字不好，降不住这个媳妇。

岳大健有些尴尬，一桌子人在看着他呢！刘师傅话里话外有好些暗示，他听出来了。他想起了晚上给邢丽打电话的那个人，他牢牢地闭着嘴巴，他知道一桌子人都在看他的反应，他说什么都会成为别人的谈资，他什么都不说，只是喝。

别人把他送回家时他心里清楚得很，腿脚却不听使唤。他一进家就倒在外屋的沙发上，他听见邢丽跟送的人说着感谢的话。看到人家走了，她关门的声音很大。

她面对他的时候怒火中烧，女人都讨厌男人喝酒，他听见邢丽责骂他，说他没出息，天天扫大街扫成了酒鬼，说他周围没好人，都是些没出息的人，没理想，没前途，他的酒渐渐醒了些，拿起茶几上的杯子朝着邢丽扔过去，没有打到邢丽却打到邢丽身后的墙，离新买的电视就差一点点。杯子里的水四溅开来，他笑了起来。

邢丽呆住了。从结婚到现在，岳大健没跟她发过脾气。

岳大健说：我对不起你，我欠了你一辈子，我知道我不如你，我不如你你就不该嫁给我，嫁给我你就是我老婆，不是我爷爷，不是我祖宗，我今天就是喝了你怎么着吧。说完一口污物从嘴里倾泻而出，花花绿绿的淌了一茶儿，一股酸腐的气息顿时弥漫全屋。

邢丽不敢看，一种痛惜涌上来。她看见岳大健一口接一口地吐，沙发上，衣服上全是他吐出来的东西。一根粉条在他胸前挂着，肉丸子、豆腐、鱿鱼、拌菠菜挂在袖子上。她不知道该怎么办，后来她把他扶到卫生间里。他在卫生间里又呕了半天。她在旁边给他擦着，他把她一把推开了。

看他不再吐，她上前给他扒着外面的衣服。她说：看看！你吐得那儿都是！

他推开她说：不用你管！他已经清醒了，自己把外面的衣服脱了。他说：我就是喝了，我还要吐。这是我的家，我想吐哪儿就吐哪儿。你他妈的是我老婆就得伺候我，嫌我就离婚，谁不离谁是孙子。

邢丽说：你喝多了，先洗洗睡吧。

岳大健打断他：我不睡，我跟你说清楚，我没什么对不起你的。你是干部，我是工人，嫁我当初你是愿意的。找对象也不是我追的你，你我心里都明白。我找一个工人当老婆，不比现在差。

这话打击太大了，邢丽的眼泪涌出来，他指着她的鼻子说：别以为我是傻子，扫街的人比你们心眼儿一点儿不少，我什么都明白。就算我不明白，我们队里的人也都明白。

她含着泪说：你明白什么了？你把话说清楚。

他说：我说得够清楚了，是你自己装不清楚。你那么有钱还跟我过什么，你借给了你们家好几十万，你是女大款。你那么有本事干吗还跟我过？你不觉得我这个环卫工丢你的人吗？

邢丽一时气得说不出话来。她跟母亲说过不要跟岳大健提借钱的事儿，母亲答应了，岳大健是怎么知道的？这事她的确瞒着岳大健，可她没有坏意思。她把一切都担起来，现在她反而有罪了。

手机就在这时响了，邢丽不理睬。两个人还在僵持着。岳大健看着桌上的手机，同时注意着邢丽的反应。邢丽不接，那个手机就不停地响。这个下午她一直开着机，想看看这个人是不是还打电话，想不到现在响了。看到仍然是那个号码，她拿着手机进了厨房。接电话的时候她看了看客厅，见岳大健正在沙发上手里拿着遥控器，她接了电话等着对方说。

对方也好长时间没有说话。就在她要挂时，听见对方“喂”“喂”地喊着。

她说：你要干什么？

对方停了一会儿，突然说：我去过你家。

邢丽一时没反应过来，她把这些年到她家串过门的人快速地闪了一遍，想不起有哪个反常的人来过。

对方又说：你怎么敢用那么贵的香水呢？

邢丽的嘴在空中张着，好长时间合不到一起。她终于把那次失窃和电话里的人联系起来了。看来他上次进来，不光是为了偷一瓶香水。

她说：是你？她听见对方在笑。又说：你想干什么。

对方说：不干什么？跟你聊会儿。

她说：我没功夫跟你聊，想干什么你就说吧。别忘了，你现在已经犯法了。

对方说：没办法，我也是逼的。事情总怕颠倒，想一想我的钱到了你手上，你天天买这买那我心里能平衡吗？

她说：你放屁。我的忍耐是有限度的，你已经承认你犯了偷盗罪，我一报案公安局就抓你。

对方停了一会儿，说：你今天太不冷静了，这对你不好，想不让我打电话也不难，你只要把钱打到我账号上就行。我也不容易，我不是黑社会的人，我就是一个老老实实做生意的，我让人坑了，现在我不得不找你。

她说：你让人坑了跟我有什么关系。

对方说：当然有关系，关系大了。电话里我跟你说不清，想一想你的钱是怎么来的，想不让我说出去只有这一个办法。

她说：你做梦吧，穷疯了你。你看我像有钱的是吧？你等着，你把你的账号告诉我，我让公安局给你打钱，你明天就能发财。

对方说：你别冲动，我不愿意在电话里跟你说，我们最好见一面。

她说：行，你说什么时候见，在哪儿见？我去找你。

对方没有回答。她猜想她把对方吓住了，她不相信这种人敢站出来，她说：喂，你说吧，什么时候见，在哪儿见！

对方把电话挂了。她听不到回音只好挂了电话。厨房里很黑，那个人的声音还在耳边响着，她朝窗外看去，看到对面一户人家亮起灯光，接着又一间灯光亮了，灯光有种喧哗的感觉。她在黑暗中想让自己冷静一下，想对方下一步会怎么办？这时她听到身后有声音，一扭头，看到一双黑色的眼睛正在黑暗中审视着她。岳大健一手扶着卫生间的门，朝她这边听着。

她顿时起了反感，怒冲冲地朝着客厅走去。岳大健进了卫生间。他在那里洗了洗脸，进了卧室。

看着沙发，茶几上吐的花花绿绿的东西，邢丽怒火中烧。她拿起茶几上的一个茶盘狠狠砸了下去。“咣”的一声，盘子四处飞散，一块碎片飞到脸上，刺得她生疼。她两只手抱着头，在沙发上大声痛哭。

不知道哭了多长时间，她不再哭了。卧室里没有动静，不知道岳大健在干什么。要是以前，他会过来安慰他。现在他动都不动，她心里说不出的悲凉。

眼前的污浊她得收拾，不管地位如何，她终究还是个女人。她把茶几上沙发上的脏东西擦洗了，脑子里还在想明天这个人再打电话怎么办。对方真要跟她见面，她该不该去。

她不想跟岳大健上一张床，客厅的沙发脏了，另一间卧室好长时间没人住，她害怕独自一人，只好还进到原来的卧室。她一眼就看出岳大健没睡着，他一直在听，她想离开他远一些。岳大健坐起来，冲着她问：是谁。

屋里静了好长时间，床头柜上的表嘀嗒嘀嗒地走着。她想不回答，正要躺下，岳大健又问：是谁？

她停了一会儿说：什么？

他说：刚才打电话的，是谁？

她的声音几乎听不清楚：外面的。

他说：怎么说了那么长时间？

她没法儿回答他。如果回答，就要说一个很长的故事，这故事不想讲给他听。原来是怕他承受不了，现在是不愿意理他。

她还记得打算嫁给他时，母亲再三说：你可想好了，以后别后悔。母亲不说这话还罢，母亲一说她反而坚定了。她后来自己有了孩子，知道了这叫逆反心理。

她以为岳大健不会当一辈子环卫工，他爸爸原来是环卫局的科长，领导怎么也该给个面子。她要是不嫁给他，他也许还不甘心，娶了老婆他改变命运的心就淡了，他一直觉得他们的日子很好，现在他把一双怀疑的眼睛对着她。

他什么都没听到，走到卫生间门口电话已经断了。但他对她一个人在厨房里打电话很怀疑，她一接电话就鬼鬼祟祟的，电话挂断前，他听到她问在哪儿见，就认定这是一个约会，现在他想听到她解释，她却一句话也不想说。

她转身躺下，说：跟你没关系。

他说：怎么没关系，你是我老婆怎么没关系。过了一会儿他又说：我没对不起你的。

邢丽想说：我也没有对不起你的。她懒得说。她知道他今天喝多了是为什么，当维系两人的那份情感消失了，做任何修补都觉得不值得。

他们的感情消失了吗？也许是，也许不是。她就是不想跟他解释，他侧过身子，一只胳膊撑着躯体盯视着，他的膀子在外面露着，胸前的肌肉一块一块的跟电视上的模特一样。刚结婚时她喜欢趴在他胸前嗅他身上的气味儿，那是洗过的汗味儿，有一点点酸，有一点点甜，一闻到这气息她就觉得迷醉。现在她感到厌恶，她往外挪了挪躺下了。本来想起身到另外一间屋子，想到一个陌生人曾经踩着灶台走进屋里，她就觉得恐惧。她总觉得客厅里有动静。

她在想这个人到底怎么回事。他说他是做生意的，说他让人坑了，还说这一切跟她有关。他说得是无忌之谈，还是确有其事？

焦远卡上的钱肯定不是好来的，但没有人知道那张卡到了她手里，焦远还指着这钱惠及他的孩子，怎么会跟别人说，不过，她也不想报案，报案只能把这些事情挑破，或者逼着对方挑破。

对方真要跟她见面吗？不见得。现在对方在暗处，见了面这个人还有什么优势？她本来害怕，现在不害怕了，走到明处显然对她有利。

如果对方真敢跟她见面，她想告诉对方，她不是对方想象的那种人，她们省吃俭用攒了一些钱，不买房不买车，想调动一下工作，亲戚倒了梦也破灭了。她就是想花点儿钱，让心理平衡一点儿。她知道跟对方说这些不见得有用，可是她现在涌上来倾诉的愿望，而倾诉的对象实在找不到更合适的，反而是对这个天天威胁她的人，更能说得出来。

7

那天晚上两个人都没睡好，岳大健早晨上班，师傅们说他眼窝是青的。他们跟他开玩笑说都这般年纪了也该知道爱惜身体，做什么事都得悠着点儿。岳大健苦笑了一下，拿着扫帚走开了。

他又回到了以前那条马路，开了一阵子清扫车，再扫马路觉得特累，每扫一步都吃力，腿钻心地疼，膝盖的状态跟心情有关，沮丧的日子里他觉得膝盖不是自己的，是一个仇人给他按的。刚刚下过雪时空气清新，现在空中灰蒙蒙的充满了粉尘，他胸口疼，咳一口痰是黑色的。他觉得这个城市不美好，到处都是不如意，到处都是陷阱。

他想象那个给邢丽打电话的人，他是干什么的，要跟她说什么，难道上班时间还不够他们说得吗？对了，她肯定是不敢让单位里人知道。想到那个人正在某个地方跟自己的老婆窃窃私语，他痛彻骨髓又无可奈何。他离邢丽的生活很远，想监控她都做不到。他不是嫉妒，是在被欺负，是被压在这个城市的最下面喘息不止，压迫他的就包括天天生活在一起的老婆。

他停下扫帚在马路边上喘息，这个城市其实没变，马路比过去宽了，楼比以前高了，但没觉得这是现代城市，反而像一个扩大了的村庄。虽然每天都有新闻，城市仍然是陈旧的。周围许多人在乔迁，生活还是像以前一样没有生气。不论是官员还是百姓，每个人都在不满，都觉得别人比自己幸福，这条马路在向城外延伸，但延伸出去的不是幸福，是悲观和失望。他一直搞不明白这是为什么！

下班后他不想回家，想找个地方喝一杯。昨天酒醉的感觉真好，一醉就觉得自己强大了，他说出好些平常不敢说也说不出来的话。他不再心疼钱，邢丽花的钱还不知道是谁的，他花得却是自己的。不过他不在乎。如果这个家庭都不安全，他又为什么要在乎这些身外之物呢？

离开环卫队更衣室时，他看见窗台上有一把大号改锥，他随手就装到了大衣里。这么做没有目的，不过是随手的事，在饭馆里喝酒时他感觉改锥一直在硌着他，这让他有一种踏实感。

喝完酒他回到家里，在楼下时他朝楼上看了看，见楼上的窗口都黑着，他上了楼，家里果然没有人，到厨房里转了一圈儿也没有做过饭的迹象。她肯定跟什么人吃饭去了，他很自然地就想到了昨天晚上那个电话，这么一想他就待不住了。他穿上大衣去了外面。大衣里的改锥还在，他在手里紧紧地攥着。

邢丽正在另一条街上站着，她一直在等那个打电话的人，下午那人又打了电话，办公室里有人，邢丽到走廊里接了。现在她反而倒不怕了，她说：你说吧，你想怎么样？

对方犹豫了一下说：没想怎么样？

她说：你不是就想要钱吗？我满足你。只要你跟我见一面。

对方说：那就没有必要了吧？

她说：有必要。不是你说要见的吗？不是你说你让别人坑了吗？听你的口气，倒好像坑你的人也有我一份儿似的。我想知道我哪里对不起过你。

只要你能说清楚，你提什么条件我都答应你。

对方不说话，显然胆怯了。她说：怎么，我都不怕你倒怕了？你敢进我们家，还有什么可怕的。你不是说我不敢报警吗？既然我不敢报警，你还有什么怕的。难道你一个男人还怕一个女人吗？

她的话好像说服了对方。对方让她到这条街上等着，约得是六点半，她准时来了，对方却没有来。七点半的时候，她接到了他的电话，他说：你怎么没来。

她说：我就在道边上站着。你要是再不来，我就回去了，我到现在还没有吃饭，饿得厉害。总不能让我老这么饿着吧。

对方说：我去了没看见你就离开了，你要是饿先到饭馆里吃点儿饭，我现在有点儿事儿，一会儿就去。

邢丽进了路边一家小店，在那里吃了一碗牛肉拉面，拉面真好吃，比牛肉罩饼一点儿不差。她知道对方一直在某个地方观察着她，想看看她身边是不是有什么人埋伏着。她坦然地吃着，奇怪自己反而没有了恐惧。从小她就是个胆大的孩子，母亲说她是假小子。现在她想，有什么大不了的，他们不就是想要钱吗？真给他们也无所谓，她不怕，街上人来人往她有什么可怕的，害怕的应该是对方。

吃了饭她往外走，看了看表已经快九点了，又等了一会儿她觉得身上不舒服，不想等了，自己往家里走。岳大健早就在远处看见了她，看她独自一人站着，他就在一个黑暗的地方停下来。他的腿疼得厉害，但他顾不上了。他猜她在这里等什么人。他只要坚持一下，一切就见分晓了。

邢丽看了看表，终于走开了，他远远地跟着。接着他看见一个中等个头的男人慢慢接近她，邢丽停下脚步，似乎躲开那个远了一些，接着两个人说着什么，然后他们并肩而行。他远远地跟着他们。

邢丽以为这人不敢出来，没想到快到家的时候，一个男人从后面追上来。她不理睬他，心里其实还是有一些害怕的，但她要装着不害怕。她听见那个男人说：你怎么不等了。

她说：我为什么要等，我已经等了三个小时。

她说话时仔细看着这个人，她从来没见过这家伙，调动起所有记忆也想不起来，但又确实有似曾相识的感觉。这人中等个儿，一副精干的样子，一张白净的脸，身体也不算强壮，他真不像干这种事的人，眉目之间也没有凶恶，一瞬间邢丽放松了下来，她不由自豪地想，岳大健顶他两个。

她朝他笑了一下。说：以前我们没见过吧？

他说：也许吧。

她说：说说我哪儿得罪你了。

他说：你没得罪我，你手里的钱得罪了我。

她想说：那是我们省吃俭用攒下的。但这话还没有来得及说出口，他就说：为揽一个工程，我给焦远送了二百万，事儿没办成他就调走了。我找他，他说以后给我在省城找一个工程，我还信以为真了，我回到市里，他就让人家抓起来了。他妈的，二百万我就这么白白泡了汤。

她说：这跟我有关系吗？

他说：说没关系就没关系，说有关系就有关系。我打听了，焦远交代的受贿五千万，没有我这一笔，这钱到了哪儿？

她说：我怎么知道到了哪儿。

他说：你跟他不是一般关系。他好几个姘头都让人调查了，只有你隐藏的深。

她说：你放屁！焦远是我表哥。

他说：表哥跟表妹才好办事呢，过去表哥跟表妹有一腿的多了。贾宝玉就是林黛玉的表哥。

她气得站住了，说：再胡说我就走了。

他说：行，这是你们的私事，我不管。我要我的钱。

她说：焦远收了你钱你跟焦远要去，找不到焦远你找纪委，你不是说纪委没查出来吗？那就让纪委接着查，也算你给反腐败做了贡献。你找我有什么意思。这跟我有什么关系。

他说：谁让你一下阔了呢？你不觉得你钱来得太容易吗？别人不知道，我可早就盯着你了。我不多要，只要你还我的二百万。

她说：你害死我我也没有二百万。把我们家的东西都卖了，也卖不出二百万。

他说：是吗？据我知道，你有一张卡，是焦远给你的。

他们声音不高，远远看去就像一对情侣在边走边谈，两个人甜蜜地窃窃私语。岳大健远远地跟着他们。他看见他们忽然站住，邢丽站在那里，那个男人绕到她前面，直直地看着她。邢丽呆愣在那里，他又说：焦远给了你卡，卡上可不只是我的钱，我不想要别人的，只要我的那一份儿。

邢丽觉得周围出奇地安静，眼前这个人晃着一张惨白的脸，执拗地盯视着她。她觉得冷，心脏在胸腔外咚咚地跳，她的身体紧缩起来，拳头紧攥着，像是随时要爆炸开。一对年轻人从他们身边走过，她挪了一下身体，觉得紧张感消失了。她在想，他是怎么知道那张卡的。她看着他，觉得他并不知道什么。她说：什么卡？哪里有什么卡？

她的态度把对方也弄迷惑了。不过他并不想放过她，他说：你要是不承认，那我只好不客气了，我明天就找纪委去。

她说：你去找，你一找，我就清白了。

他们声音很低，两个人站得很近，近得只有他们才能听到彼此的声音。他们亲昵的样子不像是在进行一场战斗，倒像是谈情说爱，这本来就是一个谈情说爱的夜晚，在他们不远的地方一对年轻人紧紧地拥抱着，一直在热吻。邢丽侧过脸看了一眼，想往前面走几步，那个人却在前面拦着她。她绕开他往前面走，他在旁边紧跟着。

他说：我不过是想咱们商量着解决了。

她说：我没有卡，也没有钱。你愿意怎么样就怎么样。

他又绕到前面拦住她说：你别这样，这样对你不好。

现在她不想跟他谈了，她愿意他去找纪委，自从她拿到那张卡，没有一天不是在紧张中度过的。让纪委收走那张卡，她也就能安心过日子了。她再一次绕开他往前面走。他拉了她一下，她挣扎开。她说：你走吧，我要回家了。

他说：不行，谈不妥你回不了家。

她说：你想怎么样？你要是再拦着，我就喊了。

他看了看周围，不时有人从身边走过，每一个树下的黑影里好像都有情侣在站着。他想把她拉到更僻静的地方，邢丽不走。他再一拉，邢丽跌到了他的怀里。她跳开，想快步离开。那个人又上前拉住了她。

岳大健有些迷惑，不知道他们是在争吵，还是在约会，或者这本来就是一回事。到了这时候，不管他们是干什么，他都不能不出现了。他快步走到跟前伸出左手抓住那人的衣领，一下就把他拎了起来。那人朝他打了一拳踢了一脚，可是对一个扫了二十年马路的环卫工来说，就好像是苍蝇在他身上弹了两下。他的右手不由地从大衣里拿出来，随手用改锥的把儿在那人头上拍了一下，那人晃了一下勉强站住。他又用改锥朝那人腹部刺去，他觉得没怎么使劲儿，改锥就刺进了肝里。

他拉起邢丽回了家。

8

出租车在一个路口停下，邢丽付了钱从车里下来，她手里提着两个包，一个包是换洗的衣服，一个包是吃的，有岳大健爱吃的老胡家烧羊肉和兴华酱菜，还有煮花生、糖炒栗子、酥皮点心，五小瓶古城烧锅酒，都是二两装的，岳大健爱吃的东西她都买了，另外还有岳大健治腿疼的药。看守人员看着她拿出酒，都羡慕这个被关起来的家伙。

看守所原来在城外，因为城市不断扩大变成了城里。周围起了好多建筑，关着犯人的大院反而显得陈旧了。邢丽走进大门时谦恭地跟看守人员打着招呼，会面的屋子里只有一张长桌子和几条凳子，仔细一看凳子和长桌子都是焊在地上的，根本挪不动。她拘谨地坐在凳子上，怀里抱着一个包等着岳大健出来。

她是托了关系才进来探视的，拿来的东西都被看守人员仔细检查过了，衣服让她随身拿着，吃的东西说是得另外检查之后才能转交给岳大健，她等了好长时间，才看见岳大健从另一个门里出来。

短短半个月他好像老了十几岁，头发全白了，胡子纷乱地在脸上乍着。原来一直挺直的腰一见看守就佝偻下来，他坐在她对面，两个人什么话也说不出来。邢丽在哭，从一看见他眼泪就止不住地流，她想忍住，跟他多说几句，一张嘴就流泪。岳大健反而木呆呆地，有一阵子他的眼睛红了，但很快就把眼泪忍了回去。

他想起那天晚上他们回到家里，他把那把改锥放在茶几上，改锥上还挂着血，邢丽看到血身体哆嗦起来，事情发展到这一步他们谁都没想到，他们也没想到那个人会死掉，岳大健到这时还认为邢丽跟那个人有不清不白的关系，他对自己的冲动一点儿不后悔。

第二天传来在那条街上死了人的消息，人们传说是情杀。一个女人正跟一个男人拥抱着，另一个男人过来一刀把他捅死了。邢丽不能再隐瞒了，她把事情的经过从头至尾跟岳大健说了，岳大健张着嘴，不相信地看着她。她把那张卡拿出来，还有焦远的信也拿出来。他才知道自己从始至终都错了，却不知道错在哪里。

不是他错了，是命运错了。命运给了他一个误会，他除了爱眼前这个女人，对生活没有任何奢望，他胆小怕事，在外面怕领导在家里怕老婆，借给他十个胆子他都不敢杀人，现在他成了杀人犯。他知道这种案子不难破，公安人员找到他只是时间问题。邢丽已经两天没有上班，他上了半天班就跟领导请了假，说是腿疼。白天他们坐在沙发上发呆，两个人面如土灰，心如油煎。似乎有一些要埋怨对方的话，现在也不想说了。到了这时候还说什么，误会也罢猜疑也罢，现在需要的是互相安慰。夜晚他们紧紧地偎靠在一起，邢丽在想以后的日子怎么办？岳大健则紧紧地搂着她。杀人的时候他是个男子汉，现在更像一个闯了祸的孩子，他紧紧地抱着大人，希望惩罚来得晚一些。

邢丽的手机又响了，一时两个人都愣住了，他们以为事情已经完了，想不到却没完，难道这场噩梦还没有结束吗？不是说那个人已经死了吗？怎么电话又来了，这么说打电话的另有其人？邢丽战战兢兢地拿起手机，却是孩子打来的。

孩子口气里都是喜悦，他没有听出母亲情绪低落，他告诉母亲这次考试他在班里考了十三名，班主任在班里表扬了他，给他发了进步最快奖和一块生日蛋糕，那块蛋糕是班主任自己花钱买的，这比正式的奖更让孩子高兴，全班九十多个学生，老师竟然记住了他的生日，这比什么奖都让他自豪。班里同学都祝贺他，他们把奶油抹到了他脸上，还有几个同学抱起他要把他往空中扔，老师及时制止了。

他这么说的时候，母亲的心一直在往下沉，想到孩子如果知道家里的一切，成绩会直线往下掉，她心都碎了。孩子两年的辛苦两年的拼搏，现在都被他们毁了。她放下电话，把孩子的话转给岳大健，看到岳大健抱住头，两只手紧紧地揪着自己的头发。她搂抱着他，现在说什么都晚了。她只能用这动作告诉他，她永远跟他在一起，经过了这一切她更加明白了他们是一体的，这比年青时的海誓山盟还要坚定。

她想起前几天，她在这张床上还躲得他远远的，她那么厌恶他，现在他们却觉得谁也离不开谁。爱情在最不该消失的时候消失了，在最不该出现的时候出现了。他转过身，低声对着她说：对不起。她说：不怪你，是我的错。

错在哪里她却说不清楚，她想起小时候跟着焦远在小河沟子里玩儿，她掉到了河里，哭了，焦远把她送回了家。第二天焦远也掉到了河里，却没有哭。焦远故意在水里朝她做着鬼脸，她大笑着。高中时政治老师给他们讲，人不可能两次踏入同一条河流，她想到了那次的事。人不能两次踏入同一条河，但是两个人可以踏入同一条河。

如果没有那张卡，也许他们的日子不会这样！他们在清贫中生活着，就像化纤厂的那个老工人，他们在勤劳中充实着，在俭朴中幸福着，对生活没有不满，反而充满了感激。原来那就是命运给他们最高的赐予，只有失去，才知道那是生活中最可宝贵的。

他们决定到公安局自首。一做出这个决定，他们就轻松了。他们都不是能承担罪恶的人，说出来要比埋在心里强。看得出来，公安人员在为他们叹息，卡交出了，生活却改变了。她的母亲把家里所有存款都取了出来，弟弟卖了房，才把卡上的钱补齐。不管怎么做，他们还是回不到生活的原点。公安人员考虑他们的情况，又有自首情节，想从轻处理，岳大健杀了人无法从轻，她是窝藏证据罪，给她办了取保候审手续。有她在，家还在。

她后来知道那个人不是什么企业家，也根本没有给焦远行贿二百万的事，那人不过是市职业技术学校后勤的职工，他哥哥是焦远的秘书。那张卡是他哥哥拿着邢丽的身份证通过一个关系办的，当时上面不过五千块钱，后来焦远往里面打了多少钱，当秘书的并不知道。焦远出了事后，秘书也被纪委叫走询问了。他没有跟纪委提这张卡的事，回到家里他有一次说起这张卡的事，弟弟记住了。

邢丽本来想把这些告诉岳大健，但她止不住眼泪，什么话也说不出来。看守人员照顾她，让她在里面待了二十多分钟，她除了流泪没有说几句话，后来看守人员催她，她只好站起来。岳大健被看守人员押走时，她才想起来告诉他：孩子挺好的，你放心吧。

她看见他回过身点头，用泪眼一直凝视着她。

那是他留给她的最后一个身影。

中国言实出版社全民阅读精品文库

“当代中国最具实力中青年作家作品选”系列图书

1. 《一路划拳》 孙春平 著 2016年1月出版

9 787517 116974

2. 《香树街》 宗利华 著 2016年1月出版

9 787517 116981

3. 《金角庄园》 海 桀 著 2016年1月出版

9 787517 116967

4. 《眼缘》 郑局廷 著 2016年1月出版

9 787517 117001

5. 《江南梅雨天》 张廷竹 著 2016年1月出版

9 787517 116950

6. 《午夜蝴蝶》 胡学文 著 2016年1月出版

9 787517 117018

7. 《股东》 丁 力 著 2016年3月出版

9 787517 117254

8. 《在时间那边》 荆永鸣 著 2016年3月出版

9 787517 117285

9. 《金山寺》 尤凤伟 著 2016年3月出版

9 787517 117261

10.《人罪》　　王十月　著　2016 年 3 月出版

（该书入选出版界图书馆界“全民阅读好书推荐书目（2015—2016）”）

11.《桃花落》　　温亚军　著　2016 年 4 月出版

（该书入选出版界图书馆界“全民阅读好书榜 50 种（2015—2016）”）

12.《莫塔》　　吕　魁　著　2016 年 6 月出版

13.《营救麦克黄》　　石一枫　著　2016 年 6 月出版

14.《界碑》　　西　元　著　2016 年 6 月出版

15.《八道门》　　周李立　著　2016 年 6 月出版

16.《时间飞鸟》　　邱华栋　著　2016 年 6 月出版

（该书入选出版界图书馆界“全民阅读好书推荐书目（2015—2016）”）

17.《戏法》　　杨洪军　著　2016 年 7 月出版

18.《弑父》　　曾维浩　著　2016 年 7 月出版

19. 《种春风》 余一鸣 著 2016年10月出版

9 787517 120308 >

20. 《同一条河流》 阿 宁 著 2016年10月出版

9 787517 120162 >

21. 《金枝夫人》 弋 舟 著 2016年10月出版

9 787517 120193 >

22. 《绣鸳鸯》 马金莲 著 2016年10月出版

9 787517 120186 >

23. 《红领巾》 东 紫 著 2016年10月出版

9 787517 120063 >

24. 《吼夜》 季栋梁 著 2016年10月出版

9 787517 120117 >

25. 《你没事吧》 杨少衡 著 2016年10月出版

9 787517 120179 >

26. 《隐声街》 薛 舒 著 2016年10月出版

9 787517 120292 >

27. 《黑夜给了我明亮的眼睛》 女 真 著 2016年10月出版

9 787517 120094 >